丫鬟我最大 2

風文創 140

凌嘉 著

目錄

第三十二章 各懷心思

既是續茶，那就是要雲舒留下來的意思了。

雲舒走到旁邊的茶几旁跪坐，一本正經地低頭煮起茶來。

坐在大公子對面的陌生男人有些驚訝，不知大公子為何讓一個丫鬟旁聽他們對話，他低頭咳了兩下，不再說話。

大公子見對方不開口，便主動說：「請先生轉告侯爺，侯爺的意思，微臣明白，只是這江山屬於劉姓，侯爺想必更清楚這個道理。宮中既有太皇太后在，他何苦再蹚這渾水？還請侯爺三思。」

陌生男人沒料到大公子敢說如此人膽的話，驚訝地直起身子，低聲吼道：「桑侍中慎言，不要說出有辱侯爺名聲的話！」

大公子淡笑道：「既然惜名，就更要三思而後行。」

大公子這番話把對方氣到不行，當即拍案而起。「不識抬舉的後生，哼！」說完，頭也不回地朝書房門口而去。

見他拂袖而去，大公子便揚聲說：「杏雨，送客。」

外面一道清脆的嗓音應道，而後一陣急促的腳步聲遠去。

雲舒瞪大了眼睛看向大公子，小聲問道：「是魏其侯的人嗎？大公子這樣直接得罪魏其侯，會不會不妥？」

大公子神色這時才鬆懈了幾分，歪靠在案邊說：「正因為是魏其侯的人，我今天才需要嚴詞拒絕。皇上已經得知我之前透過魏其侯介紹陸先生進宮為太皇太后醫病，他懷疑我跟竇家有些關聯，在這個時候，我不能再讓他產生懷疑，一定要劃清立場。」

雲舒聽了，也覺得大公子做得對。直接得罪魏其侯雖然有點危險，但得到皇上的信任更重要。

「不過……魏其侯派人來，所說何事？」雲舒問道。

大公子嘆道：「魏其侯說帝后感情不和，皇后兩年無所出，想慫恿皇上娶竇家女進宮，但皇上性格執拗，擔心由竇家人提出建議他會反感，所以想要我旁敲側擊。」

雲舒聽完驚道：「這事怎麼可能？皇上先是奉命娶了皇后，又在皇后那裡吃盡苦頭，怎麼可能再娶一個背景強大的夫人進宮牽制自己？再者，這事說出去，不僅得罪皇上，更得罪皇后，她眼裡可容不得砂子！」

大公子點頭道：「正是這個理，所以我才更不能客氣，魏其侯還真把我當作黃口小兒，竟要我做這種事。」

說到這裡，大公子嘆道：「最近皇上正為魏其侯的事情煩惱。」

雲舒一副「願聞其詳」的神情，大公子想到雲舒經常有些奇思妙想，說不定能解決問題，便詳細說了起來。

現在的丞相是三朝元老衛綰，他信奉「不欲以靜，天下將自定」的黃老之學，在位期間少有作為，劉徹對他十分不看重，覺得他不過是聽從先帝指示的庸人，恰好最近出了多起官員無辜被下獄的冤案，這些案子都是經衛綰之手，因他不查之過造成，劉徹便起了罷免丞相的念頭。

衛綰年邁易出錯，罷了也不要緊，劉徹私下對太皇太后提及此事，太皇太后並未特別反對，只有一事讓劉徹覺得很難辦——罷免了衛綰，用何人為相？

滿朝上下，劉徹數來數去，只有竇嬰最合適，可是劉徹又不想擴大竇家的權勢，矛盾之下，竟無解決的辦法！

雲舒聽完之後，仔細想了想自己所知道的東西，便問道：「大公子，您的表舅田蚡如今官居何位？」

大公子訕笑道：「別人不知也罷，妳倒來打趣我，我跟田大人的甥舅關係攀得也太遠了點。」

雲舒也跟著笑道：「縱使遠，那也是門親戚，不管大公子想不想認，總有被人發現的一天。既是入朝為官，總得事先想一想，免得橫生枝節。」

大公子覺得雲舒說得有理，不禁認真思考起來，不過雲舒馬上就打斷他。「我提起田大人，倒不是想說他跟大公子的關係，而是覺得大公子可以建議皇上用太后的人來牽制太皇太后的人。」

大公子眼神一亮，頓時明白雲舒說的意思。

帝王之道，貴在制衡。

竇太皇太后是太后，王太后也是太后，兩人雖有輩分差異，但都很尊貴。更何況，王太后是皇上的生母，田蚡是皇上的親舅舅，皇上如果重用田蚡，在朝臣眼裡，只怕再正常不過。

以王氏外戚牽制竇氏外戚，重用竇嬰的同時也提拔田蚡。一山不容二虎，若有二虎，必會相爭，皇上如能坐收漁翁之利，豈不最好？

雲舒壞壞地笑道：「聽說田大人以前上侯府巴結魏其侯，吃過閉門羹，田大人這個人的心思，可沒那麼豁達。」

大公子憂慮地說：「我在宮中見過田大人幾次，他這個人圓融狡猾，皇上若真重用他，也不知是好是壞。」

田蚡的確是個貪得無厭、專橫跋扈的小人，善阿諛、勢利眼，跟竇嬰比起來，竇嬰正直太多了。然而對於劉徹來說，田蚡比竇嬰的用處卻要大很多。

雲舒很想告訴大公子，劉徹身為上位者，君子、小人都得用，只要能為他辦事，就是可用之人。雖然有點無所不用其極，但現實就得如此。

只不過，話到嘴邊，雲舒還是沒有說出來，畢竟大公子可能難以接受這種思想，還是等他自己慢慢領悟比較好，不然一劑猛藥下得太狠，恐會吃不消。

話已說得差不多，雲舒便請大公子出去用晚膳，由閒雲、漁歌等人服侍。飯後雲舒帶大公子去看今日採購的東西，大公子看了之後說：「明日去見了鍾小姐，不妨勸勸她，竇華既無意仕途，他們二人不如歸去，做對快活夫妻。」

雲舒心頭一驚，大公子竟然已經想到這一步了！

劉徹中央集權的想法跟外戚的權益產生巨大的矛盾，竇家遲早會被牽連，大公子要雲舒勸鍾小姐和竇華隱退，無非是想讓他們全身而退，不要受到波及。

不過雲舒記得竇家不會這麼早出事，便說：「不用這麼急吧？」

大公子嘆道：「長安的繁華、權勢的誘惑，並不是一朝一夕就能放棄的，現在開始慢慢勸，總比事到臨頭措手不及來得好。」

雲舒被大公子的想法給震撼到了。他不過是十三歲的少年，為什麼能深謀遠慮到這個程度？

翌日，雲舒帶著丹秋、茉紅兩個小丫頭還有兩個小廝去魏其侯府送禮給鍾小姐。

鍾薔得知大公子派雲舒前來，特地親自接待。她滿面笑容地說：「多虧桑大公子，我與父母才能言歸於好，還送什麼東西過來呢，理應是我登門拜謝才是。」

雲舒將禮單送到鍾薔手中，說道：「是我家大公子聽說夫人在入冬之前要回南陽一趟，這些長安特產，是給鍾夫人和鍾老爺的問候之禮。」

既然是給長輩的，鍾薔便道謝收下了。

雲舒感嘆道：「夫人馬上就要回娘家了，想必既期待又激動吧？」

鍾薔動容地說：「可不是，離家快三年了，也不知父親母親身體如何，我這個不孝女真無顏面再回去了！」

雲舒忙勸道：「夫人能回去看望他們極好，夫人和老爺想必也盼著您，這次回南陽應該可以多住些時候吧？」

鍾薔憂慮地說：「也只有一個月的時間，我們必須在下雪之前回來，不然路上積了雪，恐趕不及回來過年。」

雲舒便說：「可惜長安離南陽遠了些，若是離得近倒也罷了。說來夫人就您這麼一個女兒，女兒不在身邊，夫人心裡總是牽掛著。」鍾薔是鍾家唯一一個嫡女，雖然鍾家還有其他兒女，但情分總是不一樣。

雲舒說到這裡，鍾薔就紅了眼，她又何嘗不想伴在父母身邊？

雲舒見她有些動搖，便說：「也不知侯府在南陽附近有沒有莊子，三公子既不在朝中任職，若藉口說幫家裡去莊子上督促春耕或秋收，夫人想回娘家就是易事了。」

經雲舒這樣一說，鍾薔果真認真起來，思索了半天，她紅著臉說：「我與夫君初次相識，就是因為他去侯府在南陽的田莊查帳，兩人在郊外撞見了……」

雲舒暗想，果然被她猜中了！她之前就在想，長安的竇華怎麼會跟南陽的鍾薔一見鍾情？其中必定有因。看來她想得沒錯，竇家在南陽的確有產業。

大公子要她勸這對小夫妻隱退，她思來想去，只能從勸鍾小姐孝敬父母這面著手，這次點到即止，剩下的讓鍾小姐自己琢磨，等明年春耕時再說。

兩人交談了一會兒，雲舒就出了侯府，而後帶著丹秋和茉紅去回春堂轉轉。

雲舒之前只去過回春堂一次，就是隨陸先生配製大公子腳踝藥膏那回。那次雲舒內心著急不已，並沒有心思記路，加上當時天色已晚，實在看不清楚，這次再要去，不禁有點迷路。

她們在街頭尋了半天都沒找到醫館，雲舒便攔住一個路上的小男孩問道：「小弟弟，你知道回春堂在哪兒嗎？」

那小男孩皮膚黑黑的，卻有一雙黑白分明的大眼睛，他聽雲舒問起回春堂，當即眉飛色舞道：「姊姊原來是要找回春堂。跟我走吧，就在隔壁街上，我們家先生可是鼎鼎有名！姊姊哪裡不舒服嗎？」

雲舒有些詫異，沒想到這個小男孩竟然是回春堂的人！

雲舒一行人隨著領路的小男孩來到回春堂，卻不見陸先生的蹤影。詢問之下，才知陸先生出診去了。

那小男孩對雲舒說：「我家先生可好了，不管是誰來請他出診，他都會答應。姊姊在堂裡等一下吧，先生等會兒就回來了。」

雲舒笑咪咪地看著這個機靈的小男孩，問道：「你是回春堂的學徒嗎？」

小男孩說：「我不是，是陸先生好心收留我跟我弟弟在這裡，幫他們送送藥、傳個話什麼的，每天給我們好多錢呢！」

雲舒眉眼一轉，忽然想起一件事，就問道：「你母親是不是在清平大街的桑家做事，你有個妹妹叫三福？」

那小男孩瞪圓了眼睛說：「妳怎麼知道？妳認識我娘？」

雲舒呵呵笑了，這不正是吳嬸娘家的小子嗎？

不待她回答，醫館後院便走來一個年長的青年，他看到雲舒，驚訝地說：「雲舒姑娘今天怎麼過來了？」

雲舒循聲望去，是桑家商隊裡一個夥計，自從回春堂開張之後，便被分配到這裡當學徒。因雲舒是大公子身邊的人，這些人都認得她。

雲舒一時記不起這青年的名字，只對他點頭微笑道：「我今天出門辦些事，路過這裡就來瞧瞧。」

吳嬸娘家的小子歡喜地蹦跳道：「原來妳就是雲姊姊，我時常聽我娘跟我爹提起，說妳是我們家的大恩人！」

雲舒被小孩子這麼一嚷嚷，反而不好意思了，連忙說：「算不上什麼恩人……」

青年見小男孩歡喜得都要撲到雲舒身上了，忙低聲喝斥道：「大平，別驚擾到雲舒姑娘！」

大平回頭衝著青年笑道：「方簡哥，我今天為雲舒姑娘引路了呢！」

方簡拍了大平的頭一下說：「我知道你很行，快去看看你弟怎麼送個藥都還沒回來，別又被人攔在半路欺負了。」

大平眉頭一皺，立刻朝外面跑去。「我這就去找小順！」

大平、小順、三福——小戶人家的心思簡單又直接，圖的不過是能平安順暢過日子罷了。

叫方簡的青年走到雲舒面前說：「那是吳嬸娘家的大小子，挺機靈的。陸先生看他們家生活困難，便叫兩小子過來幫忙，賺點餬口的小錢，工錢是從陸先生自己工錢裡扣的。」

雲舒並不是來查帳的，聽到方簡略帶解釋的話語，知道自己可能給他們造成了不便，就說：「我今天只是來看看，沒什麼事，既然陸先生不在，那我就先回去了。」

方簡把她送到門口說：「等先生從公主府回來了，我就告訴他姑娘來過了。」

雲舒心頭一驚，回頭問道：「陸先生去了公主府？哪個公主府？」

方簡交代道：「平陽公主府一個下人不知哪裡惹怒了公主，被公主處以鞭刑，把人打得快死了，卻又派人請陸先生過去救命。陸先生早上開館時就過去了，到現在都還沒回來呢。」

雲舒若有所思地點了點頭，而後帶著丹秋跟茉紅回清平大街。

丹秋似是被方簡的話嚇到了，在路上小聲問雲舒：「雲舒姊姊見過公主嗎？公主是不是很凶？」

雲舒搖了搖頭說：「可能是下人做錯了很嚴重的事情吧。」在她的印象裡，平陽公主算不上一個凶殘的人，能把她氣得快將人打死，也不知發生了什麼事。

回到清平大街，雲舒向守門的小廝叮囑道：「等陸先生回來了，就派人進來傳報一聲。」

接著雲舒一路直接來到北園，經通報後來到桑招弟房中，將鍾薔回的禮遞給她。

「鍾小姐收到大小姐的見面禮很高興，說因不知道大小姐到長安來了，所以沒來看您，兩家既是世交，姊妹們該多走動走動才是。不過因為他們馬上要準備出遠門，時間不巧，等過年回來，再邀大小姐過府去玩。」

桑招弟微笑地聽著，這些禮貌上的話，大家都會說，幾分真假就不知了。

不過在一旁服侍的翠屏聽到了，嗤笑道：「怎麼不是她上門來拜訪大小姐，反而讓大小姐過府見她？不過是被抬了側室夫人的小妾，又不是正室夫人，還在大小姐面前拿喬？」

雲舒滿是不解地歪頭看著翠屏。不管鍾小姐是妾還是夫人，好歹是侯府的女眷，她這個做丫鬟的無論如何都不該對人家評頭論足吧？

再說，桑家是行商的百姓，竇家是王侯世家，翠屏憑什麼覺得鍾小姐沒資格拿喬？即使是大公子，最初也是透過鍾小姐穿針引線才認識竇華的。

桑招弟也覺得翠屏突然插嘴很不妥，微微瞪了她一眼，才對雲舒說：「嗯，我知道了。妳今天出門奔波辛苦了，下去休息吧。」

雲舒退出來時，還聽到翠屏在房內說：「大小姐本就不該與鍾小姐見什麼禮，老夫人出門前千叮嚀萬囑咐，要我看顧好大小姐，我可不能看到大小姐做出失了身分的事情。」

雲舒的眉頭愈皺愈緊，這個翠屏是怎麼回事？這些話是她該說的嗎？是欺負桑招弟性格柔弱，還是背後有老夫人做靠山？她待在桑招弟身邊，只會把桑招弟帶壞，可大小姐的事情又不是雲舒該管的事情，一時之間，她竟不知該怎麼辦才好。

滿懷憂慮地回到大公子院裡，雲舒把丹秋叫到跟前問道：「妳可知翠屏是怎麼進府，又是怎麼到大小姐身邊服侍的？」

丹秋眼神一亮。「這個我知道！我聽大小姐原先的大丫鬟秋月姊姊說過。老夫人房裡的袁嬤嬤她男人跟翠屏她爹是表親，因大小姐身邊的秋葉患重病送出院子休養去了，袁嬤嬤就介紹翠屏進來。

「老夫人原先也不喜歡翠屏，覺得她太有主意，但在決定送大小姐來京城之後，她反而格外重用翠屏，說大小姐是個軟性兒，身邊就該有個能拿主意的人幫襯。」

雲舒愈聽愈覺得疑惑，便問丹秋：「大小姐身邊原先應該有四個大丫鬟，為什麼除了妳說的秋月和秋葉，只看到一個叫秋棠的？」

丹秋說：「這事可奇怪了，我們私底下也在議論呢！大小姐身邊四個丫鬟秋月、秋葉、秋棠、秋楓都是隨大小姐一起長大的，秋葉姊姊是身子不好被送出院子去，而秋月和秋楓姊姊，則是在大小姐來長安之前，急急忙忙配了人，最後只帶了秋棠和翠屏過來。其他的丫鬟，都是老夫人房裡的人補上的。」

急匆匆配了人？若是從小服侍到大的，情分應該不差，怎麼會急忙配了人？是桑招弟不想帶她們來長安，還是她們自己不願來長安？又為什麼不願意來呢？

丹秋見雲舒想不明白，就悄悄在她耳邊說：「聽說大小姐把秋月和秋楓姊姊打發出去的時候，哭了好幾天呢！大家都說大小姐是為了她們好，才把她們配了人。」

雲舒直覺地問道：「大小姐今年多大了？」

丹秋說：「十五，來長安前剛及笄。」

十五，是該說婆家的年紀了。之前她曾聽旺叔說過，女子十五不嫁要罰錢。雖然桑家不會交不起罰款，但是怎麼會在大小姐嫁人的緊要關頭把她送到長安來呢？肯定不是為了幫大公子管理後院這麼簡單！

雲舒想了想，突然領悟了。老夫人、二夫人恐怕是想讓桑招弟嫁到長安吧？大公子初入仕途，在長安沒有根基，如果姊姊能夠嫁一個有背景的人，那大公子這個小舅子行事就會方便許多，她們打的是這個主意嗎？

桑招弟為了唯一的胞弟，肯定願意這麼做，可她卻不希望身邊的人隨自己吃苦，因前途未卜，所以才匆匆打發身邊的人？

至於翠屏……她心比天高，是想大小姐尋個好人家的同時，把自己陪嫁過去？

想到這裡，雲舒忽然無奈地笑了起來。她終於知道大公子得知是二夫人把大小姐送來時，憤怒說出的「胡鬧」二字是什麼意思了，他應該早就猜出她們的意圖了吧？

丹秋見雲舒一副哭笑不得的模樣，悄聲問道：「雲舒姊姊，妳怎麼了？」

雲舒回過神不再多想，這些畢竟只是她的猜想，不足道與外人聽，就說：「我只是在想，大小姐性子柔弱，翠屏處處管制著她，不是好事。」

丹秋倒不是很在意，說道：「這也怪不得雲舒姊姊，妳進桑家的時間短，很快就跟大公子來長安了，所以不知道我們家這位大小姐，是個很厲害的人呢！」

雲舒頓覺驚訝，好奇問道：「怎麼？我看大小姐不像是個厲害的人呀！」

丹秋說：「咱們桑家總共有六位小姐，大小姐是大夫人生的，二夫人生了三小姐和五小姐。三位嫡小姐雖然吃穿用度一樣，然而老夫人最疼的還是大小姐，三小姐和五小姐仗著二夫人的勢，總想欺負大小姐，卻從沒得逞過。雲舒姊姊，妳說是三小姐和五小姐太笨，還是大小姐很厲害？」

雲舒聽丹秋這麼一說，頓時覺得人小姐是個極有意思的人，難不成是個綿裡藏針的角色？

關於大小姐的事情，雲舒心裡已大致有數，她嬉笑著點了一下丹秋的頭說：「妳個機靈鬼，就妳知道得多！」

丹秋嘟著嘴說：「以前在府裡，各位姊姊都喜歡使喚我，我各個院裡跑，聽到、看到的事情自然多了。」

的確，不管是在洛陽桑府，還是在現在的長安宅子，大丫鬟們隨口使喚的，都是丹秋。雲舒原本以為眾人欺負丹秋無依無靠，現在想想，丹秋應該也是願意，有些虧吃了就是占便宜，這丫頭知道這個道理呢！

雲舒看向丹秋的眼神變得不太一樣了。想到以前看待丹秋時，總是把她當成什麼都不懂的孩子，現在頓覺自己小看了她，沒想到她的人脈這麼好，什麼消息都打聽得出來。

既是個聰明的孩子，雲舒決定對丹秋上心一些。她記得丹秋喜歡學寫字，也愛聽她讀文章，既然好學，她便該用心教導，別浪費了好苗子。

第三十三章 妙獻一計

陸笠回到清平大街時，雲舒就得了信，隻身來到陸笠住的小院。

陸笠剛換了乾淨的衣服，見雲舒來訪，就說：「我聽醫館的人說妳找我，正換了衣服準備去找妳呢。有什麼事嗎？」

雲舒說：「平日大公子不在家，我沒什麼事情做，就請大公子恩准我閒暇時去醫館幫忙。我今天正好路過，想去跟先生說這件事，就怕先生嫌我礙手礙腳，不讓我去呢。」

陸笠低笑道：「妳肯來幫忙，我怎麼會不歡迎？醫館裡幾個小子總趁我不在的時候偷懶，妳過來幫我管教管教他們正好。」

雲舒打趣著笑道：「完啦，他們肯定要恨死我了！我一去，他們一刻放鬆的時間都沒了。」

兩人說笑了一番，雲舒才問道：「聽說先生今天去公主府了？平陽公主那邊出什麼事了嗎？」

陸笠一面將曬在院子裡的藥材收進屋裡，一面說：「平陽公主身邊一個賢士不知怎麼得罪了公主，公主貶他去馬棚餵馬，他卻不肯聽從命令，揚言自己是國士之才，質問皇上和公主怎能如此埋沒他？」

陸笠說著搖頭笑了笑，繼續說道：「這人出口侮辱皇上，平陽公主為了封他的口，才叫人把他捆起來鞭打。可笑的是，我去幫那個人上藥時，他還滿嘴胡話，說什麼他知道國之大運，公主若不用他，定會後悔。」

雲舒苦笑了兩聲，心中已有計較。這個敢口出「狂言」的人，肯定是卓成！聽到他過得不好，雲舒放心不少，看來他想一展鴻圖，也沒那麼容易。

此時顧清突然跌跌撞撞跑進院子，口中忙喊著：「陸先生，陸先生回家了嗎？」

雲舒聽到是顧清的聲音，便喊道：「陸先生在家，你這麼急做什麼？」

顧清趕忙衝進來拉住陸先生的手說：「先生，快帶上藥箱跟我來，有急診！」

雲舒心中打了個突，忙問：「大公子出什麼事了？」

顧清跑得急了，一句話喘不上氣，把雲舒急到不行，好不容易順了口氣，顧清才說：「不是大公子，是……是皇上……」

最後兩個字極輕，但是雲舒和陸笠都聽得分明，兩人頓時驚住。

三人不再多說，匆匆忙忙趕到大公子房中，大公子不准其他人進去，丫鬟們都守在外面。雲舒顧不著別人的眼神，跟著陸笠一起走進房裡，那躺在大公子床上的少年，正是劉徹！

大公子拿著一塊方巾捂住劉徹的頭，方巾上隱約有鮮血滲出，大公子見陸笠來了，恍若見到救星一般，急忙說：「先生快來！」

雲舒手腳俐落地幫忙更換方巾，心中暗暗嘆道，也不知是誰這麼大能耐，竟然敢打破劉徹的龍頭！

劉徹額頭上的傷勢不太大，口子不深，卻有點長，搭配上劉徹陰鷙的表情，看起來有點駭人。

見天色已不早，雲舒偷偷問大公子：「需要準備晚宴嗎？」

大公子想了想，說道：「要人送一份精緻的晚膳到房裡來。」

雲舒想想也是，劉徹現在這個樣子也不太可能去宴廳用餐，於是到門口告訴閒雲等人準備送飯菜過來。

大公子帶了一個受傷的公子回來，卻不許丫鬟進去伺候，只讓陸笠、雲舒進房，這種奇怪的事，讓下面的人猜測不斷。果然，不過一會兒，消息就傳到桑招弟耳中。

大公子正在關心劉徹的傷勢，就聽見杏雨在門口大聲說：「大小姐，大公子吩咐誰也不許進去……」

大公子抬頭微怒，稍微忍了一下，才對雲舒說：「妳照顧好皇上，我去去就來。」

大公子走到門外迎上桑招弟，說道：「姊姊找我有事？」

桑招弟焦急的聲音傳入雲舒耳中。「我聽說你受傷了？傷在哪兒了，快讓姊姊看看。」

大公子安撫道：「不是我受傷，是……我的一個朋友，因有陸先生在，我就帶他回家處理一下。」

「哦？是什麼朋友？」大小姐不合時宜地追問，讓大公子有些不豫，就說：「姊姊，有男賓在，妳還是先迴避，待我送走客人，再去找妳。」

桑招弟臉上紅了紅。大公子話都說到這個分兒上了，她只得先回去。

雲舒在房內偷偷看了看閉眼靠在床頭的劉徹，再想到桑招弟異常的舉止，不禁想到，桑大小姐的目標該不會是屋內這位吧……

雲舒被自己這個想法震撼到，又急忙否定起來。桑招弟怎麼會知道大公子帶回來的人是皇帝呢，肯定是自己想多了。

大公子回到房裡時，臉色比出去前更青了幾分，但他依然關心地來到床邊，低聲問道：「皇上，現在覺得怎樣？」

劉徹也不睜眼，只是悶悶地說：「朕今晚就歇你這兒了，你誰也不許說，若透露了風聲，唯你是問！」

大公子滿臉苦色道：「皇上，您若不回宮，太后和皇后不知道會急成什麼樣，這可不是兒戲啊。」

不只是太后和皇后，只怕整個後宮和朝廷都要翻天吧！

劉徹帶著怒氣說：「讓他們找去！找不著朕的話，最好去找韓嫣要人，把他關起來拷問最好！」

雲舒低頭忍住笑。她不是故意在如此嚴肅的時刻笑場，實在是劉徹的語氣和提及韓嫣時的態度，太讓她遐想……

劉徹躺在大公子的床上閉目養神，時不時抬手揉揉眉角，一副「頭很疼，你們別吵我」的模樣。

大公子不敢繼續勸說，只得暫時順著劉徹。他站在床邊，無奈地看看劉徹，又瞧瞧雲舒，希望她能幫他出個主意，趕緊把這尊大神送回宮。

雲舒示意大公子到外面，兩人靜靜退出，站在廊下悄悄耳語起來。

雲舒最關心的是劉徹頭上的傷是哪裡來的，大公子就一五一十將事情說了出來……

今日下午，皇后陳嬌跑到宣室殿找劉徹大鬧，質問他昨晚為何沒去她的椒房殿。按照規矩，逢初一、十五，皇上必須去皇后那裡歇息，昨晚就是十五，可劉徹偏偏沒去。

劉徹不想當著臣子的面與皇后爭吵，丟下陳嬌之後帶著大公子到花園裡透氣。走沒兩步，劉徹忽然想起韓嫣聲稱「抱恙」，已經數日未進宮，便起了出宮去韓府看看的心思。大公子勸不住劉徹，只好伴駕出宮。

兩人悄無聲息來到韓府，卻發現韓嫣正帶著一群少年在場上玩蹴鞠。劉徹興致大漲，脫了外袍就要下場與韓嫣一起玩，韓嫣見劉徹來，卻停了球，環抱雙臂冷笑看著劉徹。

劉徹不解，問道：「發什麼呆，開球啊！」

韓嫣最近很鬱悶，只因皇后向韓家施壓，要求韓家速速敲定韓嫣的婚事，導致韓嫣每天不得不絞盡腦汁思考怎麼反對。造成這種局面的原因，就是劉徹的「逢場作戲」讓皇后真的相信他們兩人有姦情！

想到自己被害得焦頭爛額，劉徹不找機會幫忙，卻像沒事的人一樣開心地要跟自己踢球，韓嫣不禁一肚子火。

他甩了球，冷笑著說：「小爺累了，不想踢了。」

見他臉色這麼臭，劉徹也不高興了，私下兄弟兩人怎麼鬧都無所謂，可是他卻當著這麼多人的面給皇上臉色，劉徹面子便掛不住了。

劉徹收起喜色皺眉道：「韓嫣，你好大膽子！朕沒追究你欺君罔上之罪，你卻擺臉色給朕看！讓你陪朕蹴鞠，委屈你了？」

韓嫣意有所指地說：「微臣能力有限，陪不起，皇上另選高人吧！」

劉徹不禁怒火沖天。「好你個小子，膽子一天比一天大了，朕待你親厚一點，你就翻了天不把朕放在眼裡了！朕命令你，給朕踢！」

在場的人見劉徹發怒，早已跪了一地，偏韓嫣還是直挺挺地站在那裡。

韓嫣聽到劉徹這番話，心中又氣又悶，又想起兩人小時候，不管誰犯了錯，到最後總是他幫劉徹背黑鍋，便氣極反笑道：「您是皇上，皇命我怎敢不從？我踢！」

話畢，韓嫣一個大腳抽射，蹴鞠飛向了劉徹，然而與蹴鞠一起踢出去的，還有一塊尖銳的石子！

當劉徹捂著額頭，鮮血從他指縫中流出時，韓嫣臉上瞬間蒼白了，可他仍舊倔強地站在那裡一動不動，直把劉徹氣得發抖。

「好啊，韓嫣，你真行！」劉徹說完，不顧在場慌亂驚叫的下人，大步離開了韓府。

大公子也被嚇得不輕，劉徹只帶他一個人出宮，如果出了問題，他第一個倒楣。情急之下，他就把劉徹帶回家。

雲舒得知前因後果，偷笑了兩聲。劉徹和韓嫣這兩個人還真是彆扭呢！

大公子見雲舒偷笑，焦急地說：「妳怎麼還笑，我可說是心急如焚啊！」

一想到韓府和未央宮的人都在找劉徹，大公子就沒辦法淡定。

雲舒笑著說：「大公子別急。皇上只是在氣頭上，等他消消氣，就會冷靜下來，肯定知道輕重的。」

正巧閒雲和漁歌把晚膳送來了，雲舒就接手把飯菜送到房裡，端到劉徹面前。

她原本以為勸劉徹吃飯還要費點功夫，誰知劉徹聞到菜飯香，自己就睜開眼吃了起來。

吃了幾口，劉徹突然放下筷子，大公子問道：「是飯菜不合口味嗎？」

劉徹搖了搖頭，似是想到什麼為難的事情。猶豫了半天，他低聲說：「今天是姑母的生辰，原本訂在壽安殿擺家宴。」

劉徹的姑母就是皇后陳嬌的母親，館陶長公主劉嫖。劉徹今天被陳嬌和韓嫣一鬧，竟把這件事情忘了。今晚若是缺席，不光是他慘了，只怕跟他一起出宮的大公子，以及不小心把他弄傷的韓嫣，都沒辦法全身而退。

大公子和雲舒對望一眼，知道事態嚴重。雲舒思來想去，腦海裡冒出一個主意。「不知皇上可知長安有名的珍繡閣？」

劉徹和大公子一臉疑惑地看著她，雲舒繼續說：「珍繡閣的繡品十分有名，雖然比不上宮中御用之物，但也有它的奇特之處。就說珍繡閣中的一扇靈猴獻桃的屏風，從左往右依次看過去，那繡品上的猴子，彷彿會動一般，擺出不同的造型。此物若送給長公主祝壽，長公主必定會很高興。皇上偷偷出宮，就為尋得這扇屏風，這個用心，長公主也會感動……」

聽她說話的兩人都不笨，立即明白了雲舒的意思。若是為了玩而偷跑出宮，帶著傷回宮難以解釋，但若是為了尋壽禮而偷偷出宮，情況又不同了。

雲舒不僅給劉徹回宮的臺階下，還連藉口都幫他想好，讓劉徹滿腔鬱悶頓時化為烏有。他臉上再次露出喜色。「哦？真有這樣的屏風？」

珍繡閣這扇屏風，雲舒本是為桑招弟買的，但既然現在劉徹有急用，就先給他吧，賣了這個人情，以後必定要討回來！

雲舒點頭道：「有，奴婢這就讓人抬來給皇上看！」

劉徹立刻從床上站起來說：「不用看了，直接送進宮裡，留待晚宴上跟姑母一起看！」

大公子聽了，二話不說，立即傳令讓旺叔和顧清備車送劉徹回宮。

劉徹等車的時候，摸摸頭上的傷，說：「就是這個傷難以解釋。」

雲舒抿嘴笑道：「這有何難？街上不長眼的頑皮小兒何其多？不小心被誤傷的情況，也是有的。」

聽到雲舒暗罵韓嫣，劉徹更樂了。

劉徹目光深邃地打量了雲舒一下，覺得這個丫頭收放自如，在他面前一點也不扭捏，倒是少見，於是問道：「我一直覺得妳是個聰明的丫鬟，怎麼每次到了人前，就變得蠢笨，連話也說不清楚？」

韓嫣生日宴會、獵場狩獵那兩次，雲舒被劉徹叫到殿上去問話，她在人前的表現很不好，讓劉徹十分不解。

雲舒解釋說：「奴婢沒見過什麼世面，一看到那麼多達官貴人，腦子就一片空白，實在不知道說什麼好。」

見到帝王不緊張，見到其他人反而會？劉徹挑眉看著她，也不知是信了還是沒信。他還想多問幾句，卻聽大公子說車馬準備妥當了。因為趕時間，他只好就此打住，等有機會再問。

大公子親自送劉徹回宮，他們前腳剛走，門房就慌張地跑來找雲舒。「姑娘快去門上看看吧，外面來了好多人要找大公子，都是些穿盔甲的兵！」

之前大公子帶了誰回來，這會兒又去了哪兒，只有雲舒知道，現在出了事，眾人自然第一個找雲舒想辦法。

雲舒覺得他們可能是來尋找劉徹的人，心裡倒不急。待她沈穩地來到門前一看，果然，是韓嫣、貴海公公和一些禁軍找上門來了。

雲舒見貴海站在韓嫣身後，想必是宮裡的人先找到韓嫣那裡，韓嫣這才知道劉徹沒回宮，再帶著他們找到大公子這兒來。

尋找劉徹的陣仗很大，禁軍身上的鎧甲互相撞擊，乒乒乓乓聲音極響，他們手上拿的火把更是把清平大街照得通亮，將桑家門前擠了個水洩不通。

「皇上在這裡嗎？」韓嫣張口就問。

雲舒看到眾人緊張不已，態度輕鬆地說道：「皇上下午出宮來為館陶長公主尋壽禮，剛剛已經回宮了，你們沒碰到嗎？許是跟你們走岔了吧。」

韓嫣聽到雲舒的解釋，眼神驟亮，整個人顯得有精神多了。

貴海在旁追問道：「雲舒姑娘，皇上當真回宮了？」

「這事哪能有假，公公快點追過去吧，皇上剛走不久，你們也許追得上。」

眾人一聽匆匆朝未央宮的方向而去，韓嫣卻帶著韓府的人留在原地。

雲舒不解的望著他，問道：「韓公子，不知你還有何事？」

韓嫣眼神閃爍，有些猶豫地說道：「我要在這裡等桑弘羊回來，我有話問他。」

既然他都這麼說了，也沒有讓客人在門口等人的道理，雲舒便把韓嫣迎進屋裡，好茶好水伺候著。

韓嫣必定想問劉徹的傷勢，卻又不好意思開口問雲舒，倒把自己憋得夠嗆。雲舒也故意不提起劉徹的事情，兩人就這樣大眼瞪小眼地在廳裡對視。

因之前尋找劉徹的陣仗太大，驚動了後院的桑招弟，桑招弟和翠屏到前面傳雲舒過去詢問是什麼事，雲舒解釋了一番，兩人聽說剛剛皇上來過，都很驚訝。

翠屏眼中掩不住狂喜，而桑招弟則更關心現在還在廳中等著的韓嫣。

桑招弟對雲舒說：「韓公子是貴客，好好伺候，千萬不可怠慢。」

三人正站在角門邊說話，韓嫣冷不防從廳裡快步走了出來。猛然撞見男賓，桑招弟有些失措，轉過半個身子迴避了一下。

桑招弟畢竟是桑家大小姐，是大公子的姊姊，於是雲舒就向韓嫣介紹道：「這是我家大公子的胞姊，我們家的大小姐。」

韓嫣大方地衝著桑招弟點了點頭，而後對雲舒說：「我還是回去好了，妳也不必跟妳家大公子說我來過。」

雲舒看韓嫣一臉糾結，便不再瞞他。「韓公子放心回去吧，皇上的傷勢不要緊，口子不算深，上了藥後已經不流血了，他還說那傷口是在街上被小孩子玩石子時意外砸到的。」

韓嫣見雲舒一副什麼都知道的模樣，有些訝異，問道：「妳怎麼不早說？」

雲舒笑道：「韓公子又沒問。」

韓嫣臉上大窘，但聽到雲舒說的那些話，又有些開心。劉徹替他瞞下造成那道傷口的真相，也算對得起這十幾年的兄弟之情，不枉他幫劉徹背那麼多黑鍋了。

韓嫣滿意地離開，桑招弟卻在後面偷偷張望。

送走韓嫣的雲舒回來見到桑招弟依然在角門那邊徘徊，就上前問道：「大小姐，還有什麼事嗎？」

桑招弟扯著手絹問道：「剛剛那位韓公子，是什麼人？」

雲舒介紹道：「他叫韓嫣，是韓王信的後人，現在跟大公子一樣，也是皇上的侍中，不過因為他跟皇上一起長大，情分更要親厚一些。」

桑招弟聽了，若有所思地點點頭。雲舒補充說：「聽說最近韓家一直在為他說親，把他逼得夠嗆。」

聽到這些，桑招弟突然慌張地解釋道：「我不是要打聽這些，只是想看看他是個什麼樣的人，既然是跟弘弟一起輔佐皇上，多了解一些總是好的……」

聽到這些解釋，雲舒反倒詫異了。她只不過隨口一說，就把桑招弟弄得如此緊張，難道她對韓嫣有想法？

少女十五，正值芳華佳齡，少年十六歲，正是意氣風發，情愫暗生的確有可能，只是就憑剛剛那一眼，也太迅速了點。更何況，桑招弟也不似那麼莽撞的人。

雲舒有些不確定地看了桑招弟幾眼，想多觀察一下，卻只見她紅著臉回房去了。

大公子過了一個多時辰才回來，回來之後用餐、洗漱又花了一些時間，等收拾妥當，他就要聞雲把雲舒叫到他房裡去。

雲舒見大公子神色疲憊，關切地問道：「送皇上回宮還順利嗎？」

大公子點頭說：「還好，回去的時候，宮裡上下已經急到不行，太皇太后、太后，還有兩位長公主以及皇后都等著。皇上一看她們的臉色就知道大事不好，連問安都沒有，趕緊直接送禮給館陶長公主。幸好屏風起了作用，眾人聽說皇上是為尋找壽禮才出宮的，這才消了怒氣，再看到屏風上的繡工那麼奇特，心情頓時好了。只是看到皇上額頭上的傷，便把皇上身邊服侍的人都訓斥了一番，還拉了幾個當值的人下去杖責。」

雲舒覺得皇上私自出宮又受了傷，最後追究起來沒丟人命已算好的了，可是大公子滿臉愁色又是為了什麼？

「大公子，皇上既然已經順利回宮，您還在為什麼事發愁？」

大公子琢磨了一下心事，想來恐怕只有雲舒能幫他，於是說：「我平日不在家時，妳幫我多注意一下我大姊院子裡的事情。」

雲舒聽了覺得事有蹊蹺，用詢問的眼光看向大公子，大公子解釋道：「奶奶和二娘將大姊送到長安來，肯定不只是為了照顧我。大姊以前在家的時候，連父兄都避諱，斷不可能發生明知有男賓，還故意出現的情況，我想知道這究竟是為了什麼。」

看來大公子的確有所察覺了，連雲舒這種不熟悉桑招弟的人都覺得她舉止奇怪，大公子那麼熟悉她的人，又怎麼會感覺不到呢？

「大公子放心，我會注意的。」雲舒應允道。

大公子由衷謝道：「雲舒，幸好有妳在我身邊替我解憂……」

雲舒聽了，淡然一笑。

次日，雲舒藉口到北園看阿楚，來到大小姐的園子。三福和阿楚正在榻上的小桌玩沙包，吳嬸娘則在一旁納鞋底，看到雲舒來了，個個臉上都是喜色。

雲舒和吳嬸娘在床邊坐下，一面看兩個孩子玩耍，一面聊天。她先是問吳嬸娘搬到這邊是否習慣，又問大小姐待她們可好。吳嬸娘一五一十地說了，如之前所料，大小姐對阿楚的確很好，恍若胞妹一般養著。

雲舒見四處無人，就對吳嬸娘說：「妳平時也不要總把兩個孩子關在房裡，時常帶她們去大小姐屋裡走動走動。聽說大小姐唸過書，學過很多東西，讓兩個孩子跟著她學一學也好。」

吳嬸娘點頭應下，雲舒又說：「如果在她屋裡聽到什麼不尋常的事，也可以跟我說。大公子雖然關心大小姐，但終歸是姊弟，有些問題不好直接問，只能靠我們幫忙。」

年輕女孩子操心的問題橫豎就那幾樣，吳嬸娘很快就明白了雲舒的意思，保證道：「我是過來人，這個我明白，雲舒姑娘放心吧，我會注意的！」

雲舒笑著起身，說要去回春堂看看，問吳嬸娘有什麼東西要帶給大平和小順。

想到自己的兩個孩子，吳嬸娘滿臉是笑，忙從一旁的櫃子裡取出兩雙鞋說：「我剛做好兩雙鞋，就煩勞姑娘幫我把鞋帶給大平吧！我最近很少回家，也不知孩子他爹有沒有把他們兄弟照顧好。」

雲舒看看手上的鞋，純手工的，實在做得真好！「母愛溫暖牌」的東西，她也曾經擁有過，不過那些已經離她很遙遠了……

吳嬸娘見雲舒看著鞋出神，忙說：「如果不嫌棄，我也幫姑娘做一雙吧。」

見她會錯意，雲舒忙推辭道：「妳帶孩子已經很辛苦了，哪能讓妳再為我做鞋？妳稍得閒就歇歇，別累壞了。我先去醫館，回頭再來看妳們。」

第三十四章　另尋他主

王太后之弟武安侯田蚡，自劉徹被封為太子時，就借王太后和劉徹之勢飛黃騰達，從小小郎官直至今日的武安侯。可是對於有兩大靠山的田蚡來說，他覺得這遠遠不能滿足他的野心。

近日，劉徹罷免了丞相衛綰，但新丞相的人選卻遲遲未定，作為丞相候選人之一的田蚡，正在馬不停蹄地織造他的關係網。

一輛用黃金、白銀包裹邊緣的奢華馬車停在平陽公主府門前，一個留著小鬍子的高冠中年人從馬車裡走了出來，闊步走進大門敞開的平陽公主府。

劉嫖身著大紅漢服立於大堂前，對來人微微點頭，笑著說：「舅舅剛下朝就到我這裡來，難道是知道我府上今日有好吃的不成？」

這小鬍子高冠的中年人，正是武安侯田蚡。

田蚡大聲笑道：「看來我來得巧，口福不錯！公主今日準備了什麼好宴？」

劉嫖和田蚡並肩走入廳中，對立跪坐。劉嫖巧笑倩兮道：「得了一隻梅花鹿，剛剛送去廚房，就聽說舅舅來了。」

兩人說笑間，有侍女進來端茶倒水，待旁人退下之後，田蚡沈靜地緩緩問道：「公主近日可時常進宮探望皇上和太后？」

劉娉垂下眼睛說道：「太后那裡我常去，皇上那裡……我不想去了。」

田蚡微微一抬頭，詫異地問道：「這是為何？皇上和妳最是親厚，你們怎麼能不常走動呢？」

劉娉有些汗顏，說道：「我是無顏見徹兒……」

劉娉把之前推薦卓成未果之事說了，又補充說：「我本是好意，以為幫徹兒尋了個良臣，誰料那人竟是狂妄之徒！」

田蚡安慰了劉娉一番，又說：「這點小事，皇上肯定不會放在心上。妳是皇上的姊姊，為他舉薦人才，以防他被小人左右，公主的用心，皇上肯定能諒解。」

田蚡似是話裡有話，劉娉笑著看了他兩眼，思考著他突然來公主府所為何事。

田蚡抬手捏著鬍子，沈吟了一番，說道：「平陽，我們一家人不說兩家話，舅舅今日來找妳，妳應該知道是什麼事吧？」

平陽公主如何不知？最近朝堂上為丞相人選之事已爭論了很多天，她平日去長門宮探望太皇太后和太后時，也聽她們提起過。

「舅舅憂國憂民，心中想的事千萬件，平陽哪知道舅舅跟我說的是哪一件？」

田蚡微微有些不悅。「平陽何必說這個話？倒讓舅舅心涼！妳看看現在是什麼局勢，皇上登基快一年了，宮裡那位依然手掌大權不肯放手，若這次再讓竇嬰得了相位，這朝廷豈不成了竇家的朝廷？這江山……」

平陽公主面不改色，依然淡淡笑著。「這些我何嘗不知，只是我能幫上什麼忙呢？人微言輕，誰都不會放在心上的。」

見平陽漏了口風，田蚡立即順杆往上爬，眉飛色舞道：「平陽妳這就太小看自己啦，皇上最聽妳的勸，他今天在朝上，竟然讓竇嬰暫領丞相之職，而不是我！妳去跟他說，舅舅跟你們最親，讓舅舅當丞相，自己人還有什麼不放心的呢？」

平陽公主突然笑起來，眼底有了冷意。

舅舅……終究不是一個姓，就算是一個姓，對於皇室來說，哪有什麼外人、自己人之分？

不過劉嫖依然面不改色，溫和地說：「舅舅這麼疼徹兒，徹兒會明白的。」

田蚡還想說什麼，但已有侍女端著烤好的鹿肉送了上來，也就不好再多說了。

用完飯後劉嫖送田蚡離府，在路上說：「我會進宮看徹兒的，舅舅安心回去吧。」

得到劉嫖這句話，田蚡大喜，昂首挺胸離開了公主府。

劉嫖剛回殿裡休息，就有管事匆匆跑進來稟報道：「公主，不好了，卓成衝撞了武安侯！」

劉嫖聽了眉頭一皺。這個卓成，上次才把他打得半死，身上的傷還沒好，怎麼又不安分了?!她氣憤地隨著管事向外走，管事則在路上把事情經過大致跟她說了一遍。

原來卓成能下床之後，就被催促著去馬圈做事，恰今日田蚡上門作客，馬車停在馬棚裡，卓成就乘機與田家的馬夫聊了起來。待田蚡要走時，卓成積極備馬，和馬夫一起將馬牽到大門外裝備等候。只不過，前一刻還安安靜靜的他，在見到田蚡時，突然瘋了似地衝出去，跪在田蚡身前，把田蚡和眾人嚇得不輕。

聽完管事的話，劉嫖冷笑不止。好個卓成，見她不重用他，這麼快就想另投他主？

劉嫖來到門外時，卓成已經垂手站在田蚡身後，哪怕是聽到主人的聲音，也未抬頭看一眼。

平陽公主氣到不行，偏偏無法在田蚡面前發作。自己馭下無方，又怎好在別人面前丟臉？

偏偏田蚡不知道卓成先前的事，一臉興奮地對劉嫖說：「平陽，妳府上的馬奴可當賢士，這個人就讓給舅舅吧！」

平陽冷眼瞧著他們，不知卓成耍了什麼詭計，竟然讓田蚡看上了。平陽漸漸靜下心來，說道：「舅舅，此人最是巧舌如簧，您可別被他騙了，他就是我之前誤薦給皇上的那個狂徒。」

田蚡臉色變了一變，沒料到是他……

不過田蚡想起剛剛卓成跪在他面前說：「竇嬰的資歷比侯爺長，做官時的聲望也很高，假如皇上讓侯爺做丞相，侯爺卻把相位讓給竇嬰，皇上定會讓侯爺做太尉。雖然丞相和太尉行一樣的職權，但侯爺卻能得到一個讓賢的美名，如此佳事，侯爺何樂而不為？」

這番話觸動了田蚡的心思。他因靠著太后和皇上上位，官升得快，在其他官員心裡，都把他看得很輕，若能因此事轉變其他人對他的看法，倒是極好。只不過這是件大事，他必須回去跟手下的門客賢士好好商量一番。

思來想去，田蚡決定先把卓成帶回去再說。縱使如平陽公主所說，這人只是一個欺世盜名之徒，那他把他扔在武安侯府當馬奴，也沒什麼可惜的。

田蚡貼著笑臉跟劉嫖磨了半天，劉嫖實在沒辦法，最後想到卓成現在不過是個馬奴，送給田蚡又能怎樣，若不送，別人只會說她小氣。

「既然舅舅這麼看中他，就把他帶走吧，只是平陽話說在前頭，舅舅可要把他瞧仔細了，免得將來後悔，說是平陽害了您。」

田蚡高興還來不及，哪聽得進平陽後面的話，只是笑著上馬車，帶卓成回府去了。

雲舒從清平大街出來，帶著吳嬸娘捎的兩雙鞋來到回春堂。陸笠正在教幾個大學徒配藥，另有幾個年紀小的圍在門邊上玩，吳嬸娘的兩個兒子正在其中。

大平見到雲舒來了，拉起身邊一個小男孩說：「小順，這就是雲姊姊！」

小順模樣大約六、七歲，比大平靦覥很多，很文靜的一個小男孩。

兩個孩子專注地盯著雲舒，雲舒笑著走過去說：「大平在教弟弟玩嗎？」

大平用力點頭說：「嗯，小順不會玩彈珠，我在教他。」

雲舒拿出吳嬸娘做的鞋，交給大平。「這是你母親為你們兄弟做的鞋，你跟弟弟一人一雙，來試試看大小是否合適？」

大平歡喜地接過。「真的是我娘做的嗎？謝謝雲姊姊！」

大平讓小順坐在門檻上，先幫他試了鞋，然後再幫自己換上新鞋，看到他們兄友弟恭的樣子，雲舒打心眼裡覺得吳嬸娘教出的孩子真不錯，想來阿楚交給她十分妥當。

雲舒走進回春堂，跟眾人打了招呼之後，就在店裡走走看看，卻發現沒什麼自己插得上手的地方。正感到無聊之際，她看到陸笠把一份裝好的藥包交給大平，要他們兄弟兩人送藥去。

「我也去！」雲舒趕緊站出來說：「我陪他們一塊兒去。」

陸笠見她無聊到不行，便點了點頭，讓她帶著大平和小順送藥去了。

說是讓她帶著兩個孩子，實際上卻是大平和小順帶著她，因為雲舒到現在都沒把長安城的路認全。三人兜兜轉轉，在一座高門大院的正門前停下，雲舒驚詫地發現，他們竟然到了平陽公主府。

「大平，你們是幫誰送藥？怎麼到這裡來了？」

大平說：「是給公主的一個馬奴，他好可憐，被公主打得快死了，幸好有我們先生救他。」

雲舒在心中苦笑，不會這麼巧吧，竟然是來給卓成送藥的，早知道她就選擇繼續在回春堂裡無聊地待著了。

雲舒站在高牆之下，苦笑著說：「大平，你把藥送去吧，我在這裡等你。」

大平並未多想，讓小順陪著雲舒在外面等待，他一個人跑到公主府門前，敲了敲門房的窗戶。

雲舒見大平與門房說了一會兒話，又折返回來，雲舒問他怎麼沒把藥給門房，大平苦惱地說：「找不到那個人了。公主府的人說，他剛剛被武安侯帶走了！」

「武安侯？」雲舒心中一琢磨，眉頭就皺了起來。卓成竟然拋棄舊主，投靠武安侯田蚡去了！

得知卓成投靠田蚡之後，雲舒想了很多。

田蚡這個人的名聲雖不好，但有一點卻不錯，他極為禮遇賢士。卓成正是看重這一點，才投靠田蚡的吧？只是卓成若被田蚡重用，她就要頭疼了。

對於卓成的問題，雲舒總有些憂慮過甚，然而這個問題她不能不放在心上，畢竟他曾經那樣殘忍傷害過她，這輩子她都不可能解開這個心結。卓成的一舉一動如同水珠落入平靜的湖面，不斷惹起漣漪，不僅如此，她還擔心這片漣漪會變成驚濤駭浪！

大平見雲舒在回醫館的路上一直低頭思考，懂事地牽著弟弟的手靜靜跟在她後面，直到大平突然吼出一聲「不給」，才把雲舒給驚醒過來。

在她身後十多步的地方，大平和小順不知什麼時候被一群個頭稍高的孩子堵在街角。大平把小順護在身後，如憤怒的小獸般瞪著攔他們的人。

雲舒狐疑地向他們走去，只見一個長得很壯的男孩說：「昨天是你們跑得快，你們以為今天還跑得掉？不想挨打的話，就快點把錢交出來！」

咦？勒索打劫？

雲舒沒料到她竟在古代碰到這種事情。看打劫的那群小子也不過十歲左右，卻拉幫結夥地欺負弱小。在現代的中學，也有不少這樣的事，當時是怎麼處理的？告訴老師、叫家長，若是情況嚴重，也會報警，可是這些現在行不通吧……

說到底，現在雲舒不過是十四歲的女孩，她和大平、小順三人如果跟這群小混混正面對抗，恐怕打不贏，況且這個時候也來不及叫人幫忙。思來想去，最穩妥的辦法就是花錢消災，只是讓雲舒白白花錢也不是那麼容易的事……

她抱著手臂，站在那群小孩身後思考。看他們衣衫襤褸、皮膚黝黑，應是窮人家的孩子，勒索打劫恐怕是迫不得已而為之。

其中看起來像領頭的男孩已經快跟大平打起來，大平氣憤地喊道：「這是我跟我弟弟賺的錢，憑什麼要給你，想得美！」

小混混的「老大」惡狠狠地說：「就憑我能一拳把你揍趴下！」

為了防止他們真的打起來，雲舒開口喊道：「住手！」

這群孩子一聽到有外人來，神情有一瞬間慌張，可在看到來人只是一個小女孩之後，臉上再次浮現出強橫的表情。

大平反而更緊張了。「雲姊姊妳先走，別讓他們欺負妳！」

雲舒反而淺笑著走上去，站到大平身邊，冷眼打量起這群小混混，說：「欺負我？我怕他們沒這個膽子！」

他們老大一聽，怒笑道：「別以為妳是女的，我就不敢打妳！」

雲舒笑得更開心了。「今日敢動我一分，明日我就讓你用一條命來抵；今日動我兩分，明日就用你們一家人的命來抵！在這長安，你說是你的拳頭好用，還是我家公子的官印好用？」

幾個小混混都慌了，他們沒想到會惹上官宦人家。

「妳、妳嚇唬誰？」那老大驚疑不定地說道。

雲舒毫不示弱地說：「不信你且動一指頭看看，看到了明天，你們哪一家逃得過下大獄的下場！」

幾個小孩子都被嚇到了，連大平和小順也愣愣地看著雲舒。小混混的老大目光閃爍地看了雲舒幾眼，終究轉過身對同伴說：「走，他們手裡那點小錢，我們不要也罷！」

雲舒暗暗吁了口氣。她說得那麼誇張，萬一惹怒了這群壯實的小朋友，被打一頓就太慘了。雲舒在他們轉身離開時，壓制住內心的不安，喊道：「你們是不是想要錢？如果想要錢，我給你們機會賺錢，像大平和小順這樣，不用勒索別人，靠自己的本事賺錢！」

小混混們都驚訝地回頭看著雲舒，再看向自己的老大。

領頭的小混混一臉思索，終是停下腳步說道：「我才不信妳有這個本事！」

雲舒從自己兜裡取出兩串銅錢揚手讓他們瞧，這些孩子的眼睛頓時發亮，他們「老大」甚至向雲舒跨了一大步。

雲舒警戒地說：「我話可說在前頭，你若是搶了我的錢，明天就別怪我帶人去捉你，但你們若是肯幫我做事，不僅這些錢是你們的，以後也還會有更多錢賺！」

領頭的男孩終究抵抗不住金錢的誘惑，問道：「妳要我們做什麼？」

雲舒旋即笑道：「總歸比你們勒索別人的錢要正當很多！」她看了看那個領頭的壯實男

孩，問道：「你叫什麼名字？」

不待他說話，大平就在雲舒後面說：「他叫胡壯，這幾條街就數他最壞！」

雲舒聽到這些，內心卻有些小小的驚喜。「胡壯，你最多能召集到多少孩子聽你的話？」

胡壯臉上顯出得意的神色。「在這一帶，他們都要聽我的！」

雲舒需要一個較為準確的數字，於是追問道：「多少人？」

胡壯皺了皺眉頭，低頭扳了扳手指，最後說：「二十多個吧，有幾個不是很聽話，我不知道要不要算進去。」

二十多個，不算少了。雲舒沒想到胡壯一個小孩子竟然能用拳頭管制這麼多孩子，除了拳頭硬，他應該還有其他能讓這些孩子信服的地方吧。

雲舒點點頭，決定就選胡壯了。她又看了看在場的四、五個孩子，將他們聚在一起低聲說起話……

原來雲舒要胡壯從明天開始，帶幾個人去武安侯府門前玩，時刻注意侯府裡的動靜，特別是卓成。胡壯不認識卓成，雲舒便要大平跟他們大約說明一下相貌。

交代完事情之後，雲舒說：「胡壯，你挑四個人跟你去辦這件事，我每天給你們每人十個銅板，若打探到了很有用的消息，我會額外獎勵。這是我要你們做的第一件事，以後還會有更多事要你們做。」

胡壯頭一次聽到這種事情，隱約覺得有些不對勁，但又說不出是哪裡不對。監視和打聽消息對他來說一點也不困難，再想想雲舒手中的錢，他一握拳便答應了。

「好，不過妳得先把錢給我們，不然誰知道妳會不會後悔？」

雲舒聽了一笑，沒想到這小子還挺難纏。不過她也不惜這幾個錢，給他們錢之後，只叮囑道：「拿了我的錢，你們就要為我辦事，若不講義氣，拿了錢就反悔，你們可別指望再從我手裡攢一個銅錢！」

看到雲舒給錢給得這麼果斷，胡壯不知有多高興。他們這群孩子雖小，卻很懂「義氣」，再聽雲舒這麼一說，胡壯隨即保證道：「我說話什麼時候不算話了？哼，小看人！」

雲舒笑咪咪地說：「那你們去吧，有什麼消息，直接到回春堂來找我就行，若我不在，讓大平或小順轉告給我也一樣。」

胡壯點了點頭，拉著大平去武安侯府認人，雲舒則帶著小順回去。小順在路上猶豫了很久，終究對雲舒說：「其實胡壯也不是很壞……」

雲舒很詫異，即使她打算跟胡壯這群小混混建立合作關係，但他們的確要搶小順的錢，沒想到小順會說他不壞！

小順見雲舒在聽他說話，於是繼續說：「胡壯沒有爹，只有娘，他娘經常生病，兩個人都沒吃的，他是為了幫他娘找吃的，才會出來搶錢。」

如此說來，他還是個孝子了？只不過沒人教育他，以致孝順母親的方法錯了。雲舒點了點頭，怪不得胡壯會一口答應與她的交易，果然極需要錢。

有錢能使鬼推磨，何況是指示幾個小孩子做事？雲舒不禁在心中慢慢籌劃起她的「童子軍」……

把小順送到回春堂，雲舒等候大平回來，再向他詢問情況。

大平說：「我和胡壯他們到武安侯府的時候，在外面等了一會兒，卓成就被幾個家丁領著住進侯府旁的一處外宅。聽胡壯說，那裡住的都是武安侯的食客，他們幾個知道誰是卓成之後，就守在那兒了。」

雲舒點了點頭之後，摸摸大平的頭，叮囑道：「今天我跟胡壯說的那些話，你不要告訴其他人哦。」她連哄帶騙道：「免得你母親知道你跟他們一塊兒，還以為你們兄弟學壞了。」

大平被唬住，連忙點頭，保證不說出去。

雲舒見時候不早，大公子大概要出宮回家了，便告辭回到清平大街。

雲舒跟大公子剛好前後腳回家，她見大公子面色不豫，不禁有些忐忑。待大公子用過晚膳，她便來到大公子房中，說有事要跟他說。

大公子恰巧也有事要跟雲舒說，於是揮退了其他人跟雲舒聊了起來。

雲舒先是講了卓成背叛平陽長公主，轉投到武安侯田蚡門下的事，又問大公子因何事不愉快。

大公子回道：「今天皇上命魏其侯暫領丞相之職，下朝之後，魏其侯與皇上詳談朝政問題，皇上問起我們幾位侍中的意見，我便大膽說了，誰知惹來魏其侯一陣斥責，說我是無知小兒，說的全是無稽之談……」

雲舒聽了大公子的話之後卻笑了。

「大公子，這是好事呢！魏其侯拉攏你失敗，所以決定打壓你，他愈是不喜歡你，皇上就愈是信任你！」

大公子有些驚愕，愣了一下之後笑道：「還真是這樣……什麼事情到雲舒妳這裡，總會變成好事。」

雲舒解釋道：「事情一般都有兩面，有壞的，也有好的一面，我們要善於發現有利的一面，加以利用，之後才能在大局勢上漸漸化被動為主動。」

大公子極為認真地思考雲舒這番話。雲舒口中許多新詞他從沒聽過，許多句子也從未聽人說起，可每當他認真品味的時候，總會發現她說得格外有理。

雲舒見他想得差不多了，又說：「在得到皇上信任這方面，還有一事大公子要格外注意。」

大公子想了一想，問道：「妳是說我跟武安侯的事情嗎？」

雲舒點頭。她之前跟大公子提過這件事，大公子雖然放在心上，但一直沒跟劉徹說過。之前還能拖著不管，但卓成現在成了田蚡的門客，雲舒處理起跟田蚡相關的事情，就得格外注意。

「這幾天一直沒有機會跟皇上獨處，等找到機會，我就跟皇上說明白。」大公子說道。

雲舒囑咐道：「武安侯若位列三公，勢必會與大公子有很多機會接觸。卓成跟我們有過結，在他的影響下，武安侯更會注意到我們。現在武安侯還不知道有大公子這樣一個族甥，等他知道了，不管想不想拉攏大公子您，這事要是讓皇上知道，我們都會很被動，所以大公子自己還是儘量早點跟皇上說吧。」

大公子慎重地點了點頭。他原本打算等皇上最近忙完再說這件事情，現在看來，時機要抓緊了。

第三十五章　惡毒陰謀

長安風雲，一夕之間突變。朝廷中最重要的三公人選正式敲定，魏其侯竇嬰擔任丞相，武安侯田蚡出任太尉，另擢升儒生出身的趙綰為御史大夫、王臧為郎中令，他們的老師，年已八十的《詩經》博士申培則任太中大夫。

竇嬰當丞相，田蚡做太尉，這種安排對竇太皇太后、王太后而言是雙贏。

劉徹雖用了竇太皇太后的人，但是竇嬰卻與竇太皇太后有一點不同，就是他推崇儒術，這一點很合劉徹的心意；田蚡得了權，又得了讓賢的美名，他和王太后也非常開心，而劉徹用田蚡來制衡竇氏，亦是樂見其成。

在這次以更換丞相為起因的朝廷官員大洗牌中，劉徹除了更換三公，還提拔了大量獨尊儒術、貶斥黃老之術的人，儒學從此開始代替黃老之術成為「官方哲學」。

竇太皇太后及一干老臣都是黃老之術的信奉者，貶斥黃老就是劉徹對竇太皇太后表明自己的態度，他要從貶斥黃老之術入手，反對竇太皇太后干預朝廷政事。

竇太皇太后經營數十年的朝廷，一夕之間被劉徹顛覆，但她幾乎沒有干涉，更別提反擊。是她已經決定放手，還是覺得劉徹只不過是孩子般小打小鬧，她根本沒放在心上？

當雲舒從大公子嘴裡不斷聽到朝廷各種變動時，一顆心也隨之七上八下。她看到風雲突變的長安，知道劉徹的新政改革開始了……

大公子、東方朔、韓嫣等人跟隨劉徹一起改革，這群年輕人的熱血在這一刻澎湃，雲舒看著大公子每天起早貪黑地忙碌，內心卻有說不出的難過。

這次新政改革到最後終究是竹籃打水一場空，可這個結果，雲舒不忍心告訴他們。

自從卓成去了武安侯府之後，因獻計有功，得到田蚡重用，同時他還與武安侯府各色門客熟悉了起來。

胡壯和大平每天都把卓成的交際動向告訴雲舒，雲舒細細分析之後，心情越發忐忑。在這種忙碌不安的狀態下，眾人迎來了建元二年的新年。

洛陽那邊來了好幾封信，催大公子回家過年，但因為朝中事務繁忙，大公子一拖再拖，終於決定在臘月二十七這一天帶眾人回洛陽過年。

大公子不想把清平大街這幾十口人都帶回去，一是人多行走不便，再者過年若有同僚拜訪，家裡也不能沒有人接應，思來想去，他最終決定和姊姊桑招弟帶著顧清、雲舒、旺叔幾人回家過年，留韓管事領著眾人在長安照看屋子，並接待過年來宅子裡走動的人。

然而，雲舒卻要求留在長安過年，讓大公子十分意外。

大公子為難地看著雲舒。他很想把雲舒帶著，但雲舒卻說要陪陸先生、阿楚在長安過年，還說長安這邊有她照應，大公子可以放心回家過年。

「妳真的不想隨我回洛陽？」

雲舒笑著說：「我一個人，在哪裡過年都一樣，但是韓管事是有家室的人，好不容易過年能回去相聚一次，您卻把他留在長安，他的家人不知會有多難過。」

大公子覺得雲舒說得很有道理，但心裡就是有些不情願。不過他跟雲舒之間一直都是憑道理說話，縱使不樂意，也只能忍住。

二十七日一早，大公子和大小姐出發回洛陽，臨行前，大公子再三叮囑。「我留給妳的那些錢妳只管用，過年吃好一些。」

雲舒應了下來，又催促他們快點上路，免得下起雪，路上不好走。待送走他們，雲舒就大大鬆了口氣。她才不想回洛陽過年，那裡人多口雜，有老夫人、二夫人看著，她們這些做下人的肯定吃不好、睡不好，在長安就不一樣了，現在又是她說了算，她想怎樣舒服地過，就怎麼過。

大小姐的管事嬤嬤和丫鬟隨著她回洛陽了，雲舒就讓吳嬸娘帶著阿楚住回大公子的院子，然後要人把北園暫時上鎖。

因陸笠堅持把醫館開到過年頭一天，所以雲舒每日索性帶著吳嬸娘和阿楚去醫館玩，吳嬸娘可以照顧兒子，陸笠能看女兒，她則可以幫忙，可謂一舉三得。

這天陸笠閒來無事，把女兒抱到跟前玩耍。大平和小順出去送藥，吳嬸娘和雲舒就坐到後面的房間，生了個爐子，喝著熱水說起閒話。

吳嬸娘記著雲舒的囑託，便說起大小姐院子裡的事。

「大公子那裡若是來了客，大小姐就會讓翠屏去前面打聽來的客人是誰。我原本還不明白大小姐為什麼對男賓這麼上心，後來她房裡的小丫鬟環兒在跟阿楚玩時告訴我，翠屏有一次跟大小姐爭論，聲音很大，讓她聽到了，原來是翠屏不明白大小姐為什麼看上了韓公子。翠屏勸大小姐想辦法見到皇上才是正理，大小姐不願意，兩人吵了一晚上。」

說完，吳嬸娘極為不認同地搖了搖頭說：「翠屏膽子真大，竟然敢跟大小姐頂嘴，沒想到大小姐也能容她！」

雲舒一面烤火一面琢磨，難道大小姐真的喜歡上韓嫣了？若是如此，她倒可以考慮讓大公子撮合一下他們，只是韓嫣的下場……

雲舒正在思考的時候，大平突然跑了進來，急匆匆地喊著：「雲姊姊，他來了！」

吳嬸娘看到兒子亂跑，板起臉來說：「好好走路、好好說話，這麼慌張，成什麼樣子！」

大平一愣，趕緊站好。「雲姊姊，卓成來了。」

雲舒詫異地問道：「來這裡？」

大平點頭道：「嗯，說是多虧陸先生的醫術才救了他一命，他帶了好幾盒禮物提前來向陸先生拜年。」

雲舒不禁冷笑。卓成會這麼好心？

「除了拜年，他還說了什麼？」

「不知道呢，我看到他來就跑進來了。」

雲舒一時心急倒也糊塗了，這種事情她問大平，大平也說不清楚，還是事後問陸笠比較好。

回春堂前院，卓成身著廣袖漢服，儼然一副古代賢士的樣子，與之前落魄為奴的模樣大不相同。

陸笠淡淡看著他，聽著卓成口中的數字成倍增長。

「一百金？五百金？先生，您若還不滿意，大可直接報個您滿意的價錢，我也好回去跟太尉大人商議。」

因卓成知道田蚡最終暴斃在床榻上，他總擔心田蚡有什麼隱疾。既然他已決定投靠田蚡，而田蚡又肯重用他，他就想幫田蚡查清楚，以免日後真的暴斃。

卓成先後請了很多郎中為田蚡診脈，眾人都說田蚡身體沒有大礙，於是他轉而懷疑田蚡最終是被人下毒暗殺，便建議田蚡在身邊安放一個信得過的太醫，每日檢查他的飲食，以保安全。

田蚡非常惜命，立即採納卓成的意見，問及太醫人選時，卓成便想到救他一命的陸笠。

陸笠面無表情地說：「我從醫是為了醫治苦難人，並不願成為太尉大人一人的太醫，承蒙你們厚愛，還是另選他人吧。」

卓成見陸笠不同意，覺得很是不耐。他原本是抱著提拔陸笠的心思來的，沒想到這人情竟賣不出去。

他來這裡之前打聽過了，陸笠曾被竇嬰推薦進宮為太皇太后看過病，現在見他富貴不淫的樣子，不肯為田蚡賣力，就以為陸笠是竇嬰的人。

既不能做盟友，那就是敵人！卓成恨恨地想著。

西漢過年的時候，沒有煙花、爆竹，沒有紙做的對聯，也沒有餃子這種食物。穿越時空、離鄉背井過年，愈想愈寂寥，雲舒琢磨著這好歹是她在這裡過的第一個年，不想這麼傷感，便把陸笠跟吳嬸娘兩家叫過來，一起熱鬧熱鬧。

年夜飯之前，雲舒去廚房教廚娘包餃子，幾個人看著，覺得很是新奇。雖然她們以前沒做過，但都是做飯的好手，很快就學會了。

教完包餃子之後，雲舒見廚房上下都妥當了，就回到屋裡跟大家說說笑笑，倒也舒坦。入夜，眾人圍坐成一圈吃了餃子和年夜飯，飯後雲舒就為孩子們說起「夕」和「年」的故事。

相傳太古時期，有一隻叫做「夕」的惡獸，專門為人帶來災難，於是眾人會在自家門前繫上紅布，防止「夕」的到來，並敲鑼打鼓燃起火把，四處驅趕「夕」，這就是「除夕」。

正說著，雲舒忽然聽到外面街上鑼鼓震天。她眼神一亮，蹦起來問道：「這是在除夕？」

街上有成群結隊的人敲鼓驅逐病疫，雲舒覺得新奇，便帶上稍大一點的大平、小順上街玩，讓三福和阿楚不禁鬧起脾氣，雲舒只好說會買熱糕回來給她們吃，這才哄住。

街上鬧哄哄的，雲舒跟著敲鑼打鼓的隊伍走了一會兒，又遇到胡壯等幾個人。因雲舒雇他們打探消息，過年前又給他們紅包，所以這群孩子家裡的情況都有所好轉。那幾個錢雖不能說讓他們由貧轉富，但這個年關好歹順順利利過了。

跟著胡壯的幾個小弟看到雲舒，都向她拜年，說些喜慶的話，偏偏胡壯有些好面子地硬挺著，並不主動感謝雲舒。身為小團體的老人，曾在雲舒這裡丟過面子，所以雲舒能理解他的態度，也未放在心上。

哄鬧著玩了兩條街，隊伍漸漸散去，加上時候也不早了，雲舒就帶大平和小順回家休息。大人讓幾個孩子先睡，然後來到廳裡聚起來守夜。

幾個人吃著油果子和小點心，低聲聊起天來。約莫子時剛過，大門前突然傳來急促的敲門聲，眾人心中一驚，大半夜的又是過年，不知是發生什麼事了！

雲舒匆匆將門打開，回春堂的學徒方簡止站在門外喘著粗氣。方簡見到雲舒，當即就問：「雲舒姑娘，快叫陸先生，出事了！」

陸笠聽到聲響，疾步從屋裡走出來，問道：「發生什麼事了？」

方簡著急地說：「王柱死在自家床上，王柱家的女人一口咬定是吃了先生的藥才死的，現在正在到處撒潑，說天一亮就要去官府告先生。」

王柱前幾天因為肚子不舒服到回春堂就診，因只是吃壞肚子，陸先生就為他開了幾帖藥，讓他自己回去煎著喝了，誰料除夕當夜竟然死了！

雲舒和陸笠都相當震驚，不管原因如何，畢竟是出了人命。

陸笠表明要去王柱家看看，他不信是自己誤診把人弄死的，雲舒也說要去，就要吳嬸娘家的男人趕緊套了馬車出來，又叮囑吳嬸娘照顧好幾個孩子，這才跟陸笠、方簡兩人乘了馬車趕到王柱家。

王柱家的院子裡不斷傳出女人和孩子的哭聲，陸笠一下車，就有一個女人瘋了似地跑出來撲向陸笠，虧方簡眼明手快攔了下來。

雲舒見周圍有街坊鄰居在看熱鬧，王家的院子裡還有王家族內的人趕過來撐場面。雲舒知道她若不做些什麼，回春堂的牌子只怕是要砸了，而且還會被這些人壓著欺負，於是臉色立刻拉了下來。

她肅然喝斥道：「王大嫂，妳冷靜點！妳男人還不知道是什麼原因死的，怎麼能一口咬定是我家先生的錯？還不快點讓我家先生進去查明原因？若是什麼疫病暴亡，也好早做防備，免得妳和孩子也不得倖免！」

周圍的人一聽說可能是疫病，立即散開，王柱的妻子也愣住了。王家的族人怕陸笠破壞證據，不許陸笠進去現場，然而在雲舒強烈要求下，王家的人終於答應帶他們去看看，只是不准他們碰任何東西。

王柱的妻子邊走邊哭道：「柱子下午出去喝了幾杯酒，回來的時候醉醺醺的，我想到之前大夫說他酒肉過度，壞了肚子，所以煎了藥服侍他喝下，這才讓他休息。等到晚上吃飯的時候，我來叫過他一次，卻叫不醒，我以為他醉得厲害，所以沒管，等到晚上我準備睡的時候，才發現他渾身冰冷……已經沒氣了！」

說完之後，她指著陸笠罵道：「若不是喝了你那勞什子的藥，我男人怎麼會死，就是你害死我男人的！」

陸笠表情嚴肅，任王柱的妻子怎麼罵他，他也不出聲，一心想看到屍體以後再說。

在正房裡，王柱如睡覺一般躺在床上，面色紅潤，根本不像死人。陸笠在王氏族人的監視下走到床邊觀察屍體，而雲舒則被屋裡的酒氣和刺鼻的煤炭味嗆到。她轉頭在四周查看，發現一盆快要熄滅的炭火在床腳下冒著白煙。

雲舒在眾人陷入沈默的時候問王柱的妻子。「這個火盆，是什麼時候放在這裡的？」

王柱的妻子不明白雲舒的意思，答道：「一直都在這裡。天氣這麼冷，沒點火盆怎麼睡得著？」

雲舒反問道：「也就是說，從妳男人回家睡覺開始，火盆就一直在這裡了？」

陸笠被雲舒提醒，也看向那個火盆，沈思了一瞬，堅定地說：「王柱是因為火毒上擾神明，致陰竭陽脫，又因他飲酒過度，所以才死在床上。」

簡而言之，就是一氧化碳中毒。

冷天在密閉的臥室裡燃放火盆，沒人看管，炭火燒出的灰愈來愈厚，蒙在炭上，致使一氧化碳產生，而屋內的氧氣則愈來愈少，自然導致一氧化碳中毒。而王柱是酒醉之後睡覺，即使呼吸難受，也無法清醒。

聽了陸笠的說法，王家的人紛紛嚷著不信，說這是陸笠的推託之詞。陸笠也不急，只說：「等明日報了官，自有仵作來查明死因。」

一群人紛紛擾擾吵到天亮，可偏是正月初一，官府無人辦案，只來了幾個值班的小衙役，把屍體、藥品帶走，然後在雲舒要求下，把房內的炭盆等關鍵線索記錄在案。

待他們從王家回到清平大街時，都已累到不行。雲舒看陸笠神色還算正常，只簡單開導了幾句，就不再多說。

吳嬸娘帶著幾個孩子在家裡等他們，看到大家一臉擔憂，雲舒就笑著說：「沒事的，跟陸先生沒關係。今天是大年初一，大家要開開心心才是。」

吳嬸娘聽雲舒這樣說，才稍微放下心，趕緊讓屋裡屋外活絡起來。

雲舒偷偷把大平叫來，吩咐道：「你去找胡壯，要他找幾個人守到王柱家門口，看看出了這件事之後，有什麼人進出，仔細看看有沒有什麼異常。」

不能怪雲舒多心，實在是因為丞相竇嬰之前一直找大公子麻煩，若大公子不在的時候出了什麼大事，害大公子受到牽連，他們就太不應該了。而且聽陸笠說，卓成之前拉攏他，被他嚴詞拒絕，若卓成小心眼記恨上了，也有可能。

這件事最好平平順順的過去，若有人想借風起浪，她是絕對不允許的！

丹秋打來熱水，雲舒洗了把臉，換了身喜慶的衣服，就開始忙拜年的事情，直到午後，才有一點時間躺下來休息。

她剛躺下沒一會兒，丹秋就匆匆把她喊醒，說大平有急事找她。雲舒一睜眼，皺著眉頭，隱約覺得不是什麼好事，叫來大平一問，果然……

大平去找胡壯安排人到王柱家門前守著，來來往往的人不少，一開始以王氏族內的人為多，後來卻發現武安侯府門客的蹤影！

胡壯覺得不對頭，差人去鄰里間打聽了一番，赫然發現王柱竟是太尉大人田蚡在長安郊區莊子上的一個小管事！他暴斃的事情，武安侯府已經得到了消息，派人問情況來了。

雲舒心中暗呼糟糕，王柱有這樣的背景，極容易生出事端來。

「大平，這幾天要胡壯他們在王柱家、武安侯府和大理寺這三個地方派人盯好，這幾個地方之間有什麼人走動的話，一定要告訴我！」雲舒匆匆吩咐完之後補充道：「你跟胡壯說，過年期間給他們的錢翻倍，別怕用的人多我給不起，務必多派人盯牢了！」

現在雲舒很慶幸自己跟胡壯這群孩子有交易，半大的小孩子在城裡到處走動，旁人只當他們愛玩，根本不會起疑心，哪怕是打聽事情，也容易很多。

而在武安侯府，田蚡剛從宮裡問安出來，就有管事稟告王柱之事，他不甚在意地說：「莊戶上的小事情，你們處理好就行了，不然我雇用你們做什麼？」

他拂袖而走，跟在他身邊的卓成聽了這件事，卻上了心，拉住管家仔細問起來。

侯府的管家面色尷尬地抱怨道：「這原本是件小事，可是我們查探了一番，發現牽連進去的那個陸先生是桑侍中的人，因牽扯到桑侍中，所以不知這件事到底該仔細處理還是草草帶過？」

管家見卓成若有所思，趕緊問道：「卓先生，您是老爺跟前的紅人，最知道老爺的心思，您就指點我一下，這事究竟該怎麼辦？」

卓成的腦袋立即活絡了起來，待他想定之後，便說：「老爺剛升太尉不久就發生這樣的事，若是意外還好，就怕是有心人惡意為之。你先派人去打聽桑侍中的底細，看他那邊事發之後有跟什麼人接觸，又做了些什麼。」

一聽到「有心人惡意為之」這句話，那管事臉就白了，忙說一定仔細查清楚。

卓成又補充道：「除了桑弘羊的動靜，你還要注意他身邊一個叫雲舒的丫頭的動向，別漏了什麼。」

管事原本就覺得此事的分寸不好拿捏，怕做錯受到責備，如今見卓成一副要插手管事的態度，極樂意把這燙手山芋丟過去。「是，我這就聽卓先生的吩咐，打聽消息去。」

正月間，直到元宵節過後，大理寺才開始開門辦案，辦的頭一件事，就是王柱暴斃的案件。十六日，陸笠被傳至大理寺調查詳情，雲舒在家急得如熱鍋上螞蟻，不斷派人詢問情況。

可是陸笠被大理寺傳去之後，便一直沒有回來，雲舒打聽到的理由是，在王柱家的藥渣裡發現了洋金花這種導致麻醉昏迷的藥。

陸笠斷不可能胡亂增添洋金花這種藥，雲舒也完全不相信這是陸笠做的，根本就是有人栽贓嫁禍！

她冷冷笑了兩聲，然後出門往武安侯府走去。

當卓成得知雲舒前來找他時，驚訝得合不攏嘴。他來到側門時，只見雲舒臉上滿是嘲諷，那表情使卓成極為不豫。不過他想到雲舒有可能是為陸笠之事前來求他，心情頓時好了。

他來到雲舒面前，居高臨下地問道：「妳怎麼知道我在這裡？找我有什麼事？」

雲舒淡淡瞥了他一眼，冷笑道：「太尉大人跟前的大紅人，我怎麼會不知道？我只是代替泰安藥鋪的秦大夫問候你一聲，你在他那邊買的洋金花還好用嗎？」

卓成的臉色瞬間刷白，他結結巴巴地問道：「妳……妳怎麼……」

雲舒笑道：「我怎麼知道的？若要人不知，除非己莫為！明天若陸先生還沒被放出來，我就帶秦大夫去大理寺對質。哦，還有一件事，大理寺的張志最喜飲酒賭博，你既找人辦事，怎麼不找個穩妥點的人？」

她又諷刺地朝卓成笑了笑，在他呆滯的表情中，轉身離去。

卓成不明白，他明明早就派人監視雲舒，她也什麼事情都沒做，怎麼會知道他買了洋金花，又收買大理寺的小吏製造假證？

待卓成回過神來，便迅速派人去找泰安藥鋪的秦大夫，以及大理寺的張志，誰知竟找不到他們兩人了……

卓成的一舉一動，雲舒都知道，當她發現卓成行動異常時就猜到了，只是沒想到，卓成真的對陸笠下手了，那曾是他的救命恩人啊！

雲舒深深吸了一口氣，如非必要，她真的不想跟卓成那個混蛋說一句話，可是陸先生大冷天的被關在牢房裡，她必須儘早把他弄出來才行！

雲舒回到房裡，叫來吳嬸娘，要她收拾幾件厚棉衣和棉被送到大理寺給陸先生，天寒地凍的，保護好身體最重要。

吳嬸娘收拾好包袱之後，擔憂地問道：「陸先生什麼時候才能出來？這案子扯上他，真的冤枉啊！」

雲舒思忖著，自己和陸笠是吳嬸娘一家的恩人，而吳嬸娘為人實在，心思毫不險惡，於是對她坦誠道：「吳嬸娘放心，我已經查明白，那洋金花是有人收買了大理寺的小吏，嫁禍給陸先生的。現在我手上有證人，一定能救陸先生出來！」

吳嬸娘聽了大喜。「太好了，姑娘快把證人帶去大理寺作證，這樣陸先生就可以出來了！」

「不行！」雲舒擰起了眉頭。

作為證人的秦大夫和小吏張志都被雲舒威逼利誘藏了起來，可是雲舒並不敢冒險把他們帶到大理寺，她現在還沒有能力保護證人，害怕證人曝光之後，會慘遭卓成毒手。她必須先把陸先生救出來，再想該怎麼處理這兩個證人……

雲舒從來沒有一刻這麼期待大公子快點回來，有大公子在身邊的時候，兩人能一起商量，現在她一個人面對難題，就會覺得害怕、擔憂、沒把握，縱使證據在手，也會害怕被卓成反撲。

出了這樣的事，雲舒不敢隱瞞，很早就派人去通知大公子，快的話，大公子這兩天就會到。一想到大公子就要回來了，雲舒臉上總算露出了一點喜色。

雲舒又掏出一個錢袋交給吳嬸娘。「把錢拿著，打點一下獄卒，以免先生在裡面受苦。」

吳嬸娘領命，帶著衣服和錢匆匆出門去了。

雲舒又叫來丹秋，要她去把人平找來。她現在迫切地想知道卓成的動靜，按照她的預想，卓成應該會顧及她的威脅，想辦法早點將陸笠放出來。若他不放人，等雲舒把事情鬧大，他想脫身就不可能了。

大平小跑著來到清平大街，對雲舒報告道：「姊姊去見了他之後，他派人去了泰安藥鋪和張志家裡，之後就再也沒派人出來，更沒差人去大理寺。胡壯一直帶人在附近守著，若有動靜，我會馬上來跟姊姊說。」

雲舒心中的不安感再次攀升。卓成怎麼一點反應也沒有？是他有恃無恐，還是她漏掉了哪個細節？

雲舒仔細琢磨，怎麼也猜不透卓成的心思，只好安慰自己，恐怕是卓成不甘就這麼放手，還在掙扎著想辦法，等他走投無路，就會想辦法把陸先生放出來了。

到了傍晚，吳嬸娘回來了，她告訴雲舒：「陸先生看起來很憔悴，不過沒有受刑，看到我來了，很高興，一直叮囑我好生照顧阿楚。我送去的衣服和被子當中，被子不准留，只能留下一套衣服，所以挑了最厚實的一件給先生穿上，想來晚上不至於凍壞。」

雲舒幽幽嘆了一口氣，命中犯小人，真是一件很頭疼的事情！

初春夜黑得早，折騰了一天，雲舒就讓吳嬸娘早點下去歇著，自己也早早休息了。

第三十六章　暗夜失蹤

第二天，丹秋見雲舒房裡一直沒有動靜，以為她昨天太過勞累，便沒去打擾她，心想要讓雲舒多睡一會兒。

辰時左右，在誰也沒料到的情況下，大公子竟然回來了！

大公子在接到雲舒的急訊之後，匆匆拜別家人，帶著旺叔、韓管事、顧清三人趕來長安。他下車掃了迎接他的眾人一圈，卻沒尋到雲舒的身影，劈頭就問：「雲舒呢？」

眾人面面相覷，大家一整個早上都沒看到她。

丹秋小聲說：「從早上就沒看到，雲舒姊姊昨天累了一天，睡得沈了，似乎還沒起身，我這就去喊她！」

大公子皺著眉頭往院子裡走，他不覺得雲舒是家裡出了事還能睡懶覺的人。

丹秋推門進入雲舒房中，驚訝地發現屋裡沒人，被子凌亂地堆在床上，於是對屋外的大公子說：「大公子，雲舒姊姊不在房裡，難道……是一早有事出門了？」

大公子凝眉問道：「她沒跟妳們說去哪兒了嗎？」

聽到大公子的問話，滿院子的丫鬟面面相覷，誰也說不出雲舒去了哪裡，更沒人得到她的交代。

大公子心中很不安，這完全不是雲舒的作風，她要去哪裡，至少會跟誰交代一聲。

此時丹秋突然叫了一聲，大公子循聲看了過去，只見丹秋抱著幾件衣服從屋裡衝了出來，急切地說：「這是雲舒姊姊的衣服，怎麼會衣服在這裡，人卻不見了?!」

大公子緊張地抓過衣服，緊緊拽在手裡，低聲喝問道：「去，把昨晚門房守夜的人叫來，另外這幾天誰跟雲舒走得近，帶到我房裡來，我要問話！」

雲舒莫名失蹤，大家都很惶恐，經過詢問，守門人說昨晚落了鎖之後，就沒有人進出過，根本沒看到雲舒的影子，也沒瞧見什麼陌生人。

大公子仔細想想，知道雲舒不可能從正門走出去，便打發守門人下去，轉而看向吳嬸娘和丹秋兩個人。

大公子急切地問道：「這幾天雲舒都在做什麼?跟妳們說過什麼?接觸過什麼人?」

吳嬸娘得知雲舒不見之後，早就急得團團轉，幸好大公子及時回了，如今被大公子一問，趕緊說：「自從出了王柱家的命案之後，雲舒姑娘就一直在為陸先生的事操心。陸先生被大理寺的人扣押之後，雲舒姑娘出去過一次，但我不知道她去了哪兒，她回來之後就要我去幫陸先生送衣服，等我返家之後沒多久，她就歇下了。」

大公子努力抓住吳嬸娘說的每一個字，他追問道：「她中途出去的那次，妳覺得她會去哪兒?」

吳嬸娘低頭琢磨著，想到雲舒昨天跟她說起證人的事情，就說：「雲舒姑娘說她知道是誰要害陸先生，已經找到了兩個證人，說不定昨天就是去見他們去了！」

聽到這個回答，大公子一顆心揪得更緊了，下意識聯想到了「殺人滅口」四個字！

「繼續說。」大公子神情凝重地說道。

「雲舒姑娘說，有個人在藥鋪買了洋金花，然後再收買大理寺一個小吏，把洋金花摻和到陸先生配給王柱的藥裡，以此嫁禍陸先生，說是他的藥出了問題。雲舒姑娘找到了賣藥的人，和被收買的那個小吏，但並未告訴我到底是哪兩個人。」

大公子表情沈重地聽吳嬸娘訴說事情經過，內心大致上已經肯定雲舒是被那奸計敗露之人給抓走了！

他心中陣陣發涼，對手不僅敢在大理寺審問的案件上動手腳，還入室劫人，膽子真不是一般的大。一想到雲舒被這樣的人捉走，他就心急，可是他現在必須保持鎮定，雲舒和陸笠都等著他去救，他不能亂了陣腳！

「妳再仔細想想，雲舒平時言語中，完全沒有吐露出證人的名字嗎？或者……她有沒有說過這件事是誰做的？」

吳嬸娘努力地想了又想，終究是搖了搖頭。

丹秋在一旁小聲地說：「大公子，也許把大平喊來問一問就知道了！」

吳嬸娘疑惑道：「大平一個小孩子，知道什麼？」

大公子反問道：「大平是誰？」

吳嬸娘趕緊說：「大平是我的大兒子，今年九歲，平日就知道到處玩，哪裡知道這些事情！」

丹秋不以為然地說：「吳嬸娘是小看大平了，雲舒姊姊平日經常把大平叫到跟前說話，昨天下午，她還要我把大平找來，兩人在屋裡說了好一會兒。」

大公子一聽，立即命顧清去把大平找來。

大平被帶進大公子房間時，看到母親和丹秋都垂首站在一旁，頓覺氣氛不對，便躡手躡腳站在門口。

大公子因心情沈重，說話語氣也嚴厲了幾分，他本就著急，見大平站在門口不進來，就說：「到跟前來回話！」

大平嚇得一抖，再看母親焦急的眼神，趕緊小步走到大公子跟前問了安。

大公子開門見山問道：「平日雲舒是不是總是找你？她跟你說了些什麼？把你知道的都說出來。」

大平心中一緊，卻是低著頭，一句話也不說。雲舒之前交代過他，關於收買胡壯等人幫她監視蒐集消息之事，絕不可告訴其他人，連他的母親吳嬸娘也不行。他是個老實的孩子，又把雲舒當恩人看，自然守口如瓶，如今大公子突然如此嚴厲地質問他，他哪裡敢說一個字？

吳嬸娘在旁邊焦急萬分，推了一下大平的肩膀說：「死小子，你快回大公子的話呀！」

「娘……」大平很無奈地喊了一聲，終是咬住嘴唇不肯說。

他愈是不說，大公子愈知道事有蹊蹺。他仔細打量起大平，不知雲舒究竟交代什麼事情給他做，讓他如此堅守秘密。

丹秋在一旁也著急到不行。「大平，昨天下午雲舒姊姊找你說了什麼話？你快告訴大公子呀！雲舒姊姊昨晚失蹤了，正等著大公子救命呢！」

「什麼？雲姊姊不見了？」大平萬萬沒料到出了這種事，他眼圈一紅，喊道：「是他，一定是他！」

說完，他轉身就往外衝，卻被吳嬸娘一把拉住。

吳嬸娘劈頭訓道：「沒輕沒重的渾小子！還不把你知道的事情告訴大公子？該怎麼救雲舒姑娘，大公子自然會安排，你這樣沒頭沒腦地衝出去，是想幹什麼？」

大平被母親這麼一吼，反而清醒了。他原本打算找胡壯一群人去救雲舒，冷靜一想，這個方法是如此不靠譜。打聽消息、跟蹤人這些事他們能做，但說到跟歹人正面對抗，他們這些小孩子根本完全不行！

大平趕緊說：「大公子，一定是卓成抓了雲姊姊，你快去救她！」

一聽到「卓成」兩個字，大公子的拳頭握得更緊了。「是卓成要構陷陸先生？」

大平點頭道：「是，他要害陸先生，但是被雲姊姊發現了，昨天下午雲姊姊去找卓成說了幾句話，回來之後還要我們緊緊盯著卓成的動靜。一定是卓成知道被雲姊姊發現自己做的壞事，所以要殺她滅口！」

說到最後「滅口」兩個字，大平自己也嚇到了，眼淚差點沒掉下來。

卓成！大公子唸到這兩個字就恨得牙癢癢，巴不得把這個一而再、再而三欺負雲舒的人給碎屍萬段！

「你知不知道雲舒找到的兩個證人在哪兒？」忍下心中的怒氣，大公子追問道。

大平猶豫地點了點頭。「知道是知道，但是雲姊姊不許我們洩漏，怕卓成加害那兩個證人，要到最後關頭才帶他們出來。」

大公子心頭疑惑重重，雲舒這段時間在長安都做了些什麼？光憑她和大平兩人之力，絕不可能又是監視、打探消息，又是搜尋、藏匿證人。隱約中，他覺得雲舒手下似乎有很多人在幫忙……

「除了你，還有誰在幫雲舒辦事？」

「好多人……大家看到這裡有錢賺都跑了過來，胡壯手下已經有三十多人了。不過胡壯平時只告訴下面的人做什麼事，並不告訴他們為什麼要這麼做，更不說是誰讓他們這麼做，所以知道雲姊姊的，只有我、胡壯跟少數幾個人。」

「胡壯是誰？」大公子疑惑地問道。

大平有些顧忌地看了看母親，縮著腦袋說：「是正隆大街上的一個小混混……」

此刻大公子內心五味雜陳，他苦笑道：「雲舒真是好本事，我不在的時候，竟然做了這麼多事，收買了這麼多人！」

他心頭升起一股莫名的怒氣，他氣雲舒背著他做這些，更氣雲舒不知輕重，把自己置於這麼危險的境地裡！

他對大平吩咐道：「你現在繼續回去盯住卓成，不要打草驚蛇，更不要告訴其他人雲舒失蹤的事。他既然捉了雲舒，必定會去見她，你們盯得牢牢的，日夜都不要有間隙。另外，那兩個證人到底被雲舒藏在哪兒？」

大平聲音極低地說：「在……我家地窖裡……」

吳嬸娘在旁聽得眉心直跳，在她沒注意的時候，兒子竟然做了這麼些令人驚訝的事！弄清楚事情原委之後，大公子便喊來顧清。「我要換衣服，備車準備進宮！」

未央宮中，各種大宴小宴無數。

劉徹跟平陽公主劉娉在參加完皇家家宴之後，一起走到宣室殿，邊休息邊聊天。

劉徹在家宴上喝了幾杯酒，臉上紅通通的，眼神卻異常明亮，周身散發著年輕男人的野性和張力。

劉娉看著弟弟，忽覺得這個桀驁不馴的小子竟然長大，有男人的味道了。她微微一笑，對劉徹說道：「徹兒，你長大了……」

劉徹抬眼看了劉娉一眼說：「皇姊難道還把朕當成孩子嗎？」

劉娉忽覺得有些失落，以前那個犯了錯會找她掩護、不開心會躲到她身邊哭泣的小弟弟已不復存在了。

她勉強一笑，說道：「既是大人，怎麼沒個大人的樣子？今天在宴席上，你看都沒看她一眼，她不知道有多傷心呢！你跟她成親這麼久，聽說你對她一直很冷淡？」

劉徹最不樂意聽別人在他面前說起陳嬌，於是問道：「皇姊這是替母親和奶奶做起說客來了？」

劉娉輕嘆一聲，苦口婆心地勸道：「徹兒，你的皇位得來不易，你想想，各個諸侯王，哪個不是逢年過節就給奶奶送大禮？他們還沒死心呢！你只有早日誕下皇子，皇位才能穩固啊！」

劉徹知道劉嫖說得有道理，他卻很不樂意，於是悶著頭不說話。劉嫖見他不反駁，也沒再繼續嘮叨，她知道劉徹現在脾氣大，難得聽進去一句，現在最好別逼得太狠，於是轉而說道：「大冷天的，咱們老是吃了就在屋裡坐著，對身體不太好，不如出去走動走動？」

「去哪兒？」要是能出宮去玩，劉徹倒很樂意。

伺候在旁的貴海公公終於忍不住了，小聲在劉徹耳邊說：「皇上，桑侍中來了很久，一直在等您召見呢！」

「哦！差點忘了，傳他進來吧。」

之前大公子求見時，劉徹正好要去赴家宴，就命大公子在偏殿等候，回來之後因喝了幾杯酒，一時便把他給忘了。

劉嫖看著大公子走進來，卻是一點迴避的意思都沒有。大公子見到她，也沒有要避開的意思，倒讓劉嫖有些意外。

劉徹問道：「你不是過兩天才回來，怎麼今天就到了？有什麼急事？」

進宮自然是有急事，看大公子一臉凝重，也不難猜出來。

大公子對著劉徹行大禮一拜到底，說：「微臣求皇上替微臣作主！」

「哦？丞相又為難你了？」竇嬰因不滿大公子拒絕跟他合作，年前多有為難他，所以聽到大公子這番話，劉徹第一個就想到丞相竇嬰。

大公子伏地答道：「不是丞相大人，而是太尉大人！」

劉徹皺著眉頭問：「他？怎麼了？」

大公子陳述道：「微臣得到家奴的消息，雲舒被太尉大人的門客卓成強行擄走了！微臣不知是何緣故，思來想去，那卓成唯有依仗太尉大人的支持，才膽敢做出這等事情！若只是要一個丫鬟，太尉大人開口，微臣自然會送到他府上去，可雲舒……皇上和公主也知道其中的緣故，微臣不能給，可她……卻就這麼被卓成從家裡擄走了！」

聽到這件事，劉徹和劉嫖臉上表情各異。劉嫖自從聽到卓成的名字，嘴角就掛起了嘲諷的笑，而劉徹則是一臉迷惑。

劉徹轉頭問劉嫖：「皇姊，卓成不是妳的人嗎？」

劉嫖一副幸災樂禍的模樣。「他早就不在我的公主府，而是被舅舅看中帶走了。」

劉徹略一沈吟，便對身旁的貴海說：「去太后那裡把舅舅請過來。」

今天中午的家宴，田蚡也來了。宴畢，說是陪王太后說話去了，應該還沒有出宮。

田蚡是在準備出宮的路上被貴海攔下的，一聽說劉徹傳他過去，還以為劉徹有什麼事跟他商量，高高興興地過去了。

到了宣室殿，他看了劉嫖和桑弘羊一眼，有些不理解這個組合是什麼意思，但還是規規矩矩行了禮，一臉諂笑地問道：「皇上召見微臣有什麼事？」

劉徹開門見山地問道：「桑侍中家一個叫雲舒的丫鬟被你門下的卓成擄走，這件事舅舅知道嗎？」

田蚡著實被嚇了一跳，他驚訝地問道：「有這種事？」

他手下門客眾多，各式各樣的人都有，甚至不乏為非作歹之人，但他們都是明白人，即使是做違法的事，也不會招惹官宦人家讓田蚡為難，其中卓成更是讓田蚡滿意，沒料到竟是他惹下這樣難辦的事情來。

田蚡心虛地笑道：「這中間是不是有什麼誤會？」

此時劉媄突然開口了。「誤會？你是說桑侍中拿這種事情來欺騙皇上嘍？」

大公子十分肯定地說：「此事絕對屬實，是微臣的家奴查明之後，告訴微臣的。」

劉媄笑得很開心，慢悠悠地對田蚡說：「舅舅，我早就說過那個卓成為人狡詐狂妄，你卻偏要奉他為賢士。不要說雲舒是皇上和我都看重的人，就算是最低賤的奴隸，他卓成算什麼東西，竟然敢去桑侍中家裡搶人？」

說完這一番話，劉媄心裡暢快極了。之前卓成背棄她而去的憋屈全都發洩了出來，再看田蚡犯難的表情，真是讓她愈想愈開心！

田蚡第一次聽到「雲舒」這個名字，不知皇上和平陽公主為什麼會看重她，更不曉得卓成為什麼要捉她，讓他一時之間有很多不解。不過縱使他再疑惑，桑弘羊既已找到皇上跟前，此事恐怕是真的，若他不好好處理，很可能會為了一個門客得罪皇上和公主，實在太得不償失。

於是田蚡立即改口道：「微臣這就回府查明一切，若雲舒這女子真的是卓成帶走的，我必定讓他把人完好無損地送還給桑侍中。」

桑弘羊總算鬆了口氣。

「那微臣就等太尉大人將雲舒完好無損地還回來。」

劉徹覺得此事有趣，忽然說：「今日吃得多了，朕想出宮走走。舅舅，就去你家吧。」

一時之間，劉嫖、桑弘羊、田蚡三人不約而同、神情各異地看向劉徹。

第三十七章　重見光明

雲舒是被凍醒的。一個寒噤過後，那種酥麻感遊遍全身。好冷……是睡覺時把被子踢掉了嗎？可是脖子怎麼這麼痛？雲舒緩緩扭動僵硬的脖子，想抬手揉一揉，卻發現雙手已經完全麻痺，絲毫動不了……

這種無法控制身體的感覺瞬間把她驚醒，她驚恐地睜開雙眼，只見自己被五花大綁扔在一間簡陋的木屋中！

雲舒克制住想驚叫的衝動，雖然不清楚發生了什麼事，可是既然她的嘴巴沒被堵住，就表明綁她的人並不怕她尖叫。

她如毛毛蟲般在地上弓起身子，靠著牆努力坐起來。冰冷的地面讓她全身僵硬，這個動作做得實在辛苦。

待雲舒選擇了一個勉強算得上舒適的姿勢靠牆坐好後，她開始努力回憶之前的事情，可絲毫沒有頭緒，看來自己是在睡夢中被人綁走的。呵，好膽量，入室劫人的事情都敢做！

因受了涼，雲舒的嗓子很乾很疼，她輕輕咳了一下，用嘶啞的聲音說：「外面有人嗎？我要見卓成。」

守在外屋烤著火爐的一個粗獷漢子聽到雲舒細若蚊蚋的聲音，便推門走進裡面。當他對上雲舒沈靜如水的眸子時，有些驚訝，心想：這小姑娘不驚不怕，倒顯得不一般。

「妳說什麼？」大漢的聲音如同雷響，震得雲舒耳膜生疼。

「我要見卓成，他找人把我綁來，不會就為了把我囚禁在這裡吧？」雲舒毫不畏懼地向大漢發話。

大漢這才聽清楚雲舒的話，不禁又打量了她幾眼。「等著！」

卓成和另外兩個男人買了熱饅頭回來，扔了幾個給看守雲舒的漢子，問：「她醒多久了？」

大漢塞了半個饅頭到嘴裡，點頭說：「剛醒，一開口就說要見你。」

卓成一愣，心想：這事是他幹的，有這麼明顯嗎？

他揮手要漢子退下，一走進內房，就看到靠著牆壁靜坐的雲舒。雲舒見到卓成，不怒反笑。卓成被雲舒笑得莫名其妙，問道：「妳死到臨頭，還笑得出來？」

雲舒笑得更厲害了，輕聲問道：「死有何懼？」

聲音雖小，打在卓成耳膜上，卻如釘子一般刺痛。

死有何懼？雲舒在死過兩次之後，還會怕死嗎？尤其是死在卓成手下的那一次，是如此刻骨銘心！

雲舒懶得跟他廢話，直接問：「你捉我過來，並不是為了殺我，是為了那兩個證人吧？卓成，不是我罵你，你的腦袋裡到底裝了些什麼漿糊？你以為你把我捉到這裡來，我就會把證人交給你，你就能逃過大理寺的追查？你怎麼不想一想，我突然失蹤，看守證人的人自然會想到我是因何失蹤，也許他們現在早就把證人送往大理寺了！」

卓成臉上一陣紅一陣白，他將日光從雲舒臉上移開，轉而看向窗臺。「不可能，妳生死未卜，妳的人不敢輕舉妄動！雲舒，妳若想活命，快點告訴我那兩個證人的下落！陸笠跟妳非親非故，他的生死，跟妳沒關係！」

雲舒厭惡地看著卓成。「你以為誰都跟你一樣自私狠毒嗎？陸先生是你的救命恩人，你卻只因為他拒絕你的邀請就要殺他！」

卓成猛然轉過身，瞪大眼睛逼向雲舒。「他知道了我的秘密，我不得不殺他！若他肯與我一起輔佐太尉大人，我尚可留他一線生機，是他斷了自己的後路！」

雲舒感到不解，陸笠知道卓成的秘密？什麼秘密？

卓成蹲到雲舒跟前，一手掐住雲舒的下顎。「我被平陽公主鞭打過後發高燒，迷迷糊糊說了很多事情，陸笠待我清醒之後問我，我口中所說的『我是穿越人，我知道歷史』這句話是什麼意思！雲舒，我當時驚訝、後悔、擔憂的心情，妳也懂吧？陸笠一定不能活在世上！」

睡夢中把自己是穿越人的秘密說了出來？卓成真是前無古人後無來者的大傻蛋！雲舒心中謾罵了一句，下一刻便扭過頭說：「我聽不懂你在說什麼！」

卓成看著她，彷彿看著一個倔強的孩子，他搖頭說：「妳到現在還不肯承認嗎？這世上只有我們兩人會說普通話，妳的說話方式與現在的人截然不同，妳真以為妳不承認就能了事嗎？」

他說著說著，突然很興奮地把雲舒的臉擺正，雙眼發亮地問道：「妳又重生了一次對吧？這麼說妳是不死之身？我是不是跟妳一樣不會死？」

看著幾近癲狂的卓成，雲舒笑道：「要不你把自己捅死，試試看？」

卓成見到雲舒臉上挑釁的表情，一時氣憤不已，抓住雲舒下顎的手，更緊了幾分。

雲舒掙扎著說：「變態，把你的手拿開！」

卓成鬆開雲舒之後，一個人在屋裡來回走動，口中喃喃自語個不停。

正在卓成激動不已的時候，門口進來一個人稟報。「卓老大，孟管事找你！」

卓成變臉似地收起興奮的神情，問道：「他怎麼找到這裡來了？」

雲舒見他疾步走出去，內心哀怨到不行。雖然她重生不死是不幸中的大幸，但卓成這個殺千刀的千萬不要也有這種幸運啊！這種卑鄙無恥到極點的人，有多遠就死多遠最好！

正在她不斷祈禱時，外頭突然傳來一陣爭執聲，雲舒忽然聽到一聲清脆的巴掌聲，一個男人吼道：「不知天高地厚的東西，誰給你膽子做這種事？竟然敢借我的名義搶人？還不快把人交出來！」

卓成怎麼也沒想到，來向他要人的，竟然會是田蚡！他想過大理寺找上門該怎麼辦，想過雲舒的人找來了該怎麼做，唯獨沒預想到要是田蚡找來，他該怎麼應對！而且田蚡口口聲聲說卓成借他的名義搶人，更是讓他莫名其妙，他明明是半夜偷偷把人擄走的……

卓成見田蚡盛怒，不敢多問，只急切道：「太尉大人息怒，屬下迫不得已才做此事。這個女子，一定不能放啊！」

田蚡恨不得直接把卓成揪出去丟在劉徹面前，可又怕卓成牽連到自己，只得憤怒地問道：「你捉一個丫鬟做什麼？」

卓成心中小算盤打得飛快，他認定此時只有把田蚡拖下水，田蚡才能幫他，便說：「太尉大人，屬下捉她來，全是為了您！您不知，王柱暴斃事小，可是大理寺中關押的那個大夫，和這裡面那個丫鬟，偷走了王柱手上的帳簿，以此威脅屬下，要屬下想辦法放了獄中的罪人！事關帳簿之事，屬下怎敢大意？」

田蚡頂著皇親國戚的名義，經常在外面做些不法之事，帳簿根本禁不起查，此時聽卓成一說，他也慌了。他低聲喝問道：「此事你怎麼不早點跟我說？而且，你怎麼能明目張膽地把人捉來？這樣還沒找回帳簿，就有人來要人了！」

卓成見田蚡已經沒有剛來之時的憤怒，略微安心了一些，便說：「太尉大人別被人騙了，絕對沒人看到是我捉的人，只要太尉大人一口咬定人不在您手上，其他人怎麼搜得到這裡來？」

「來不及了！」田蚡急得搥牆說：「皇上的馬車隨後就到，你快去把人藏起來！」

聽說劉徹馬上來，卓成又是一驚，趕緊要人把雲舒藏到後面的柴房。

雲舒被拖出來時，與田蚡擦肩而過，田蚡擔憂地看了看雲舒，卻沒料到她突然大聲喊道：「田大人！卓成借您的刀，解決他的私人恩怨，您被他當刀使還渾然不覺，請田大人聽我解釋！」

被雲舒這麼喊了一通，旁邊的人想再把她的嘴捂上已是來不及，田蚡心中頓生疑惑。

平陽公主三番兩次說卓成奸詐，如今雲舒也說他被卓成利用，田蚡忽然想到，王柱不過是莊戶中最低等的管事，根本接觸不到帳簿，他剛剛一時心急，真的差點被卓成騙了！

「等等！」田蚡喊道。

卓成心中大喊不好，急忙說：「太尉大人，情況緊急，有什麼話之後再問吧！」

田蚡怒火已起。平時只有他利用別人的分兒，如今卓成竟然想利用他！

他瞪了卓成一眼，問雲舒：「妳可知道妳為什麼被捉？」

雲舒點頭說：「卓成誣陷陸先生，卻被我發現了他的奸計，所以他才捉我。太尉大人，我手上有證人！」

兩個人的說辭截然不同，幾人正對峙著，院門突然被推開，兩名身強力壯的侍衛引著劉徹和大公子走了進來。

劉徹見到院子裡的情景，用看戲般的口吻對大公子說：「瞧，人還真的都齊了！」

大公子看到雲舒只穿著白色褻衣被人綁著，心疼得不得了，可是擔憂的心情終於平復了一些。

他們從武安侯府問到卓成的行蹤之後，就向這邊趕來，他陪劉徹乘車，田蚡卻說要在前面探路，先走一步。他十分擔心田蚡會偏袒卓成，把雲舒轉移到別的地方，現在見到雲舒，總算不用左猜右想地擔心了。

他大步走到雲舒面前對捉拿她的大漢說：「放開她！」

大漢左右不定地看著田蚡和卓成，田蚡不禁大聲斥責道：「還不鬆手！」

這幾個幫卓成捉雲舒的大漢都是田蚡的門客，他們聽卓成之命捉拿雲舒，只因為卓成對他們說是田蚡吩咐的，如今發現不是這麼回事，自然紛紛為雲舒鬆綁。

雲舒的四肢早已被麻繩勒得麻木，突然被人放開，險些跌倒在地。

大公子上前一步扶住她，觸到她冷如冰雪的雙手，不禁倒抽了口冷氣。

他趕緊脫下自己石青色的外套，裹到雲舒身上，又將狐裘圍脖解開，為她圍上，關切地問道：「雲舒，妳還好嗎？」

雲舒雙眼含淚地看著大公子，才多久不見，她就覺得大公子似乎長高、長大了，看著俊逸英挺的他，鼻頭忽然一酸。一個人面對困難的時候，雲舒從未想過哭泣，如今見到大公子，她卻突然變得「嬌氣」，好想大哭一場。

大公子見雲舒隻字不說，低頭就哭，慌張道：「雲舒，告訴我，妳怎麼了？」

雲舒聽到他語氣中的慌張，於是搖頭說：「我……我還好。」

先是受凍，剛剛又人喊了一番，雲舒的聲音嘶啞得像漏風的風箱，讓大公子揪心。

田蚡在一旁邊看到他們主僕情深，深覺得大公子待雲舒根本不像下人，再想到劉徹親自到來，不由得擔心自己被卓成坑大了，於是打圓場道：「可能只是嚇到了，人沒事就好……」

大公子轉眼看向田蚡，面無表情地說：「多謝太尉大人將人送還，只是……」他抬眼看向田蚡身後的卓成，眼瞼微合，不由得讓人覺得寒光四射。

「只是此事還需徹查才是，既然有人敢打著太尉的名義胡作非為，指不定還做了其他什麼惡事，太尉大人千萬不可讓此等小人損害了您的名聲。」

田蚡對卓成也是滿肚子怨言，覺得此事蹊蹺得很，需要好好調查。眼前畢竟是他的人傷了桑弘羊的人，即使是做樣子，也不能輕饒卓成，於是對旁邊的門客喝道：「還不把卓成拿下，帶回府嚴加問訊！」

卓成咬著牙被人按在地上，縱使想反抗，也沒有絲毫效果，掙扎了兩下，便如死魚一般不動了。

劉徹一直在旁看戲，見差不多了，就淡淡說了句：「找到人就好了，說來你們也是一家人，甥舅兩人有什麼不好說的，可不要因小人傷了和氣。」

田蚡又驚又喜，驚的是劉徹口中說桑弘羊跟他是「甥舅」，喜的是劉徹竟開口勸和，這算是劉徹親近他的表現。

他喜上眉梢地問道：「皇上，微臣駑鈍，不知道您所說的……」

劉徹笑了兩聲，說道：「你竟然不知？讓桑侍中自己跟你說吧。」

大公子一手扶著雲舒，一面對田蚡說：「微臣的二娘是長陵田家七房田甫之女。」

田蚡愣了一瞬，接著吃驚地說：「啊，原來是七表叔家的……許久沒有跟族人走動，竟不知道族裡出了桑侍中這樣的人才！」

大公子不想接話，只低著頭聽田蚡說話。二夫人不是他的生母，他更不是田氏族人，他跟田蚡的關係扯得太遠，根本沒心思攀這門親。他之前跟皇上交代是迫不得已，皇上如今說出來，是何用意？

雲舒感覺到大公子不想聽田蚡那些敘舊認親的鬼話，加上她實在太冷了，頭又疼得厲害，便不再硬挺著，眼睛一閉，靠著大公子就暈了過去。

雲舒這一暈，大公子立刻慌了，顧不得禮儀，立刻向外喊顧清進來幫忙抬雲舒上馬車。

雲舒聽到耳邊亂嘈嘈的一陣叫喊，下一刻就感覺到大公子帶著她乘馬車回家，內心偷樂道：該嬌弱的時候，就是要嬌弱一點呀……

可是剛想完這些，她就真的撐不住，睡沈了。

待雲舒再次醒來時，一睜眼，就看到丹秋趴睡在她床邊，她擔心丹秋會著涼，就伸手拉了拉她。

丹秋一醒來，不等雲舒說話，就激動地嚷嚷道：「姊姊妳終於醒了！可真要急死我，妳已經發熱昏睡兩天了。」

雲舒聽到丹秋的聲音，終於覺得安全了，便笑著說：「我沒事了，妳下去好好睡覺，別在床邊著涼了。」

丹秋擺了擺手說：「沒事，我剛來，原本是大公子一直守著妳，之前他連夜趕回長安，加上在妳身邊守了兩天，實在睏到不行，被顧清勸去歇息了。他說等妳醒了立即告訴他，我這就說去！」

「等等！」雲舒喊住丹秋，十分過意不去地說：「大公子好不容易睡下，讓他好好睡一覺。我醒了就醒了，有什麼要緊？」

丹秋想想也是，於是說要服侍雲舒喝藥。雲舒喝著苦到難以下嚥的湯藥，忽然想起陸笠，就問丹秋陸先生如何。

丹秋興奮地說：「陸先生昨天就被放回來了！大公子真厲害，親自帶著兩個證人去大理寺作證，直把那個卓成問得無話可說，一下子就結了案，聽說太尉大人、公主都來旁聽呢！」

「哦？最後怎麼判的？」雲舒好奇地問道。

「說是要讓卓成下三年大獄！」

雲舒鬆了口氣。陸笠被釋放，卓成被關，這件事總算過去了。她又問道：「陸先生在獄裡沒受苦吧？」

丹秋搖頭說：「陸先生剛回來的時候有些憔悴，不過今天見到他，已經跟以前一樣有精神了，這藥還是他為姊姊妳配的。」

雲舒喝完藥，又安心地睡了過去。待她再醒過來時，聞到了很久沒聞到的墨香，一轉頭，果然看到大公子在她床邊支了一張案桌，正在奮筆疾書寫著什麼。

雲舒的動作讓床板不經意間響動了一下，大公子轉過頭，如墨玉般的雙眼撞上雲舒朦朧的睡眼，只一瞬間，大公子臉上就盈滿了親和的笑容。

他來到雲舒身邊，伸手摸了摸她的頭說：「終於不燙了，頭還疼嗎？」

雲舒搖了搖頭。其實，睡了這麼久，頭當然疼，但她不想讓大公子擔心，就笑著說：「不疼了，多謝公子關心。」

大公子高興地點頭。「妳等著，我讓人來服侍妳喝藥。」

丹秋又端著湯藥進來，大公子見雲舒安靜地喝起藥，又伏在案前埋頭寫東西。

雲舒喝完藥之後，執意要下床走走，丹秋攔不住，便問大公子的意見。大公子想了想，就命人在房間裡再加一盆炭火，這才准雲舒下床。

雲舒走到大公子身後，問道：「大公子在忙什麼？」連探望病人的時候都沒停筆，表示事情很多，雲舒想看看有沒有自己能幫上忙的。

大公子邊寫邊說：「皇上準備修葺上林苑，有很多前置作業，在太尉大人的支持下，終於讓太后同意了。皇上將此事交給我負責，有很多東西需要籌備，時間不多，有點急。」

雲舒眉頭挑了挑，沒想到桑家說要支援劉徹修上林苑，真的說修就修啊！她側頭看了看大公子在書簡上寫的東西……他應該是在列預算吧。

看大公子算了高高一摞書簡，雲舒心中忽然想到一個計算工具——算盤。

她暗自琢磨著算盤這個東西該怎麼請人做，又該怎麼教大公子用，而且有點擔心自己這個只在小學學過算盤的半吊子，不知能否完成這個任務。

雲舒正想得入神，卻聽見大公子說：「有妳復元我就放心了，我明天要啟程去上林一趟，短則三日，長則五日。我這次出門，妳可不能再出什麼事，若有事發生，立即差人送信給我，一切都等我回來再說！」

看來大公子依然對雲舒之前去找卓成「談判」的事情耿耿於懷。

有了那次失敗的經驗，雲舒自然不敢輕舉妄動，她始終沒料到卓成壞得那麼徹底，陷害恩人、入室劫人、綁架威脅樣樣來！

雲舒雖然能下床，但是大公子卻不許她出屋，大公子收拾行裝去上林的事情，也不准她插手。此外，因為怕把病氣過給小孩子，吳嬸娘也不敢帶阿楚來看雲舒，只隔著門說了幾句問候的話。

養病期間，雲舒唯一能做的事情，就是跟丹秋兩人聊天或寫字。

丹秋跟雲舒說了很多事，例如桑大小姐這次沒有隨大公子回長安，而是會在三月間隨二夫人一起來。大公子覺得現在的宅子小，若二夫人來了，勢必不方便，已經在外尋更大的宅子。

雲舒聽了，驚訝得不得了，二夫人竟然也要來長安，該不會是為了桑招弟的婚事前來吧？

雲舒將自己的猜測說給丹秋聽，丹秋小聲地說：「不知道，只聽隨大公子回洛陽過年的姊姊們說，大公子過年間跟老太太生了口角，這可是從來沒有的事！真不明白，老太太那麼疼大公子，大公子又是這麼孝順溫和的一個人，怎麼會生口角呢？當時大小姐也在場，只是一直哭，到最後哭得差點要跳湖，把眾人都嚇壞了。」

雲舒聽得目瞪口呆，桑家這個新年過得還真是「熱鬧」啊……

第三十八章　巧製算盤

雲舒的風寒發熱之症雖好得算快，但是最後一點病根卻怎麼也無法根除，大概是之前身體的底子太弱了，導致她依然得每日喝藥，時不時還會咳嗽幾聲。

雲舒心裡老想著上街找木匠做算盤的事情，但丹秋卻奉大公子之命守著她，在她痊癒之前不准出門。無可奈何之下，雲舒只好要丹秋把大平找到屋裡，將算盤的模樣畫在一尺白布上，並對大平解釋一番。

「……木框中嵌有細桿，每根桿上串有木珠，木珠可沿細桿上下撥動，這種東西木匠做得出來嗎？」

算盤的框內有橫梁，梁上有上珠兩枚，梁下有下珠五枚，上珠代表五，下珠代表一。算盤有專屬的法則，不過這些都是靠古人的知識積累總結而成，在西漢尚未出現。

大平看了一會兒，說道：「應該可以做。」

雲舒聽大平說能做，高興地說：「那就好，你找家手巧的木匠幫我做一個這樣的東西，務必牢固，小巧一些，這中間的木珠一定要靈活。」

雲舒取了錢給大平，大平就帶著圖樣和錢跑去找木匠了。

胡壯自從幫雲舒做事賺了些小錢，就沒有再做那些搶劫勒索的事情。他體弱多病的母親想讓他學些技術，當個正經工人，免得長大了跟現在一樣遊手好閒，於是在過年的時候，用他在雲舒那裡賺的錢，給一個木匠師傅送了些年貨，商定年後就去拜師做學徒。

胡壯是在街上玩野了的孩子，拿著雲舒的錢當孩子王，過得很自在。他不想去做學徒，一旦成了學徒，不僅不能從雲舒那裡賺錢，還要給木匠師傅學費，家裡的日子會很難過。只不過，要是不去，母親又會生氣。

這段時間，胡壯一直在為這件事情猶豫。

正彷徨著，大平就在街角找到他問道：「除了東街的木匠師傅，你知道哪裡有比較靠得住的木匠師傅嗎？」

胡壯瞅了大平一眼，說道：「是雲姊要你找木匠？」

大平點頭，把算盤的圖樣遞給胡壯說：「雲姊姊要做一個像這樣的東西，但我爹認識的木匠師傅出城到鄉下莊子接活去了，這幾天回不來。」

胡壯想到他娘為他介紹的那個木匠師傅，就把圖紙收了起來。「這件事包在我身上，做好了給你信兒。」

大平應了一聲，轉身要走，胡壯突然喊住大平，支支吾吾好半天才問了一句：「雲姊的病好點了嗎？」

聽到他關心雲舒，大平心裡很高興。雲舒平日給了胡壯不少好處，虧他還算有良心，知道問候兩句。

「我今天見到雲姊姊，她精神還好，就是瘦了，出不得門，也不能見風，估計等天氣暖了就好了。」說完，大平看著胡壯嘿嘿一笑說：「我會告訴雲姊姊你問候她了。」

胡壯黝黑的臉上有點泛紅，嘟囔了一句：「誰要你說了。」

說完就轉身找木匠去了。

僅過了兩日，胡壯就把做好的算盤送了過來。他在清平大街宅子外等著，由大平把東西送進去。

雲舒看到算盤，反反覆覆撥弄了一番，木框各個邊角特地用鐵皮包好，木珠也磨得很圓潤，做工相當好。

「這是找哪個師傅做的？做得真好！」

大平見雲舒滿意，很高興地說：「是胡壯找的木匠師傅，妳給的錢只花了一半，胡壯說用不到那麼多錢。」

雲舒詫異地望向大平，問道：「他真這麼說？」

大平想了一下，而後確定地點了點頭。

雲舒很是欣慰，胡壯那群孩子，從打劫到憑自己本事掙錢，現在有多的錢還會退回來，說明他的本性不壞，看來最初他是被生活窘境逼得太狠了，才差點走上歪路。

大平見雲舒在笑，就大膽地說：「雲姊姊，胡壯在外面等著，妳要不要叫他進來問問？他上次還關心妳的病情，想來看妳呢！」

雲舒笑著說：「好，那你把他叫進來。」

胡壯走進宅子的時候，有些扭捏，完全不見平日孩子王的霸道和豪氣，待進了雲舒漫著藥香的房間，更是低著頭不說話。雖然桑家在長安臨時的園子並不是特別大或華麗，但胡壯從小生活貧窮，怕是從未進過這樣的宅院。

雲舒見他拘謹地不說話也不看自己，便說：「這個算盤做得又快又好，多虧你找到好的木匠師傅。」

胡壯不好意思地說：「其實也沒什麼。師傅是我娘幫我找的，她想讓我跟著那個木匠師傅學手藝。」

「是嗎？這是好事，學一門手藝，以後可以憑本事吃飯。」雲舒真心地贊同。

胡壯這才抬起頭說：「我娘也這麼說，可是我不想當木匠……」

「為什麼？」彷彿是開導小學生一般，雲舒問道：「如果不想當木匠，你想做什麼？平時又喜歡做什麼？」

胡壯想了想，說道：「我也沒什麼特別喜歡的，就覺得幫妳查消息，賺點錢，這樣挺好。」

雲舒笑了，他只怕是喜歡自由自在地玩吧？

「可是，我如果沒什麼事讓你做，自然就不會再給你錢了，那你到時候怎麼辦？再去打劫？」雲舒問道。

胡壯愣住了，他沒想過不去做學徒，也可能沒辦法從雲舒這裡賺錢的問題。

雲舒乘機說：「幫我做事不是長久的辦法，你是男子漢，要照顧母親，以後長大了要安家立命，得有自己的本事才行。你去當木匠學徒，照樣能幫我做事。你手下那麼多人，又不是非得自己親力親為，你若要幫師傅做事，就安排其他人去好了。」

古代平民，特別是一個十歲左右的孩子，不懂管理方法，只知道親自帶著小弟東奔西跑，如今被雲舒一說，才知道原來有兩全之策。

胡壯疑惑地問道：「我叫別人去做事，也能拿到錢？」

雲舒點頭說：「你手下幫你做事的同伴是你的資源，沒有你，我哪裡找得到他們幫我做事？所以即使只是分配任務給他們，你也有功勞。」

胡壯聽得似懂非懂，他低頭想了想，然後笑著說：「那好，我回去跟我娘說，我馬上去當木匠學徒。」

聽了雲舒跟胡壯說的那些話，大平似乎是被開導了一般，也思考起事情來——他馬上就要十歲了，雖說在藥鋪裡幫忙、為雲舒跑腿，都能賺點錢，可正如雲舒說的，這並不是長久之計。

若請他娘求陸先生收他為徒，陸先生應該會同意，但是他對醫藥一點興趣也沒有，不太想走這行，可是不做這個，又該做什麼呢？大平一時之間苦惱極了。

大公子在離家第四天後回來了。他跟顧清帶了許多書簡和羊皮畫卷回來，神色掩不住疲倦。

雲舒藉著探望大公子的理由，這麼多天以來第一次走出房門，來到大公子房中。

大公子正在整理書簡，見雲舒來了，就問：「病好了？我剛回來，還沒來得及去看妳。」

雲舒有些哀怨地說：「我病早就好了，但陸先生說要除病根，得多喝一段時間的藥。」

大公子接過熱水，點頭說：「嗯，既然先生這麼說，妳就得聽話，好好喝藥。」

雲舒輕輕應了一聲。身體是自己的，縱使中藥很苦，但是健康更重要。

「大公子，我有個東西要送給你。」雲舒忽然說道。

「嗯？」大公子聽到雲舒第一次要送禮物給他，一時手心有些發燙，心裡不斷猜測。是荷包、香囊，還是手絹？

豈料雲舒從身後取出一個哐噹亂響的物件，木框約莫半臂長，框裡用細木棍串著許多木珠。

「這是什麼？」大公子好奇地問道。

雲舒仔細解釋起來。「這是算盤，是很好用的計算工具，有了這個東西，大公子做帳就輕鬆多了。您看，有銅釘的這個木檔是個位，下面的珠子是一，上面的珠子代表五，整一檔，恰好是十。左邊一檔就代表十位數，上面……」

先解釋了算盤的原理，雲舒又開始說起珠算的法則。說起法則，有點麻煩，有加減乘除四大類法則，可雲舒只記得加法中的一部分，也就是最淺顯的「一上一，一下五去四，一去九進一」等幾句。

雲舒大約說明了一番，接著說道：「大公子，算盤真的很好用，不過我當初學得不精，只知道一小部分計算方法，其實它能算乘法和除法，只是得慢慢研究規律……」

大公子對數字格外敏感，在雲舒解釋算盤原理的時候，他就對這個東西產生了濃厚的興趣。待雲舒說到她不會的乘法和除法法則時，大公子笑著說：「妳不會，我會……」

雲舒訝異極了，這個時候珠算明明還沒被發明，大公子怎麼會？

雲舒不知，數字的世界是相通的，大公子心算十分厲害，自有一套心算技巧，在他看到算盤時，就覺得算盤是個把他心算過程記錄下來的東西，所以他才敢說他會。

「來，我試試。」大公子躍躍欲試，彷彿看到一個新奇的玩具一樣。

「食指彎曲起來，用大拇指撥下珠，中指撥上珠，木柱靠梁，就可以計數……」

雲舒盡力把自己知道的東西告訴大公子，兩人一直商討到很晚。

大公子對算盤上手得很快，第二天就開始用算盤計算修建上林苑的預算。雲舒養病養到渾身發懶，現在有點事情做，自然不會放過。

她輔佐大公子整理從上林帶回的資料，看到一個狩獵的行宮竟然橫跨三百里路，要建七十多處宮殿宮苑，不由得驚嘆出聲。

「天吶，這得多少錢！」

大公子不是很在意地笑著說：「的確需要很多銀子，不過要建一所能容納千騎萬乘的行宮，確實需要這麼大的地方。若不是皇上怕規模太大引起太后阻攔，只怕還會再大一倍。」

要做的事情很多，兩人便不再閒聊，開始針對預算做評估。

大公子做的只是最初步的估算，等上報到劉徹那裡去之後，還要另外組織班底人才，進行詳細的設計與規劃。

因劉徹對太后說的是修葺，但實際上是擴建，表面上的動作和實際上有相當大的區別，國庫支出的錢更是不及總額的零頭，多半靠桑家支援，因此劉徹准了大公子的假，讓他專心籌劃上林苑之事。

大公子累了，提筆靠在榻上想事情，此時雲舒冷不防聽見他問道：「妳覺得韓嫣這個人怎樣？」

「嗯？」雲舒一時沒反應過來，他怎麼會在列預算的時候突然問起韓嫣？下一瞬間，雲舒才了解，大公子在為大小姐的事情操心。

雲舒因知道韓嫣會英年早逝，不太贊同拉攏他跟桑招弟，但又不好說韓嫣的壞話，只能敷衍地說：「我只跟韓公子遠遠見過幾面，他的為人，我不太清楚……」

大公子嘆了一聲。他跟韓嫣同為侍中，一起輔佐皇上，之前日日相見，他都弄不清楚韓嫣虛中有實、實中有虛的性格，何況只跟他見過幾次面的雲舒？

雲舒乘機打探道：「對了，這次怎麼沒見到大小姐回來？她不再來長安了嗎？」

之前雲舒已經聽丹秋說過打探來的消息，但她還是想再確認一下。

大公子說：「三月暖和一點，她會跟二娘一起來長安。」

這跟丹秋打聽到的消息一樣，然而雲舒再聽一遍，依然覺得驚訝。「二夫人要來？」

大公子不想對雲舒隱瞞，直言不諱地說：「奶奶想為姊姊在長安尋一門好親事，讓二娘來幫忙張羅。」

這……只怕不只這樣吧？不然大公子怎麼會跟老夫人吵架，大小姐又怎麼會鬧到要跳湖？

不過這些疑問，雲舒硬是憋著沒問。大公子既然不想說，必定有不方便開口的原因，等到他想說的時候再說也一樣。

第三十九章　血印威脅

開春這段時間，整個桑家上下都非常忙碌。

大公子忙著列上林苑的預算，宮內宮外奔波，有時還要去上林苑實地查看。韓管事和旺叔在大公子身邊幫忙，主要負責跟洛陽木家的人聯繫，畢竟擴建上林苑的人手、材料、資金等，都跟桑家有密切的關係。

至於顧清則忙著尋找新房子，眼見二夫人和大小姐就快來京城了，在此之前，房子必須找到，一切也都得打點好。

之前顧清選清平大街的小宅子，只是作為大公子暫時落腳的地方，所以未怎麼細挑，就這樣住下。這次是要選大宅，當作以後長久居住的地方，這個任務對顧清來說有點繁重，他左右拿不定主意，便等雲舒病好後，拉著她一起商量。

雲舒除了看房子和平日一些瑣事，她還在忙著古代的通語。

自從卓成透過普通話這個漏洞確定雲舒是來自現代的穿越人之後，雲舒就在想辦法彌補這個缺陷。如今卓成被捕入獄，正是她改變自己的好時機，於是她就天天把丹秋帶在身邊，她跟著丹秋學古代通語，丹秋則跟著她學認字，兩個人都學得不亦樂乎。

這天顧清著急地跑來找雲舒，央求道：「好雲舒，妳今日再隨我跑一趟吧！那兩處房子必須馬上選一間，這個月宜搬遷的好日子只有一天，從收拾這邊的東西到搬過去，橫豎得花上幾天時間，我都快急死了。」

雲舒看到他急成這個樣子，卻只覺得好笑。

丹秋故意阻攔道：「雲舒姊姊上回被你拉出去在街頭吹冷風，回來就咳了好幾日。大公子說了，看房子的事，全交給你，你可別想再折騰雲舒姊姊了。」

顧清之前挑選了兩處房子，一處在正隆大街上，位置好、地方大，另一處則在朝陽大街後面，除了位置有點偏遠，其他看起來都不錯。

雲舒帶著丹秋幫顧清看房子的時候，覺得這兩處都不好，便要顧清再找找其他的房子，顧清卻頗多怨言，弄得像是雲舒故意刁難他一樣，所以雲舒才故意裝病，讓顧清自己拿主意。誰料他終究下不了決定，還是跑來找雲舒。

「好姊姊、好妹妹，現在真的是急得火燒屁股了！我可打聽過，雲舒的病這幾日早好了，妳們就隨我去一趟吧。」

雲舒聽了顧清的話，說道：「我們是自己人，你都知道要打聽一下我的情況，為什麼對待外人，卻不知要多打聽打聽？正隆大街上那處宅子，位置好、地方大，卻無人肯買，屋主只說是他要價貴了，無人給得起。他這麼說，你也就信了？你怎麼不想想，長安達官貴人這麼多，真沒人出得起這個錢？」

顧清一愣，反問：「妳是不是打聽到什麼了？」

雲舒笑道：「那處宅子七年前發過一次大火，當時燒死了一位小姐，後來雖然幾經人手，但住進去的人不是得重病就是有無妄之災，總之不是一處好地方。」

顧清不知道這件事，經雲舒這麼一提，立刻說：「唉呀，妳怎麼不早告訴我，我差點就要買那處宅子了。」

丹秋氣不過。「當初雲舒姊姊說那屋子的梁柱破損，一看就是沒怎麼住過人，那樣好的地段，卻長期空著這樣一處宅子，必定有不尋常的地方。屋主欺負我們是外地人，說他要趕著回老家，想快點出手，你就信了，我跟雲舒姊姊勸你，你還說我們亂講。」

顧清過意不去，連忙道歉，又說：「那朝陽大街後那處宅子呢？要不買那裡的？」

雲舒又說：「那處宅子原先是某位大人的外宅，地方雖然大，但宅子只有兩進，現在大公子和大小姐、二夫人住在裡面也沒什麼不行，然而公子萬一高遷，到時候要會朋友或者客卿，又該怎麼辦？到時想再改成三進，又會帶來很多麻煩。」

一般官員手下都會有客卿或幕僚，若是親近之人，讓幕僚住在家裡也是常有。大公子現在還小，沒有到這一步，但既然是買大宅子，就得做長久的打算。

一個是風水不好，一個是宅型不好，雲舒說得顧清很鬱悶也很頭疼，眼見時間就要到了，這可怎麼辦才好？

雲舒見顧清急到不行，便要丹秋拿出一個木牌交給顧清。

「這是通樂大街和正隆大街交會處兩座宅子，正巧同時要賣，你去看看，若合適，只要把中間的牆打通，就可改造成一所宅子。底細我找人打聽過，都是好的，分開買這兩戶比買同樣大小的一戶要便宜很多，不過到底好不好，你還是自己去看看為妙。」

這兩處宅子是雲舒託吳嬸娘的男人還有胡壯等人打聽過的，雲舒甚至請陸笠去看過，算非常穩妥。

顧清高興地接過木牌，轉身就跑去看房子。

丹秋嘆道：「若沒有雲舒姊姊，顧清該怎麼辦?!」

雲舒只說：「顧清辦事能力還是不錯，只是對長安還不夠熟，難免有些掣肘，等日子再長些就好了。」

辦事不僅得靠個人能力，還得看人脈和訊息的把握程度，這些她都得慢慢教給丹秋。

選好了房子，搬家的事情很快就定了下來，找了工匠敲院牆、整園子，不過幾日就處理妥當。

新居因由東、南兩處宅子改建而成，東邊留作正門，第一進有主廳，主要是客座；第二進是抱槐院、香草廳、竹松園，分別是書房、宴廳和大公子的住所，另外還置了臘梅園、秋菊園、聽虹水榭三個院落；第三進已到了南邊的宅子，裡面是給二夫人和大小姐住的碧馨小院、春榮樓以及花園，靠後門的地方，另闢了幾處院落給各房的管事嬤嬤或外院小廝居住。

待一切收拾妥當，已是三月，正好趕上大公子清明回家祭祖，返回長安時接二夫人和大小姐一同過來。

又是一次短暫的分別，大公子張開雙臂站著，任由雲舒幫他整理衣冠。

他的眼珠滴溜溜地隨著雲舒左右晃動而打轉，雲舒抬眼望他，笑著說：「我臉上要被看得生出花來了。」

大公子卻是一本正經地看著她說：「這次我回去又要五、六天，回來的時候，妳不會又出什麼事吧？」

雲舒笑著寬慰道：「我哪這麼能惹事？大公子放心好了，卓成被關押在獄中，除了他，我再沒跟其他人結過仇，不會有事的。」

大公子嘆道：「妳說妳怎麼就這麼讓我不放心呢？」

這次清明回洛陽祭祖，大公子想把雲舒帶在身邊，雲舒卻跟大公子耍賴，橫豎不願意回去。大公子察覺雲舒不喜歡跟他回洛陽本家，就認真地問起她原因，誰知雲舒說，本家規矩大，她怕做錯事被罰，再者祭祖的時候，丫鬟跟僕婦們都要跪在祠堂外，吹一天冷風，她擔心自己受不了。

大公子的確心疼雲舒，不想讓她跪那麼久，最終才同意她留在長安。

看著低頭幫他繫玉珮的雲舒，大公子時常覺得看不透她。

她識字、懂算術，曉得他不知道的表格、珠算等奇妙知識，這樣一個女子，絕對不是普通平民能教養出來的，可她偏偏在他身邊做了個低人一等的丫鬟。

大公子打從心底覺得丫鬟的職位委屈了雲舒，但又想不出其他身分給她，更重要的是，雲舒是他的丫鬟，他們才能像現在這樣相處，這也是他不願改變現狀的最大原因。

雲舒整理好大公子的衣服，拍了拍衣襬說道：「好了！大公子可以出發了。」

大公子回過神來，看了看雲舒，問道：「之前訂製的算盤都裝上馬車了嗎？」

因為覺得好用，大公子決定趁這次清明返家的機會，帶一批算盤回桑家，向各個管事推廣。雲舒找到胡壯，在他師傅那裡訂做了二十個算盤，並叮囑大公子這些算盤儘量別外流。

再怎麼說，算盤是很久以後才會發明的東西，現在就當是桑家的秘密武器吧。

雲舒點頭道：「放心吧，昨天晚上就裝車了。」

大公子點頭說：「嗯，那我啟程了。」

閒雲、漁歌等幾個大丫鬟拎著包袱在門口等大公子，大公子出來後，眾人便登上馬車走了。

當天下午，東方朔急匆匆地跑來找大公子，聽聞大公子回洛陽去了，臉色更顯焦急。

雲舒小心問道：「東方大人，不知您找我家大公子有何事？若事情緊急，我立即派人送信去給大公子。」

東方朔看了看雲舒，擔憂地說：「上次武安侯的門客綁架了一個丫鬟，那個丫鬟是妳吧？」

這件事已經過去一陣子了，雲舒不知東方朔為何突然提起，但還是點了點頭。

東方朔說：「既然是妳，那我跟妳講也一樣。我今日在大理寺協理政務，聽說卓成逃走了！」

「啊?!」雲舒表情十分錯愕。卓成越獄了？

雲舒驚訝之餘，還真忍不住想叫一聲「佩服」，同為穿越人，卓成好本事啊！

東方朔對此解釋了一番，原來清明將至，皇上過幾日便要去長陵祭拜高祖，所以大理寺便押著犯人去長陵那邊修路鋪石做苦工，誰料卓成中途竟然乘隙逃跑了。

東方朔叮囑道：「卓成因妳而入獄，妳千萬要小心他回來報復。」

雲舒真切地謝過東方朔，再恭敬地把他送走。

她心事重重地回到竹松園，坐在床邊半天靜不下心來。丹秋跟雲舒在一起的日子長了，自然看得出她心神不寧，所以追問起來。

雲舒告訴她卓成越獄之事後，丹秋緊張得不得了，生怕雲舒再次被卓成綁走，倒是雲舒已經鎮定下來了。

「傻瓜，今非昔比。當時他是太尉大人的當紅門客，可以調動其他人幫助他做事，如今他是在逃囚犯，誰會聽他的？再者，他在郊外逃跑，必不敢回長安城，我們又搬過家，他怎麼找得到我呢？」

雲舒說得雖然有理，但是丹秋還是很害怕，晚上非要陪著雲舒一起睡覺，免得她一夜之間又不見了。

頭兩日，一切倒還安定，到了第三日，雲舒聽說以前清平大街的老宅子裡鬧了賊，東西沒什麼損失，只是牆壁上被按了一個血手掌印子。

聽到這種恐怖的事情，丹秋當下就抓住雲舒，用一副要哭的表情說：「雲舒姊姊，不會是卓成回來了吧？」

雲舒不敢妄斷，可是一想到那個血手掌印子，心裡也是惴惴不安。她左思右想後說：「要不我們去大理寺報案，然後用我自己當誘餌，把卓成引出來，讓官差們把他捉住，這樣我們就可以安心了！」

丹秋聽到她大膽的想法，急忙說：「不行不行，絕對不行，太危險了！萬一官差們在的時候，他不出現，等官差們等得不耐煩撤走了，他再出現怎麼辦？雲舒姊姊妳不能冒險！」

雲舒笑著說：「對哦，如果是我，也不會上這個當。那我們怎麼辦才好呢？」

丹秋怯怯地說：「我們到別處躲一躲吧？」

雲舒不太同意地說：「躲得了初一，躲不了十五，再說，我們能躲到哪兒去呢？」

丹秋極力勸道：「雲舒姊姊，我們也去洛陽好不好？找到大公子之後，也許大公子能想出辦法來？我們一直在這裡待著，卓成早晚會找來的！」

雲舒看著丹秋不吭聲，丹秋著急地搖了搖她的手臂，她只好說：「好吧，我們就去洛陽找公子，一切聽公子安排……」

「大公子」三個字彷彿就像定心丸一樣，丹秋不怕了，雲舒也不憂了。她們找了家中的車夫，另外帶上兩個小廝，簡單收拾了一下行裝，就出發前往洛陽。

春寒料峭的時節，路上偶遇雨水，並不是很好走，不過洛陽離長安不遠，她們很快就到了。

雲舒算了算時間，清明已過，大公子現在肯定在家中等待二夫人和大小姐收拾行裝，準備啟程回長安。

待洛陽本家的門房向內通報，說長安家裡來人之後，大公子便急匆匆從內院趕出來，待他看到是雲舒和丹秋，更是瞪圓了眼睛，問道：「怎麼是妳們？發生了什麼事？」

雲舒尷尬地笑了笑，說：「東方大人跟我說，卓成越獄逃跑了，我在長安覺得害怕，所以就找公子來了……」

大公子聽到卓成越獄很是吃驚，丹秋又在一旁添油加醋地說：「大公子，你不知道多恐怖，前天晚上有人在清平大街宅子的牆壁上按了個滿是血的手掌印，一定是卓成，卓成回來尋仇了……」

大公子難以置信地說：「卓成怎能如此大膽？不僅逃跑，還敢出現在長安的大街上，甚至以血印威脅，真是大膽狂徒！」

大公子帶著雲舒回到筠園，仔細問起長安的事情來，待他了解情況後，心中頓生不安，開始在房中緩緩踱步。

卓成入獄之前就一直跟雲舒過不去，此番被雲舒害得下獄，對她的恨意肯定更上一層樓。卓成越獄就如惡虎出籠，雖說他是待罪之身，不敢明目張膽出現，但是這種敵在暗我在明的局勢，更為危險。

大公子心中很明白，縱使他回到長安，也沒有辦法保護雲舒，在安全第一的前提下，大公子作出一個十分艱難的決定——

「雲舒，這次出來，妳就不要回長安了，暫時先避開一陣子，待大理寺將卓成捉拿歸案之後，我再將妳接回長安。」

雲舒不想留在洛陽本家做丫鬟，她想陪在大公子身邊！要是留在洛陽，那麼雲舒就真的是個丫鬟，沒有大公子的包容與支持，在這深宅大院中，她的日子肯定不會很太平。

大公子看出她的不情願，可是他更不願讓雲舒置身於危險之中。兩相權衡下，大公子便拿定主意，短期內無論如何都不帶雲舒回長安。

雲舒何嘗不知大公子是為了她的安全著想，可是僅僅因為卓成這個潛在威脅，就導致她要過上悲慘的生活，她只要想到這裡，就憤恨不已！

大公子正在勸雲舒，顧清就來稟告，說老爺聽說雲舒來了，要親自見她。

雲舒從鬱悶中回過神，詫異地問道：「老爺要見我？」

大公子思忖道：「爹想見妳，肯定是因為算盤的事情。」

這次大公子帶了二十張算盤回來，向桑老爺和帳房管事推廣此物。桑老爺和管事們都是久經商場的人，一眼就看出算盤好用，得到大家一致好評。桑老爺私底下問過大公子，這算盤是何人所製，大公子不是貪功之徒，自然將雲舒之事告知他。

桑老爺當時就訝異地問道：「是當初教你表格的女子？」

見大公子點頭，桑老爺更是叮囑大公子要知人善用。此番聽說雲舒回了洛陽，桑老爺想跟雲舒聊聊，這才派人來傳喚。

知道了桑老爺的意圖，雲舒不再驚慌，簡單整理了一下衣物，就跟著大公子去了外書房。

外書房中，桑老爺坐在書案後，韓管事和一個雲舒不認識的年輕男子默立在桑老爺身後。大公子和雲舒進書房向桑老爺見過禮之後，桑老爺便和藹地對雲舒說：「弘兒說妳聰慧能幹，這次又做了算盤給他？」

雲舒不卑不亢地答道：「大公子過獎了，小女只是將家父教給我的東西再轉交給他，這些東西用在適當的地方，才能顯示出它們的價值，也不至於荒廢。」

桑老爺摸著鬍鬚，重複著雲舒的話，唸道：「用在合適的地方……嗯，妳知道這個道理，很不錯！人和物的道理都是一樣，物要放在合適的場所，人要放在適合的位置，讓妳給弘兒做丫鬟，是委屈妳了。」

雲舒急忙說：「不，大公子待我很好，我一點也不委屈，我願意一直伺候大公子！」

大公子在旁聽出了父親的弦外之音，忙上前半步說：「父親，此番孩兒回長安，不能帶雲舒回去，準備將她留在家中。我正不知該如何安頓她，若有父親作主，孩兒也就放心了。」

「哦？」桑老爺倒沒想到兒子這次要把雲舒留在洛陽，心中很是狐疑，但這件事情他不好當著外人的面直接問兒子，於是接著大公子的話說：「既然你要把雲舒留在洛陽，我自然不會委屈她去做丫鬟的粗活，只是……她的位置，為父要好好琢磨一番。」

桑家各處的管事，都是給桑家賣力一輩子的老人，若隨意把雲舒安插進去，不說雲舒是個女孩子，就看她小小年紀，只怕也沒有人相信她的能力。治家與治國道理相同，想要重用某人，必須讓某人先在基層做出成績，用實力讓人佩服，而雲舒有性別和年齡上的劣勢，更是要用本事說話。

桑老爺考慮到這些，一時有些拿不定主意，不知該怎麼安插雲舒才好。

在場者都是聰明人，在桑老爺的沈默中，也都想到了這一點。

雲舒有些緊張地看向桑老爺。桑老爺的一個決定，將直接影響她今後的處境。正當她等待「分配」的時候，雲舒察覺到桑老爺身後的青年，正若有所思地看著她。

雲舒疑惑地把視線轉向那個青年，那青年見雲舒毫不避諱地看著他，覺得頗有意思，臉上不禁浮起挑釁的笑意。

「姨父。」這個青年突然開口喊桑老爺，聽這稱呼，他應該是大公子的表兄。

桑老爺抬頭看向側立在旁的青年，問道：「柯兒，你難道有什麼好想法？」

沈柯看了雲舒一眼，低下頭對桑老爺說：「甥兒只是擔心，若這位姑娘真如她自己所說，只是把她父親教給她的東西轉教給大表弟，自己實際上並不懂得怎麼算帳，豈非辜負了姨父的一片厚望？」

大公子皺了皺眉，替雲舒辯解道：「雲舒的計算能力很強，而且有些奇思妙想非我能及，『那件事』的帳目，也是她助我完成的。」

大公子口中「那件事」，自然是指列出上林苑的預算一案，但由於事涉皇家，實在不好直接言明。

沈柯聽到大公子這番話之後，態度轉變得極快，改口道：「若真如大表弟所說，這樣的人才當丫鬟著實可惜，姨父不如把她賞給我吧，讓她助我一臂之力！」

「給你？」桑老爺很是吃驚，大公子也驚訝不已，雲舒更是嚇壞了。

一直沈默在旁的韓管事這時開口說道：「其實表少爺的提議，也未曾不可。表少爺不日就要去婁煩主事，那塊玉田的開掘對大公子在長安的行事影響重大。表少爺第一次出遠門單獨管事，有雲舒輔佐表少爺，大公子也會放心很多。」

這次桑家幫劉徹擴建上林苑，雖說他們資產雄厚，然而建造宮殿的開銷，仍讓桑家傷了不少元氣，還好他們之前在太原郡買下的婁煩雲頂山林場挖掘出一片不錯的玉田，這次桑老爺正巧要派沈柯去監督那片玉田的開採事宜，用這筆收益來填補建造上林苑的空缺。

沈柯是大公子生母鄭氏的胞妹之子，兩人是很親的表兄弟。沈家在生意上依附桑家，所以沈柯從小就被父親送到桑家學習做事，因他秉性聰明，頗得桑老爺喜愛。只不過，不論情分再深、再親近，他們一個姓桑，一個姓沈，到底是兩家人。

桑老爺由最初的震驚漸漸轉為認真考慮。婁煩玉田是桑家的新產業，那裡尚沒有已成氣候的大管事坐鎮，正因如此，他才派資歷尚淺但潛力巨大的沈柯接手。同樣的情況也適合雲舒，只要沈柯不為難雲舒，她過去之後應不會有人欺壓她，她更能發揮所長。

沈柯在桑老爺跟前長大，對於沈柯的能力，桑老爺很放心，但這畢竟是他第一次獨立辦事，他原本想多派幾個有能力的人輔佐，可是又擔心有前輩在身邊，沈柯會縮手縮腳難以成長，然而如果是像雲舒這樣沒有資歷卻有能力和想法的人，很適合幫助沈柯。

思量了半天之後，桑老爺點頭道：「嗯，婁煩玉田那裡沒有信得過的帳房，雲舒可以過去歷練一番。弘兒，你覺得如何？」

大公子從剛剛開始就有些猶豫，他思量再三後說道：「父親，此事容孩兒想想，明日一早再給父親回話。」

桑老爺知道大公子是要跟雲舒商量一下，便未強制要求他們立刻回答，只說雲舒趕路應該累了，最好早點休息，就讓他們離開了。

回到筠園以後，大公子就對雲舒說：「雲舒，我沒想到父親竟然同意讓妳去婁煩，那裡地處偏遠、生活疾苦，不是女孩子該去的地方。妳別急，容我想一晚，必定會想到更好的去處。」

雖然大公子這麼說，但雲舒心中卻已有了想法。

她雖然不願離開大公子，但是在必須離開大公子的情況下，她得選一個相對比較好的去處。

大公子和桑老爺都是寬厚之人，不在乎她是女子，也不論她的年齡，見她有能力便敢重用。雖然他們作風如此，但不代表這個時代其他人也是這樣。

沈柯從小在桑老爺跟前長大，他的行事風格必定會受桑老爺影響，雲舒聽他開口索要自己，便知道他也是個勇於用人的主事者，到這樣的人手下辦事，總好過去一個古板有偏見的老管事底下做事。

對雲舒來說，她願意做丫鬟，是因為她輔佐的是大公子，若不是為了大公子，她定然要另謀出路，現在機會擺在眼前，她當然得把握，而且她很清楚，在新的環境中，成長的幅度遠比在一個成熟的環境裡來得多。

雲舒將自己的想法說給大公子聽，大公子心中有些震撼，卻也似乎沒那麼意外。他從一開始就知道雲舒不是池中物，但他原本想儘量多留雲舒一些日子，只是沒想到，在卓成逼迫下，這一天來得這麼早。

想到這裡，大公子心中隱隱痛恨自己的無能。若不是他沒辦法保護雲舒，又何至讓雲舒去婁煩山區受苦？此刻，他渴望權力和力量的心更堅定了，他暗暗發誓，一定要變得更強！

一想到要跟大公子分開，雲舒忽然覺得有好多好多話要跟大公子囑咐。筠園的主房中，主僕兩人促膝夜談，雲舒思量著該怎麼把可能會發生的大事都告訴大公子。

「大公子，皇上的新政你不要參與過深，把心放在擴建上林苑就好，過兩年就會派上用場的。」新政以失敗告終，上林苑才是劉徹休養生息、蓄勢待發的地方。

「不管竇丞相和田太尉打壓你或拉攏你，你都不要理睬，等過幾年皇上親政了，他們都沒有好下場。」跟緊劉徹才是硬道理，外戚什麼的，最終都會垮臺。

「大小姐跟韓嫣的婚事，大公子要好好思量……」韓嫣家世好、長得帥，可是英年早逝啊……

雲舒絮絮叨叨說了很多跟大公子相關的事，最後她又想起身邊的人。「大平那個孩子，辦事讓人放心，是個好苗子，大公子若看得上，不如好好培養。還有胡壯那群孩子，雖說以前是小混混，可是慢慢都學好了，學壞容易學好難，好好調教，也都是可用之人……」

大公子一一記在心裡，到最後忍不住傷感地說：「好了，別說了，妳又不是一去不回來。也許卓成很快就會被捉住，我會儘快把妳接回長安的！」

雲舒在心中嘆了口氣，她就是個愛操心的命，就算沒有她，一切還是會照常運轉，可是不交代清楚，她就是不放心。

得知雲舒要離開大公子，去偏遠的婁煩玉田做事，丹秋大哭了一場，還以為雲舒做錯什麼事，才被老爺罰到那裡去。

雲舒拉著丹秋回房，跟她說了很多，包括機遇、發展什麼的，也不知丹秋聽懂了沒，但聽到最後，她已止住淚水，只是鐵了心要跟雲舒一塊兒去婁煩。

雲舒驚訝地問道：「我是被卓成追殺，不得已才避開，妳何苦跟我一起去受罪？」

丹秋倔強地說：「就像姊姊勸我的那樣，妳去婁煩可能是妳的機遇和機會，那我也要跟著妳去。我回到長安，不過是個粗使丫鬟，沒有姊姊教我識字、跟我說道理，我一輩子也就只是做粗活的命。如果我跟在姊姊身邊學習，也許有一天我也能變成有用的人！」

丹秋說得不無道理，與其做一輩子粗使下人，不如現在吃點苦，為將來做更好的打算。大公子得知丹秋的想法之後，倒挺支持她跟雲舒一塊兒去婁煩，好歹雲舒身邊有個熟悉的人照顧，他也放心一些。

第二天回覆桑老爺之後，這件事情就這樣定了下來，沈柯看著雲舒一直笑，把雲舒弄得一臉茫然，不過因為大公子要回長安了，雲舒忙著道別，倒沒有多想沈柯的事情。

大公子帶著二夫人和桑招弟去長安，雲舒依依不捨地送別，之後又奉桑老爺之命，搬去外宅跟沈柯一起，開始安排遠赴婁煩的事情。

第四十章　千里之外

開春以來，下了幾場小雨。新抽的綠葉上鋪了一層水珠，晶瑩透亮，陽光照在上頭，越發顯得生機盎然。

春榮樓中，桑招弟放下手中的刺繡，看著外面的春色，忍不住發起呆來。

大丫鬟秋棠從她身後走來，說道：「小姐，早晨的風太涼，您小心身子，還是到屋裡歇著吧。」說完作勢要關上窗戶。

桑招弟攔下她，淡淡地說：「我不要緊，讓我透透氣。春光短暫，韶華易逝，也沒有多少時間可以看。」

秋棠心頭一酸，喊了一聲「小姐」，卻換來桑招弟一聲低嘆。

秋棠看在眼裡，疼在心裡。自從桑招弟年間在家裡動了怒，和老夫人、二夫人爭論了一番，她的身體就越發孱弱，人也變得鬱鬱寡歡。

老夫人和二夫人想把桑招弟送入宮中，為桑弘羊多爭取一些皇上的支持。可是桑招弟心裡很清楚，她雖然是桑家嫡女，但桑家說到底是商賈人家，她即使入宮，也只能成為宮女或女官。

若真的是為了大公子好，當宮女和女官她也認了，然而老夫人和二夫人顯然不只想讓她做女官，她們的想法讓桑招弟覺得荒謬不堪。像劉徹這種少年帝王，怎麼會喜歡被安插到身邊的棋子？有個什麼差錯，反倒會害了大公子！

可是不管她怎麼解釋，老夫人和二夫人都不聽她的，直說她只關心自己，絲毫不在乎桑家和自己的胞弟。

桑招弟心裡很苦，可是想到早逝的母親，想到唯一的胞弟，她並沒有怨言，而且桑弘羊理解並支持她，這一點足以讓她欣慰。

桑招弟正想著，就見大公子從花徑上走了進來。她趕緊收拾好情緒，微笑著起身迎向他。

「弘弟，怎麼一大早就過來了？」

大公子精神抖擻地說：「我來看看姊姊，不知道姊姊在春榮樓住得習不習慣？」

桑招弟和大公子到茶几旁坐下，說道：「一切都很好，你事情多，就別擔心我了。」

擴建上林苑之事已提上日程，大公子忙得快要腳不沾地了，但他看到桑招弟心事重重，如何能不擔心？

他今天一早趕來，除了探望桑招弟，其實還有事情要跟她商量，可是他一時之間又不知如何開口。

事關桑招弟的終身大事，桑弘羊顧不得避諱，直截了當問道：「姊姊，我打聽過，韓嫣過去這段時日雖然相了幾家女子，但都沒有訂下親事，妳若真的對韓嫣有意，我可以幫妳想想辦法……」

桑招弟臉上驟紅，低聲說：「嗯……我的心思，弘弟你明白，你安排就好了。」

此時大公子忽然想起雲舒臨走前叮囑他的話，便問：「姊姊要不要再看看其他人？」

桑招弟微微皺起眉頭，低頭思考起來，卻沒有說話。

大公子看著正在思索的姊姊，回想起在洛陽家中跟她深談的那個下午。

桑招弟告訴大公子，她不願意進宮，因為她怕進宮之後反倒讓劉徹討厭桑家，就如他討厭皇后的陳家一樣。她也很清楚，劉徹討厭大臣之間的姻親關係，她嫁給誰，從某種程度上來說，也代表了桑家的立場。

她之所以選擇韓嫣，是因為韓嫣跟劉徹關係親密，她嫁給韓嫣，劉徹不會把大公子劃分為任何一派，還會把大公子當成自己的心腹。

大公子從來不知道桑招弟是這樣明白的一個人！從那個下午之後，他對這個一直不怎麼出聲，一顆心卻異常雪亮的姊姊，越發愛戴了。

現在劉徹身邊的心腹雖然不只韓嫣一個，但東方朔用情不專，不是良人，張騫二十有五，已有一妻一妾，算來算去，竟然只有韓嫣是不錯的人選。

桑招弟雖未說非韓嫣不可，但是大公子問及其他人時，她從不答話。

明白了姊姊的心思之後，大公子定了定心神，說道：「下月初六是太尉夫人的壽辰，姊姊準備一下，那一日，韓嫣的母親還有一些貴婦都會去田家參加宴席。」

二夫人此番來長安，老早就向太尉府遞了拜帖，非常積極地要把田家這門親戚走動起來。太尉夫人的生辰，二夫人和桑招弟都有資格參加，急於為韓嫣說親事的韓夫人也必定會在宴席上觀察眾位小姐，那個場合，是桑招弟的絕佳機會。

桑招弟微微點頭，把此事放在了心上。她再抬眼看向弟弟，見他眉宇間有一絲愁色，關心地說：「弘弟若有什麼煩心的事，也可以跟姊姊說，不要什麼都悶在心裡，姊姊也不是不知分寸之人。」

「不是的……」大公子有絲悵然，說道：「我剛剛只是突然想到雲舒，不知她和大表哥現在走到哪兒了……」

雲舒被派去婁煩玉田的事情，桑招弟也有所耳聞，只是她小看了雲舒在大公子心中的地位，現在聽到大公子這麼操心，覺得有些愕然。

「沈柯是個細膩的人，雲舒跟著他，你不用太擔心。」桑招弟勸慰道。

沈柯極會疼惜女子，從不打罵喝斥丫鬟，待所有女子都是軟言軟語哄著。

大公子臉色突然拉了下來，低聲嘟囔道：「正因為大表哥的為人，我才擔心……」

聽到這句話，桑招弟又是一愣，再一細想，忽然失笑出聲。原來弟弟在她不知道的時候，已經長大了！

在大公子想念雲舒的時候，雲舒也在路途上懷念跟大公子在一起的日子。

她現在的境況一點也不好受。自從她隨沈柯從洛陽出發，所有時間都是在船上度過。她雖沒暈船的毛病，但晃晃悠悠在船上困著，精神再好的人，也會被搖得氣息奄奄。

雲舒隨身沒什麼東西，哪怕是幾包衣物，還是沈柯出發前看她和丹秋走得匆忙，幫她們置辦的。為了打發時間，雲舒經常去沈柯那邊借書來看，看完之後再教丹秋，這樣一來，枯燥的生活略微有了些意思。

沈柯為了來婁煩接手玉場，提前做了很多準備，連他隨身帶的書簡也都跟玉有關，雲舒原本對玉石開採一點也不了解，但看過他的書簡後，也略懂一二。

玉石開採方式依產地可分為數種，比較常見的是透過河流採撈，以及上山開採。她和沈柯這次到婁煩主要是負責玉料的初步開採與收集，把原料運送出山，送到桑家的手工作坊去加工。至於到底怎麼加工和銷售，就不歸他們管了。

雲舒主要負責管帳，雖然她之前讀的是經濟，並未深入學過會計，但是基本的方法她還算了解。

西漢很多東西都還不健全，在連紙和阿拉伯數字都沒有的情況下，想做好帳，實在有點困難。雲舒之前跟著大公子看過一些帳目，每日的收入和支出基本上都寫在一份書簡上，每月再做一次清算。

雲舒努力回想現代一般人的做法，然後思考自己該怎麼把收入、支出分類，還有該怎麼處理日記帳和總帳。

沈柯跟雲舒待在一條船內相鄰的船艙，但他幾乎沒有主動找過雲舒，只會派下人去送些東西照顧她，並讓人打聽她在做些什麼。

沈柯以前在桑老爺跟前學習，時常會遇到韓管事從長安趕回洛陽跟桑老爺商議要事。在他們的言談間，沈柯經常聽到韓管事提及雲舒，從那時起，他就對這個「很有想法」的丫鬟起了好奇之心。桑老爺和大公子為什麼重用她？韓管事為什麼看重她？她到底是有本事還是有心機？這些都是他要弄明白的。

不過，在趕往婁煩的路途上，雲舒至少有一點得到他的肯定，他幾乎沒遇過像雲舒這樣沈得下心來看書的女子。這一路不過半個多月時間，雲舒已經把沈柯的書都借了一遍，還向他要了筆墨和竹簡。

安靜而好學的女子，他喜歡。

在河上晃悠半個多月之後，他們一行人終於下船了。再次踏上陸地的時候，雲舒的雙腳有些發軟，頭腦也昏昏沈沈，更糟的是，沈柯告訴她，他們還要坐接近一天的馬車，才能到達他們的目的地——婁煩雲頂山玉石場。

北方的春天依然寒冷，雲舒和丹秋在馬車裡抱成一團，顛簸的山路和寒冷的天氣已讓她們連苦都喊不出，就在雲舒快要堅持不住的時候，馬車停了下來，他們終於到了！

與丹秋互相攙扶著下了馬車，雲舒茫然四顧。周圍都是高山，在夜色中如同沈睡的猛獸一般駭人。

雲舒和丹秋有些紅了眼眶。雖然她們以前只是丫鬟，但這著實是她們第一次真正受苦，彷彿覺得自己被拐賣進偏遠山區一般。雲舒這一刻總算明白古代人們為什麼大多都會待在故土一輩子，不願走出去，也明白為什麼「每逢佳節倍思親」的感受在古代更為顯著，一切都是因為交通不發達啊……

哪怕是大公子現在立刻派人來接她回長安，她都會猶豫，要是再如此顛簸半個月，她非得去掉半條命不可！

沈柯看到她們眼中淚光晶瑩閃動，默默搖了搖頭。畢竟是女兒家，這半個多月的經歷，夠她們受的了。

此時有一隊男子提著燈迎了上來，為首的人向沈柯行大禮問候道：「小的們恭候沈大當家多時，大當家快請進。」

沈柯認出這個人是桑家派來打前鋒的小管事周貴，就對他點了點頭，二話不說跨步走進山坳的院子裡。說是院子，不過是一圈木柵欄圍著幾間簡陋的木頭房子。

雲舒拉著丹秋緊跟著沈柯，一起走進一間看似主房的木屋中。屋子中間堆了一些吃食，是烤好的野豬肉和煮熟的野菜。在船上這段日子，雲舒吃的東西是她吃過最糟糕的，如今看到烤肉和菜羹，便覺得是美味佳餚了。

飽餐一頓之後，沈柯對周貴說：「這位雲姑娘是新來的帳房總管，稱呼她為雲總管即可。周貴，你安排雲總管下去休息吧，她應該很累了。」

雲舒聽到沈柯在介紹自己，趕緊放下手中的豬蹄，然後坐正，目光沈靜地看向眾人。

一屋子的人聽到這段話，都吃驚地盯著雲舒瞧。

周貴難以置信地看向雲舒，又看向沈柯，見沈柯不像在開玩笑，只好回頭對雲舒結結巴巴地說：「雲總管，請隨小的來。」

新帳房總管的屋子早就準備好了，只是沒想到來的是女子，所以屋子被安排在了一群男人的屋子中間。

周貴有些尷尬地說：「請雲總管暫時住幾天，我會要人趕緊再準備一個清靜的地方，到時再請雲總管搬過去。」

雲舒打量起了屋子。在剛剛用餐的主廳後面，有兩排木屋，她的房間是靠中央的一間。她思忖了一下，便說：「不用再收拾地方了，這裡很好。」

既然是要做總管，雲舒就不能處處把自己當女子對待，再說，深山老林中，讓她住在偏遠的地方，她反而會害怕。

周貴驚奇地再看了看雲舒，便向她介紹起周圍幾間屋子住了些什麼人、做些什麼事，說完之後才離開，讓雲舒她們安頓一下。

決定在這間屋子住下來之後，雲舒和丹秋強打起精神收拾了一下屋內。屋子很簡陋，只有木床、木桌和木櫃，但還算乾淨，因山中夜晚很冷，被子準備得很足。雲舒鋪床、丹秋燒水，整理了一會兒以後，兩人便並肩睡下了。

丹秋在被窩裡一直捉著雲舒的手，感覺到丹秋沒睡著，雲舒便輕聲問道：「丹秋，妳後悔跟我來這裡了嗎？」

丹秋低聲說道：「不後悔，我只是有點怕……」

其實，雲舒自己也很害怕。兩個小姑娘離開長安超過千里，來到這大山裡，還跟一群男人混在一起，怎麼可能不怕？

但是在丹秋面前，雲舒不能顯露出這種想法，她鼓勵起丹秋。「別怕，有我在，沒事的。」

「嗯！」丹秋點了點頭，又說：「我有點想念大公子，還有閒雲姊姊她們了，也不知她們想不想我們……」

想念……千里之外的他們，應該會想念她們倆吧。在墜入夢鄉之前，雲舒默默地想著。

第四十一章　新官上任

雲舒和丹秋的到來，在玉石場中掀起了不小的騷動，特別是雲舒還是以帳房總管的身分出現。

一夜之間，玉石場來了一名女總管的消息就在各個大小管事，以及部分玉石工人之間傳開。等到雲舒和丹秋第二天起身梳洗的時候，就發現房外經常有人走動，哪怕是沒直接看到人，也覺得窗外有人指指點點。

雲舒收拾整齊之後，為自己加油打氣。今天是她初次上任的日子，她必須鎮住場子，不能因為她是女孩子，就讓其他管事不把她放在眼裡。

雲舒今天特地把頭髮梳成男式的髮髻，身上穿著深赭色的漢服，整個人看起來很中性，但在丹秋眼中卻有些不倫不類。

「雲舒姊姊，為什麼要穿成這樣？會被人笑話的。」丹秋擔心地說。

雲舒一本正經地說：「第一印象很重要，我得嚴肅一點，不能讓人覺得我是女子好欺負，如果讓他們覺得我軟弱管不了事，以後就很難服眾。」

丹秋似懂非懂地點點頭，又看看自己的嫩粉色衣服，問道：「要不我也換一身？」

丹秋只是丫鬟，倒沒這個必要，於是雲舒說：「這個不用，但是得拿出氣場來……」

「什麼氣場？」丹秋聽了一頭霧水。

雲舒比劃著說：「就是昂首挺胸、不卑不亢。妳是總管的貼身丫鬟，要有氣度，也不能被人小瞧。」

丹秋意會到雲舒的意思，認真地點點頭說：「雲舒姊姊，妳放心，我不會給妳丟人的！」

兩人互相鼓勵一番，一前一後走出居住的小木屋。

屋外果然有很多圍觀的人，雖然他們或站得很遠，或蹲在角落，抑或從自己房間的窗戶向外偷看，但雲舒都能感受到他們好奇的打量眼神。

雲舒沒有驚人的美貌，更缺乏綽約的風姿，卻有一雙明亮的黑眼，以及令人舒心的笑容。她挺直了脊背站在那裡，無視周遭的議論聲，穩了穩心神朝沈柯的房間走去。

沈柯早就在注意雲舒的動向，一直在房間裡等雲舒過來，現在見她準備好了，便走出房間跟她碰頭。

雲舒規規矩矩地向沈柯揖手道：「沈大當家好！」

沈柯向她點點頭，並未多說，直接帶她去了昨晚吃飯的主廳，現在那裡已經被佈置成議事廳。各管事見他們來了，也紛紛聚集在外面候著。

兩人進入議事廳後，沈柯緩緩對雲舒說：「我昨晚已經見過幾個管事，今天主要是把妳介紹給大家，準備好了嗎？」

雲舒鎮定地一笑，答道：「大當家放心吧。」

沈柯見她並未怯場，滿意地點點頭，揚聲說道：「周貴，請兩位管事進來吧。」

昨天為他們接風的周貴聞言帶著兩位中年男人進來，他們都穿著黑灰色的薄襖，皮膚黑黃，但眼神靈動，一看就是飽經滄桑之人。

沈柯指著左邊一位精瘦的管事對雲舒說：「這位是負責玉石場採石工人的羅管事，另一位則是負責日常用度的喬管事。」

說完，他又向兩人介紹起雲舒。「這位是老爺親自指派的新帳房總管，她曾在長安輔佐大公子，是老爺和大公子極為看重的人，兩位管事以後要與雲總管好好共事才是。」

沈柯在介紹雲舒時附帶這麼多背景，也是怕雲舒年紀小難以服眾，所以借老爺和大公子的名號壓一壓別人。

但這兩位管事畢竟是前輩，雲舒不敢傲慢自大，趕緊上前半步對兩位管事行前輩禮說：「雲舒拜見兩位前輩，以後還請前輩多多指點。」

兩位管事聽了，忙擺手說：「不敢當。」

沈柯又要喬管事把之前暫時負責帳房的人叫進來，說道：「在雲總管來之前，是王先生暫管帳簿，現在雲總管來了，王先生須把帳簿清清楚楚交給雲總管，玉石場的相關事務也要交代完整，之後便聽雲總管指派做事。」

垂首站在下面的王先生悄悄抬頭看了雲舒一眼，看到雲舒打扮得不男不女，內心閃過一絲嘲諷，只覺得東家太胡來，竟讓個女娃娃來搗亂。

雖然心裡這麼想，可是王先生表面上依然恭敬地說：「沈大當家放心，我一定把帳簿整理清楚交給雲總管。」

沈柯又指著王先生身後的一個寬額青年說：「他叫徐剛，以後就受妳差遣。」

徐剛目光平靜地看著雲舒，微微頷首示意，雲舒也向他點頭答禮。

沈柯交代完一切，就說：「好了，王先生這就帶雲總管去帳房對帳吧。我今天要去玉石場一趟，你們先忙。」

帳房就在議事廳對面，只隔三十多步的距離，同樣是間木屋，只不過，這是唯一一間門上掛鎖的屋子。

雲舒和丹秋來到帳房時，王先生早就把從開礦到今天的所有帳簿都準備好了，滿滿地堆在屋角，像座小山一般。

「雲總管，這些都是帳簿，東西比較多，核算起來可能比較麻煩，妳看……從哪裡開始呢？」王先生有些輕蔑地問道。

雲舒看了王先生一眼，覺得很是好笑。若真是本分交割帳務之人，自然會有條有理一項項說來，怎麼會詢問她從哪兒開始？他這是想考考她的本事，還是故意為難她？

雲舒收起臉上淡淡的笑容，說道：「解說就不必了，王先生就列一份單子給我，把玉石場有哪些進項和出項全都寫清楚，這對王先生來說瞭若指掌，做起來應該很容易，今日午後交給我，如何？」

王先生有點愣住，沒想到雲舒這麼快就進入狀況。

安排了王先生的事情之後，雲舒看向一直安靜待在門口候命的徐剛，她微笑著把他招到跟前。「徐大哥，我需要一塊跟門板一樣大的木板，板面需要磨得很光滑，你能幫我找到嗎？」

聽見雲舒的稱呼，徐剛有些發愣，原本想讓雲舒直接喊他的名字就好，但再看看雲舒，覺得這小姑娘喊他一聲大哥，也算合適，便跳過稱呼的問題，直接說：「這個好辦，我這就去找。」

妻煩的雲頂山是片原始森林，桑家最早買下這片山頭，是當作林場想做木材生意的，卻意外發現玉石礦脈，才轉作玉石場，因此在這裡想找木板，真的是再容易不過。

徐剛正要去找木板，雲舒又說：「還有一事，徐大哥能不能在山上找到會掉粉的石頭？」

徐剛想了想，問道：「白土粉可以嗎？」

白土粉又叫白堊，是石灰岩的一種。

雲舒聽了大喜過望，忙讓徐剛去找這兩樣東西。

待房裡只剩雲舒和丹秋，丹秋才好奇地問道：「雲舒姊姊，妳要木板和白土粉做什麼？」

「我做帳的時候需要用這些東西，妳到時候看就知道啦。」雲舒淡淡一笑。

其實她是想做簡易的黑板和粉筆，在對帳的時候好方便計算。之前她在用竹簡看帳簿的時候，就非常痛恨這種沒有紙的日子，既然一時造不出紙，就用黑板來代替吧。

徐剛辦事很俐落，不到午膳的時間就找來這兩樣東西。雲舒掰了一塊白土粉在木板上試試，還算好用，很像學生時代拿著粉筆在門上亂畫的感覺，不禁覺得親切又歡喜。

王先生的速度也不慢，清單在午膳之後也列了出來。雲舒看了清單，微微有些吃驚，玉石場各種銀子的進出，比她想像的要多。

「王先生，在我核算帳簿這段期間，玉石場每日的帳目還是由你來做，每晚收工時把帳簿交給我就行了。」

王先生高興地答應了。他就說嘛，這個小姑娘掛著總管的名頭，但實際上還是得倚仗他！

雲舒沒工夫猜測王先生心中的想法，只吩咐他們下去做事，而後就跟丹秋在帳房裡忙碌起來。

雲舒先是讓丹秋去找了一根棉線過來，然後把白土粉塗抹到棉線上，再在木板上拉直，輕輕一彈，白粉就落在木板上，形成筆直的一條白線。如此反覆幾次，木板上就出現了整整齊齊的一張「表」！

這個方法是雲舒中學做黑板報時學到的，之後因為有電腦表格和現成表格紙，再也沒用過這種方法，沒想到這個時候派上了用場。

雲舒再根據王先生給她的清單，分為收入和支出兩大類，把名目依次抄在木板上，最後依據每日帳簿內容，依次填表、計算、核對。

沈柯從玉石場回到住宿營地的時候，天已經黑了。他把周貴叫到跟前，詢問雲舒一整天的動靜。周貴說：「雲總管進了帳房之後到現在都沒出來過，先是要王先生列了清單給她，又向徐剛要了門板大的木板和一堆白土粉，不知在帳房裡做什麼。」

沈柯聽了覺得頗有意思，怪不得韓管事說這個丫頭主意多，她行事的方法果然跟常人不一樣。

「那現在各管事領錢領東西，是向誰要？」沈柯又問道。

周貴依實說：「雲總管還讓王先生管著。」

沈柯點點頭，再問：「雲總管吃過了沒有？」

「吃了，飯菜都是她的丫鬟端進帳房裡吃的。」

沈柯問清楚了之後，便要周貴退下，但他還是覺得好奇，很想知道雲舒要門板做什麼，於是隻身來到帳房前。

帳房內亮著油燈，傳出「噼哩啪啦」的打算盤聲，每隔一陣子，沈柯就會聽到雲舒報出一個數字，要丹秋記下。

「雲舒姊姊，妳看我沒寫錯吧？」丹秋問道。

雲舒抬眼看了一下，答道：「錯啦，這是六不是八，八比六多一個圈圈。」

沈柯聽到這裡，忽然覺得有些不懂，他想推門進去看看，卻又聽到下一陣算盤聲響起，覺得不好意思打斷雲舒，於是看著窗簾上的影子靜立了一會兒，才轉身離開。

雲舒這種忙碌的對帳狀態一直持續了三天，第四天一大早，雲舒就派丹秋去找沈柯。

沈柯看到丹秋，心中有絲了然，雲舒大概是要找他給她作主了吧？

果然，丹秋問道：「沈大當家，雲總管差我來向沈大當家請教規矩。雲總管想知道，私吞公家財產要怎麼罰，做假帳又該怎麼罰？」

這話一出口，沈柯神色就嚴峻了起來。他原以為雲舒遇到的是手下之人不服管教之類的小事，沒想到竟有這等大事！

沈柯並未立即回答丹秋的問題，而是帶著丹秋直接來到帳房。

雲舒坐在帳房中間，王先生則站在她面前。雲舒手中捧著熱水，蒸氣裊裊升在她面前，使她的面容看起來非常柔和，可是她嘴裡的話，卻是句句鏗鏘。

「王先生，我再問你一遍，你確定帳簿沒有錯？」

王先生站在雲舒面前，沒看到身後待在門口的沈柯，只是嘴硬道：「自然沒錯，我不僅每天都記帳，更是三天一小查，半月一大查，每月又再做一次總帳，怎麼會有錯？」

雲舒也不跟他爭論，直接吩咐徐剛把屋角的木板豎到自己身邊。

沈柯皺著眉看著那塊木板，上面鬼畫符一般不知寫了些什麼東西，但雲舒卻看得明白，她清楚地分析起來。「玉石場一月開礦，至今日已有三個多月，我清算你三個月的帳簿，按照紀錄，帳房三個月支付採玉工人的工錢共一萬兩千零八十四錢。三個月的玉料進項，上品玉料二十六斤，中品玉料八十八斤，下品玉料兩百九十斤。據我了解，我們支付工錢的標準是根據採玉工人所採的玉石重量及玉石等級來支付，若以玉料進項為準，你的工錢支出多了；若以工錢為準，玉料卻少了六十多斤。你說，你是多給工人工錢？還是私吞了玉料？」

此番話一出，王先生的腿就開始有些打顫。他當帳房先生這麼多年，大家查帳向來都是核算總額是否正確，從未遇過像雲舒這樣，透過一項資料來計算另一項資料的情況。

一想到雲舒最後那兩句質問，他背後的冷汗就忍不住狂冒。

「雲……雲總管，許是礦山上報玉料重量的時候，報錯了……」王先生結結巴巴地說道。

雲舒淡笑道：「哦？報錯了？每件事都有專人負責，追究起來倒也方便。你說我該去找礦場點玉之人，還是去找現場登記之人，抑或是去找倉庫收貨之人？」

王先生被雲舒層層追問給逼得腦袋發昏，他真後悔小看了這個女娃，一時之間竟不知怎麼辦才好。

「呵呵！」雲舒輕笑道：「看來王先生不知道該從何查起。這件事不勞王先生，我昨晚已經查清了，徐大哥，帶彭大明上來！」

一聽「彭大明」這個名字，王先生的雙腳哪裡還站得住？當即跪在雲舒面前，磕頭哭喊道：「雲總管饒我這一次，是彭大明那個財迷心竅的要我做的，是他啊……」

雲舒任他哭喊，只等徐剛把彭大明帶過來。

彭大明是玉石倉庫的收貨人，他每日對著那麼多玉石，難免生出據為己有的小心思。但是玉石入庫的數量都記得一清二楚，出貨的時候要清算，他不敢一個人私吞，便拉著當時「獨當一面」的王先生入夥。

王先生這邊做假帳，彭大明那邊私吞玉石，賣了錢之後，再跟王先生私下分贓。

雲舒昨晚在發現帳目有錯時，就要徐剛去查明點玉人、登記人和倉庫收貨人等工人的近況，得到的答案便是倉庫收貨人彭大明最近心情很好，時常拉著王先生去山下的酒館喝兩杯，甚至打聽到彭大明的娘子打了金首飾，每日在村裡炫耀。

知道這些消息之後，雲舒怎麼會猜不出是怎麼回事？

待彭大明來了之後，雲舒一個字未說，王先生和彭大明就互相指責，狗咬狗一嘴毛，他們誰也脫不了干係。

雲舒起身看向門口的沈柯，說道：「沈大當家，我見識淺，也不懂規矩，這兩人該如何發落，就全聽沈大當家的了。」

沈柯旁聽整件事的時候，為這兩人的所作所為氣憤不已，但是在看向雲舒的時候，眼底忍不出流露出讚賞的神情。

沈柯派人跟他一起把王先生和彭大明帶走之後，雲舒鬆了一口氣。帳目她都核對完了，對玉石場的各種品項也有了大致的了解。王先生被抓之後，從現在開始，她就要正式接手帳房的大小事務了。

「徐大哥，你去跟外面各個管事通報一聲，跟帳房有關的一切事務，從今天起全部由我接手，有事就到我這裡回稟。」

徐剛奉命下去傳達，才出了帳房，他就深深呼了口氣，難以置信地回頭看著帳房微闔的門，聽到雲舒對丹秋說：「這幾天真是累死我了，我今天中午要吃一大碗飯，不，要吃兩碗！」

女孩子的嬉笑聲不斷傳出，聽得徐剛越發震驚。這樣的小姑娘，竟然迅速準確，一擊必中，揪出玉石場兩條害蟲！私吞財產、做假帳這樣的大事由其他人處理，不知要查多久，她竟然就這樣簡單地解決了！

徐剛不禁對自己的態度感到慶幸，因為沈柯之前叮囑過他，要好好聽雲舒的吩咐，不可對她無禮，若有人故意刁難她，要及時通知他等話，所以他對雲舒一直很服從，也未敢小看。只不過，此時他是真正對這個小姑娘嘆服了。

第四十二章　互通音訊

玉石場眾人聽聞了王先生和彭大明的事情之後議論紛紛，有表示質疑的、有佩服的、有害怕的，也有人在聽說犯事的兩個人被沒收家產並淪為奴籍的時候，幸災樂禍的。

丹秋在幫雲舒領膳食的時候，偶爾聽到這些言論，不由覺得大快人心，至少現在沒人敢質疑雲舒的能力，連帶眾人見到丹秋，都是恭恭敬敬喊一聲「丹秋姑娘」。

丹秋將這些事情說給雲舒聽，雲舒卻沒心思，只抱怨道：「一個小小的玉石場怎麼會有這麼多事，真讓我恨不得生出八隻手來！不行，我得讓沈大當家再給我請個先生來！」

兩人正說著話時，周貴前來敲門。「雲總管，沈大當家請雲總管過去一起用膳。」

應該是要說王先生與彭大明的事情吧？雲舒正好要去找沈柯要人手，於是便迅速跟著周貴來到沈柯房中。

沈柯準備了兩個食案，旁邊生了個泥爐，爐上的小瓷盆裡溫了一壺清酒。沈柯見雲舒進來，就請她坐下。

雲舒打量著沈柯，見他臉上沒有以前看她時的審視、玩味，而是變得鄭重和認真，不禁有些高興，看來沈柯是真的認可她的能力了。

因是要長期共事的人，雲舒便親和地開口道：「今兒個可是有口福了，我這幾天都沒吃好，正想著今晚弄點什麼好吃的來，就收到沈大當家的傳喚，這就連奔帶跑地來了。」

沈柯感覺到雲舒的善意，讓他原本想為以前不恭敬的地方道歉的話也說不出口，否則反而會顯得疏遠，於是笑著應答道：「雲總管這幾天辛苦了，山裡也沒什麼好東西，只有這些野味，也不知妳吃不吃得慣。」

山裡打來的獵物，在現代可是想吃都吃不到的昂貴野味，雲舒哪裡會嫌棄，便笑嘻嘻地坐下，跟沈柯邊聊邊吃。

沈柯聊起王先生跟彭大明的事，說道：「妳我兩人皆是剛接手的新人，出了這樣的事，為了導正視聽，所以我處罰得重了一些，將他們都落了奴籍。」

雲舒只是聽，並未說什麼。沈柯是她的上司，無論他怎麼處置那兩個人，她都不會干涉。

沈柯見雲舒沒說話，想來她是許了這件事，於是轉而問道：「對了，我今天看雲總管在木板上寫了很多奇怪的符號，對帳的方法也與眾不同，不知是什麼技巧？」

雲舒自然沒辦法告訴他那是阿拉伯數字，只說：「那是我家鄉的記帳方法，我爹以前就是這樣做帳，我也是這樣學，等到了外面，才知道跟其他人的方式不一樣，我也很吃驚呢。」

做帳是項技術活，好的帳房先生都有自己一套秘法，沈柯聽雲舒這樣說，以為是她家傳的方法，就不再追問，而是笑著問道：「雲總管的家鄉真是個有趣的地方，有表格、有算盤，還能養出雲總管這樣聰慧的女孩兒，真是讓人嚮往。」

讓人嚮往？雲舒有些黯然，兩千年的時空，再怎麼嚮往，只怕是回不去了……

雲舒臉上突然出現的惆悵，讓沈柯有些無措。他猛然記起有人跟他說過，雲舒是家鄉遭難，逃出來被大公子所救，想來她的故鄉和親人都已不在，他這麼一問，等於挑起雲舒的傷心事。沈柯不禁後悔，急忙端起酒壺給雲舒斟了一杯酒。「雲總管，嚐嚐這個酒，是婁煩特有的藥酒。」

雲舒急忙說：「我不會喝酒呢，這個就算了吧。」

沈柯勸道：「不要緊，這個酒很養生，不醉人。」

雲舒嘗試著喝了一口，酒精度數不高，酒香中帶了些藥味，不讓人討厭，反而覺得舒適，果然是好酒！

兩人邊吃邊喝聊開了，雲舒就開口向他要人。「現在帳房有我、丹秋跟徐剛，也就三個人，可把我忙壞了，沈大當家再給我找個幫手吧！」

沈柯不是小氣之人，該用人的地方，他自然會添人，於是說：「嗯，我會讓周貴去縣裡招募合適的人選，妳且辛苦幾天。」

看他乾脆地應了下來，雲舒心情也好，不由得多喝了幾杯。飯後回房時，她的腦袋雖然很清醒，但睡意已濃，迷迷糊糊倒在床上。恍惚中，雲舒耳邊彷彿聽到熟悉的書簡翻動聲，嘴角不由得彎起，睡沈了過去……

長安的五月繁花似錦，熱鬧非凡。

桑府門前人來人往，忽見一青衣小廝從疾奔的馬車上跳下，歡呼雀躍地從側門跑進府中。

「大公子，得信了，得信了！」

大公子正在房中整理資料，聽到顧清如此歡悅的聲音，立即放下手中的書簡，起身上前迎了幾步，問道：「誰的信？」

顧清一面將手中一卷羊皮遞給大公子，一面喘著氣說：「婁煩來的信！」

大公子高興地接了過來，連忙展開——果然是雲舒的筆跡！

大公子一直都注意著婁煩那邊的動靜，之前聽桑家傳信的人說，雲舒在婁煩玉石場以「快、狠、準」聞名，沒人敢在她手下混水摸魚，連沈柯都敬重她。

這些消息讓大公子聽得一愣一愣，聽完又覺得想笑，那麼瘦瘦小小的一個人，竟然能鎮住近百個大漢，不愧是他的雲舒！

原本他以為雲舒安定下來會寫信給他，誰料等了一個多月，全無隻字片語。他只好先提筆寫信給雲舒，問她過得如何，手邊的事情是否順利，是否想念長安的陸先生、阿楚、吳嬸娘、大平等人。

又等了近一個月，總算等到雲舒回信。他站在窗戶下仔細看雲舒的回信，可她在信中只用一句「大公子勿念，雲舒一切都好」概括自己的情況，剩下的言語，全都是問大公子身體可好、宮中動態、上林苑進度如何等等。

看完信，大公子不由得有些鬱悶，他想知道雲舒的近況，雲舒卻只問他的情況如何……

顧清見大公子不像之前那麼高興，便問道：「大公子……雲舒出什麼事了？」

大公子抬頭笑了笑，說道：「沒事，她很好。」

顧清不知真假，但大公子已要他研墨準備回信了，便忙活了起來。

大公子回信回到一半，突然拿起雲舒寄來的羊皮卷，問道：「顧清，這東西是獸皮做的嗎？沒想到這東西可以刷得這麼薄，用來寫信挺好，這樣的東西，也就雲舒弄得出來。你拿去找工匠問問看能否做得出來，到時候我也用這個東西給雲舒回信。」

顧清接過羊皮卷，一溜煙地跑了出去。

大公子坐在書案前，卻無法繼續整理資料，發了半天呆，悶悶地說了句：「唉，怎麼不多說說自己的事呢，好想知道……」

正隆大街的回春堂外，一個風塵僕僕的漢子站在門口看了又看，醫館內的方簡見狀問道：「兄弟，你是來看病抓藥的嗎？」

那漢子咧嘴一口白牙，笑著說：「不，我來找一位姓陸的先生，我是來幫人送信的。」

方簡不禁有些好奇。陸先生無親無故的，怎麼有人送信給他？但他依然把大漢請到堂裡，說道：「請稍等，我這就去請我們先生出來。」

陸笠疑惑地隨方簡走出來，打量了送信的漢子一番，看他長得高高壯壯，寬額長臉，不像是長安人，越發奇怪了。

那漢子銜著陸笠一笑，鞠了一躬說：「是陸先生嗎？這是你的信和東西。」

一筒羊皮卷，和一個獸皮口袋。

「是誰要你來送信的？」陸笠問道。

大漢說：「先生看信就知道了。我現在住在通樂大街的吉祥客棧，先生如果要回信，派人到那裡找我就行。」

說完他就走了，連一口水也沒喝。

陸笠拿著東西回到後院，展開一看，驚訝地發現，竟然是雲舒寫給他的信！

看完信之後，陸笠笑著把大平找過來，從獸皮口袋裡取出幾個紅線串著的玉墜說：「這是雲舒給你們兄妹三人的玉墜，來，戴上。」

大平激動地說：「是雲姊姊嗎？真的是她給我的玉墜？」

陸先生拍拍他的頭說：「可不是嘛，這是她今日來的信，派人捎的東西。」

大平纏著陸先生。「先生幫我唸信吧，雲姊姊到底說了些什麼？」

陸先生挑出提到大平的地方讀了起來。「……大平、小順都還好嗎？大平不小了，要吳嬸娘為大平找個先生或師傅學些東西吧，總是在藥鋪幫忙送藥也不是長久之計，像胡壯那樣學個手藝也可以。說起胡壯，他們那群孩子，沒有再做壞事了吧？」

大平聽著，再次想起那個困擾他很久的問題——他以後該做什麼呢？

思考良久，大平抓起雲舒送給他們兄妹三人的玉墜，對陸笠說：「先生，我去幫弟弟妹妹送墜子。」

大平跑了出去，先把墜子掛在小順脖子上，然後跑去桑宅找母親和妹妹三福。

吳嬸娘得知是雲舒送的墜子，也高興到不行，念叨著：「不知雲舒姑娘現在怎麼樣……」

大平看著自己的玉墜，鼓起勇氣對母親說：「娘……我、我想去找雲姊姊，我想跟她學理帳，以後也做個帳房先生！」

吳嬸娘愣然地看著大兒子，結結巴巴地說：「大平啊……雲舒姑娘她、她現在在婁煩啊……」

對於古人來說，離家遠行是件非常大的事情，特別是一家的長子，孝敬父母是他們不容推辭的責任，所謂「父母在，不遠遊」，就是表達這種觀念。

所以當吳嬸娘聽到大兒子說要去找雲舒時，異常吃驚。

「娘，雲姊姊說，要學一門手藝，以後才能有所依傍、成家立業。我想了很久，我不想為別人做苦力，醫術又學不來，就想學雲姊姊做生意管帳，好不好？等我有了本事，再賺錢回來孝敬您！」

吳嬸娘聽了，靜靜看著大平。不知不覺中，大平似乎已經不是之前那個只知道帶著弟弟玩的孩子了。吳嬸娘沈默了許久，終於說出一句：「等我跟你爹商量商量……」

大平聽了，不禁露出笑容。對他而言，母親沒有一口否決，已經是天大的好事，給了他極大的希望。

顧清找了很多工匠仿照雲舒的來信做羊皮卷，但是工匠要麼說沒有現成的獸皮，要不就說磨製需要花很久的時間，大公子聽了之後突然沒了興致，直接要顧清拿出上好的絲帛卷軸寫回信。

大公子正在想回信該怎麼寫，顧清就在一旁稟告道：「大公子，聽下面的人說，雲舒私底下還託人帶了一封信給陸先生，還給阿楚還有吳嬸娘家的三個孩子帶了些小玩意兒。」

「哦，是嗎？」大公子語氣平平，並未表示驚詫。顧清見他這個態度，就自動把後面沒說完的半句話嚥回肚子裡了。

顧清的意思，大公子心知肚明。雲舒若只是想帶些小東西給孩子們，為什麼不直接捎給大公子，偏要拐彎抹角地寫信給陸笠？定有什麼事情想瞞著大公子。

不過大公子既然無意追問，顧清再說也就沒意思了。

顧清閉嘴了，大公子反而像不經意似地問道：「聽說吳嬸娘要把大平送去雲舒身邊？」

顧清吃了一驚，沒想到大公子已經知道了，於是忙應道：「是，說是今天下午就啟程。」

大公子點點頭，想了想，只說了兩個字：「也好。」

待大公子把回信寫完，便吩咐道：「把信拿給雲舒的人帶回去，不要麻煩本家的信使了。」

雲舒之前給大公子傳信，是透過桑家內部專門互通訊息的信使送來的，那信一路轉手多人，不說別的，韓管事和桑老爺必定過目之後才轉交給大公子。大公子不想讓他的回信被這麼多人看到，又不想抽身邊的人手奔馳千里去送信，既然雲舒託人來了，正好可以捎信回去。

幫雲舒送信的漢子叫馬六，是婁煩當地的馬販子，曾經在長安販過馬，可惜他的馬去年冬天時染了疾，病的病，死的死，一家人正不知道怎麼過日子，雲舒卻在這時找上門來了。

馬六聽雲舒說只是要他去長安跑路送信，便給他豐足的銀錢和糧食，哪會不願意？一家人的口糧全在雲舒手裡，他替雲舒辦事，自然極為認真。

帶著陸笠、大公子的回信和捎的物品，再帶著揹上包袱的大平，馬六踏上回婁煩的路程。

因夏季汛期，各條河流水勢暴漲，致使他們回程很不順利，一直到初秋八月，這才回到婁煩。

聽聞馬六平安回來了，雲舒高興地傳見他。

雲舒靠坐在棉蒲團上，肩上搭著銀紫色的長外套，裡面穿了白色的薄襖，頭髮隨意攏在肩頭，臉色蒼白得有些過分，讓人看了就擔心。

馬六只看了雲舒一眼，忙垂下頭說：「雲總管，信我已經送到長安回春堂陸先生手中，這是他的回信。另外，桑家在長安的大公子也要我給您捎信來，我一併帶回來了。」

說著，馬六就將獸皮口袋裡的竹簡跟絲帛卷軸拿出來，恭敬地送到雲舒面前。

雲舒眼中流過訝異的神色，沒想到大公子會託馬六帶信。

雲舒並不急著看信，而是先對旁邊的丹秋說：「把剩下的錢給馬六吧，聽說馬奶奶快要過五十大壽了，妳再添五兩銀子，就當是我一點心意。」

桑家給帳房總管的待遇非常優厚，在婁煩山裡，雲舒拿著錢花不出去，這幾個月下來，已存了一筆不小的數目。

馬六見雲舒出手這麼大方，連忙磕頭感謝。他只跑這一次活兒，一家人一年的生活費就有著落了，他真恨不得雲舒多讓他跑幾次！

磕完頭，馬六突然拍了拍腦袋說：「雲總管，看我這記性，長安的人要我帶了個孩子給您，還在外面等著呢！」

雲舒非常驚訝，忙要丹秋把人帶進來，待看到是大平，更是驚呼道：「大平！你怎麼來了？」

大平跟著陌生的馬六在路上走了很久，又是第一次離開家，雖然害怕但得忍著，現在看到雲舒，一顆不安的心頓時安定下來，他微笑卻帶著哭腔說：「雲姊姊，我終於又見到妳了……」

雲舒忙站起身，拉著大平左看右看，見他除了臉上有點髒，其他都還好，就放下心來，轉而問馬六：「這孩子誰要你帶來的？不是他自己偷偷跑來的吧？」

馬六嚇了一跳，忙說：「我哪敢，是這孩子的爹娘親自把孩子交到我手上，說這孩子以後就跟著雲總管您學本事，我以為是您的安排，沒多說啥就帶來了。」

他想了想，又說：「若帶錯了，我這就把孩子送回去！」

大平一聽，連忙搖頭，拉著雲舒求道：「雲姊姊別攆我走，就讓我跟著妳吧，我爹娘都答應了。我要跟著妳學本事，以後好成家立業！」

雲舒嘆了一聲，把馬六遣了下去，拍著大平的腦袋說了句「胡鬧」，也算默許他留下來。

大平見雲舒不趕自己走，這才笑了起來，待他再細看雲舒，這才發現不對勁，問道：「雲姊姊，妳是不是病了？臉色好蒼白，還瘦了！」

丹秋上前扶著雲舒重新坐下，雲舒笑著寬慰大平道：「山裡天氣冷，我受了點涼，不要緊。」

說完，便要丹秋帶大平下去吃東西、安置住處。

待一切安排妥當，丹秋急匆匆回到帳房問雲舒：「雲舒姊姊求陸先生的東西，可得到了？」

雲舒笑著點頭，把陸笠寫給她的書簡遞給丹秋。「妳叫徐剛照這個藥方去縣上抓藥過來，今天就煎來喝喝看吧。」

丹秋高興地握著書簡說：「我這就去！老天保佑，陸先生的醫術高明，一定可以醫好雲舒姊姊的！」

雲舒今年夏天的時候來了癸水，許是身體底子太差，竟然每個月都會痛經，每次都能把她疼得丟掉半條命。她上一世身體很好，沒遇過這種情況，一時竟束手無策。

她在婁煩請了許多大夫看過，也吃了很多藥，都沒什麼效果，只得悄悄寫信給陸笠，還附上一些大夫開過的藥方給他參考，看看他有沒有什麼好辦法。

女兒家這種事，雲舒自然不會讓桑家內部的信使幫忙傳信。雖沒有刻意隱瞞大公子的意思，但也不好意思特地報告這件事。只是大公子的回信既然是馬六送來的，那麼說明大公子已經知道自己私下寫信給陸笠了吧。

不知道大公子會怎麼想？雲舒有些煩惱，緩緩展開大公子給她的回信。

大公子在信裡說他一切都好，上林苑現在已經在招募工匠，明年就能正式動工。只是朝中形勢十分緊張，御史大夫趙綰與郎中令王臧上書勸諫太皇太后不要干政，此舉惹怒了太皇太后，已被下獄，同時牽連了很多人。

雲舒看到這一段，不由得感慨這只是暴風雨的前兆，之後丞相竇嬰、太尉田蚡等儒家學派的人都會陸續被罷免，御史大夫趙綰和郎中令王臧在獄中被逼自殺，太中大夫申培則被遣歸。

劉徹的新政措施徹底中斷，太皇太后會更換一批黃老大臣上任，劉徹自這次深刻體會到太皇太后在朝堂上呼風喚雨的本事後，就開始長達數年的蟄伏期。

大公子之前聽了雲舒的勸說，未過度參與劉徹的新政，一直在為修葺上林苑而忙碌，因此朝中的變動幾乎與他無關。

大公子信中還提到桑招弟的婚事，因桑招弟在韓夫人面前表現極好，加上韓嫣主動要求，他們兩人已經互換八字，年底就將訂親。

雲舒眼睛晶亮地看著「韓嫣主動」這四個字，覺得其中大有文章，不知桑大小姐使了何種手段，能讓韓嫣對她主動示好？

只可惜，韓嫣的命運實在不好，雲舒很為桑招弟感到可惜，但是她又做不出棒打鴛鴦這種事。她扳指頭算算，離韓嫣出事還有好幾年，她就不要杞人憂天了，也許中間有轉機也說不一定。

晚上雲舒肚子又疼了起來，她顫抖著手喝完陸笠為她開的新藥方，深深呼了一口氣。丹秋拿來一個暖爐放在雲舒小腹上，滿是擔憂地看著她。

由於丹秋陪雲舒一起睡，因此即使雲舒疼得在床上翻來覆去，也儘量忍著，就怕吵到丹秋。

丹秋並沒有睡著，她握住雲舒冰冷的手問道：「雲舒姊姊，女人一定要受這種苦嗎？」

丹秋快十三歲，也該來癸水了。癸水是每個女孩子都會有的，但是痛經卻不一定。

「妳保養好身子，到時就不會像我這樣疼了。」感覺到藥效似乎發作了，雲舒不再那麼疼，便安慰起丹秋。

丹秋又想起一件她一直不知道的事，問：「雲舒姊姊，妳的癸水是十四還是十五歲來的？我們在一起一年多了，沒見妳過生辰，妳今年十五了吧？」

雲舒一愣，她哪裡知道自己這個身體到底什麼時候過生辰？當初大公子收留她時，她隨口說了個十四歲，至於生辰……就當是大公子救她那一天好了。

「嗯，十五了。」她在春天獲救，今年的生辰確實已經過了。

丹秋突然臉紅道：「雲舒姊姊，十五就該嫁人了，妳怎麼打算呢？若還在長安，大公子必定不會不管妳，說不定還會讓妳去他房裡……可是現在相隔這麼遠，他想管也管不著。其實我看沈大當家也挺好的，雖然他對妳看起來一般，但是我聽下面的人說，他總是在背後關照妳呢！」

雲舒在暗夜裡看了丹秋一眼，不由覺得頭疼。她現在這個身體，要是這麼早嫁人生子，只有死路一條，她絕對不要這樣！且不論沈柯是已有妻妾的人，再說她對沈柯只有同僚情誼，他們兩個根本不可能。

至於大公子……她總覺得他太小了。

雲舒現在不想面對這種問題，想先逃避幾年再說，於是她轉守為攻，反過來打趣丹秋。

「唉呀，丹秋長大思春了呢！妳是不是看上沈大當家了？要不我就做一回媒人，讓妳跟了他？」

丹秋大窘，不依地嗔怪道：「雲舒姊姊！我是為妳著急呢，妳怎麼反倒取笑起我了？唉呀……不跟妳鬧了，睡覺！」

丹秋轉身睡著了，雲舒卻怎樣也睡不著。她已經是第二次聽到人提及她的婚事了，雖無人強迫她，可是若她一直孤身一人，只怕會惹來更多非議，得想想怎麼辦才好……

第四十三章 匈奴打劫

入秋之後，一場秋雨一場寒，不過好在雲舒的身體狀況好轉許多，陸笠的醫術果然名不虛傳。

雲舒最近聽說十月在離婁煩不遠的馬邑城中有一場難得的熱鬧集會，正琢磨著想去看看。馬邑是匈奴和大漢互換商品的重要邊陲小城，秋收之後，附近的漢民會用糧食、布疋等生活用品跟匈奴人交換獸皮、牛羊或馬，形成一股風氣之後，就固定有這種交流。

她來婁煩已有半年，最遠的一次不過就是和丹秋去婁煩的小街上找人做夏天的薄衣而已。她之所以沒辦法出門逛街，一是事情多得難以抽身，二是女孩子外出很危險，沈柯一般不會同意她們去。

第一個難題還算好解決，雲舒因最近身體不適，手上的工作轉交了一部分給手下兩位先生，雲舒看他們接手很快，做事也俐落，想來她幾天不在也不會有什麼大問題。唯一有麻煩的就是沈柯這邊，她要得到他的同意才行。

這天收了工，雲舒就在沈柯屋外等他回來。

沈柯從山上玉石場回來見雲舒在秋風中站著，就皺眉對雲舒說：「妳身體本來就不好，怎麼還在這裡吹風？」他是娶了妻的男人，雲舒的病因，他知道得比較清楚。

雲舒不好意思地笑了一笑，說道：「我看時辰覺得大當家差不多要回來了，就在這裡站了一下，沒多久。」
沈柯見她故意等自己回來，想來是有事情要商量，就請雲舒進去，再吩咐人去傳飯，索性一起用膳。
「是帳目出了問題，還是錢沒有送來？」雲舒很少主動找沈柯，所以沈柯下意識想到一些很嚴重的問題。
雲舒搖頭說：「不是，帳房的事情很順，沒什麼問題。」
「那妳特地等我是為了什麼？」沈柯有點不解。
雲舒笑著說：「我想請幾天假，再向沈大當家借車馬一用。」
這一聽就是要出遠門，沈柯不由得追問道：「妳要去哪兒？」
「聽說馬邑十月有集市，我想去趕集……」
沈柯一如之前回答雲舒的請求那樣。「有什麼要買的東西，派買辦去買就好了，何苦自己跑那麼遠？」
雲舒為了爭取這次機會，編了個謊言。「我的病看了這麼多大夫，吃了那麼多藥，每個月還是一樣疼。我聽說匈奴人在醫婦女病方面有些秘方，所以想趁這次機會去尋一尋。」
她偷偷請陸笠幫她開藥的事情，沈柯並不知道，這次聽雲舒這樣一說，他倒不好阻攔，認真思考了起來。有一次他無意間看到丹秋在洗衣服，盆子裡的水快跟血一樣，不由讓他覺得心驚膽顫。
想了想，沈柯便答應了。「既然是去看病，那少不得要親自去一趟了。我安排人跟妳一起去，馬邑那裡不比婁煩，經常會有匈奴人，要小心一些。」

見他答應，雲舒自然高興。回去帳房之後，她就差人找來馬六，跟他說要帶他一起去馬邑的事情。

馬六家之前做販馬生意，雖然時運不好賠了錢，但這件事卻讓雲舒上了心。再過幾年，劉徹就要對匈奴人肆用兵了，戰馬是絕不能少的東西。若現在就開始準備，到時候必定能賺不小一筆錢。生了這個心思，雲舒就想出資讓馬六出力，繼續做販馬生意。說起馬，不得不承認，匈奴的馬的確好。她這次帶馬六去馬邑趕集，就是想看看能否跟匈奴商人取得連繫，做筆買賣。

到了十月，雲舒便帶著丹秋、大平、馬六，由玉石場照看場子的十個護衛護送，前往馬邑。

丹秋早就被憋壞了，難得能下一次山，說多高興，就有多高興；大平最近被雲舒管教著學算術悶壞了，大家能一起出來，他也很開心。

雲舒耳朵聽著丹秋和大平討論要買哪些東西，心思卻已飄到馬邑，那個在漢匈大戰中，注定跌宕起伏的邊城……

馬邑自古多馬，不僅本地產好馬，匈奴商人也會透過漢商把馬轉到馬邑來賣。

雲舒一行人到達馬邑時，正是大集市的頭一天，一行人先到客棧住下，然後再分派各人去馬邑打聽進行馬匹交易的地方在哪兒。

雲舒一邊在客棧中等消息，一邊從窗戶觀望街道。

街上人來人往，身上大多挑著擔、揹著簍，還有各種牛車、馬車或人拉的貨車經過，想來都是為明天的集市做準備。天邊的雲彩紅通通的，映襯得各個人都紅光滿面，極為喜慶和熱鬧。

到了掌燈時分，打探消息的眾人回來了，馬六透過他以前販馬的熟人確定了販馬的地點，又跟雲舒兩人商量了一下出價和數量等問題，之後就早早歇息了。

第二天，天色還漆黑時，客棧內外就有腳步聲響起，雲舒被吵醒後，索性起床梳洗，待她收整完後從窗戶望出去，街上早已有人擺起攤子，開始占位置了。

大家趕集的時間都很早，黎明時街上就已人潮湧動。

雲舒打扮得很中性，在頭上戴了個大斗笠，跟丹秋、大平和馬六四人出去看馬。他們隨著馬六往集市西邊走，果然愈走愈能聽到馬兒的嘶鳴或響鼻聲。

待轉過一個街口，在西邊的空地上，各種大小、高矮不同的柵欄裡圍著顏色和形態各異的馬匹，讓雲舒開了眼界。

雲舒要馬六進場看哪家的馬好，與賣家商談數量和價格，自己則是外行看熱鬧，樂呵呵地瞧著馬場裡的馬，跟丹秋聊哪匹馬好看。大平跟在雲舒後面，他是第一次看到這麼多馬，也挺興奮。

第一天趕集，圖的是新鮮，看完馬之後，雲舒買了不少粗製皮草，幫大平添了件皮坎肩，還為自己買了一把匈奴人的匕首。丹秋則買了很多風乾的羊肉，和一些不知該戴在哪裡的首飾。

第二天雲舒不太想逛街，丹秋便帶著大平去了，馬六繼續跟馬販子談生意，雲舒在客棧裡歇著等消息，倒也自在。

雲舒中午下樓吃飯，驚愕地發現廳中坐著很多穿著粗布衣服，腰上繫著黑布，手中握著一柄寬鐵劍的男人們。看到這個情景，雲舒心中不免有點打鼓，這群帶劍的男人看起來像遊俠，但是一般遊俠怎麼會這麼有組織、有紀律？不過不管他們是什麼人，雲舒都打算躲遠點。

那群腰繫黑布的男人直到傍晚才從客棧的大廳離開，在他們離開後，雲舒立即叫護送她來馬邑的護衛們上街找丹秋、大平和馬六。

馬邑說小不小，但說大卻不大，這個小城裡突然出現幾十個帶劍的男人，雲舒想不擔心都難，還好丹秋幾人很快就被護衛們找了回來。

雲舒問馬六買馬的事情商議得如何，馬六答道：「我們要的數目有點多，對方說要再出一次關去匈奴那邊弄一點回來才行，恐怕要等幾天。」

雲舒並不急在這一時，便說：「你把你的住址告訴對方，等他們弄到了貨源，再去找你。我們不在這裡等了，明天一早就啟程回長安。」

她這個決定很快也很突然，但一時之間誰也沒提出異議，事情就這麼定了。

晚上丹秋有些疑惑地問雲舒緣由，雲舒擔憂地說：「今天城裡突然出現了幾十個帶劍的劍士，我看他們神色凝重，像是計劃要做什麼事，我擔心馬邑城裡不太平，還是早些回去為妙。」

丹秋緊張地說：「難道是成群的強盜？現在正在擺集市，好多錢和貨物，他們該不會是想搶劫吧？」

雲舒不太確定地說：「倒不像土匪，他們似是在等什麼人，或是等什麼契機，下午一群人安安靜靜坐在廳裡，沒人說話也沒人吵鬧，等傍晚有人來喊，他們才一起離開，總之很奇怪。」

兩人忐忑不安地睡下，剛閉上眼，房門就被敲得震天響，嚇得兩人立即跳了起來。

「雲總管，雲總管！」

是馬六的聲音。雲舒急忙起身穿上外衣，點了油燈。馬六在外面急得跳腳，雲舒一開門，馬六就說：「雲總管快跟我來，匈奴人來了！匈奴人打劫來了！」

一段話吼得雲舒不知所措。現在應該算是漢匈和平相處的時期，怎麼突然會有匈奴人入關劫掠來了？不該這麼早呀！

丹秋早在屋內嚇得驚叫，抓了包袱就擁著雲舒出門隨馬六跑。

馬六一面帶她們在馬邑城內逃竄，一面解釋。原來是跟他談生意的人從匈奴商人那邊得知匈奴打劫的事情，對方不想失去這麼大的買主，於是告訴馬六，要他們去他家的地窖避一避。

一陣騷亂的聲音從城門那邊傳來，黑夜中隱約有火光，城內各家各戶也漸漸亮起了燈光。

「雲總管別看了，快跟我來，匈奴人已經在攻城門了，要不是有批墨家弟子前來支援，匈奴人早就闖進來了，我們快點藏到地窖去吧！」

墨家弟子！原來下午那批帶劍的黑腰帶男人，是墨家弟子！

墨家是古代主要哲學派別之一，產生於春秋戰國時期，是一個紀律嚴謹的團體，其首領稱為「矩子」。墨者們吃苦耐勞、嚴以律己，將維護公理與道義當作是責任，義不容辭。

墨家在戰國後期分為兩支，一支注重學術，另一支則轉化為秦漢社會的遊俠，看來下午那批墨家弟子是後者。

雲舒對歷史上赫赫有名的墨者們十分崇敬和好奇，頻頻回頭向城門張望，急得馬六顧不得規矩禮儀，直接拉住雲舒的袖子，把她塞進馬商家的地窖裡。

十幾人把地窖塞得嚴實，那馬商站在靠近窖口的地方安撫大家說：「我家這個地窖就是為了躲避匈奴人打劫而建的，很隱蔽，大家放心。匈奴人來得快，去得也快，搶完糧食就走了。」

漢朝邊關常被匈奴人侵犯，之前的皇帝多以和親、賞賜匈奴人的方式避免戰亂，可匈奴人經常背棄約定，依然動手搶劫邊關百姓的糧草財產，這種情況直到了劉徹這一代，終於忍無可忍，進而展開對匈奴人的反擊。

馬蹄聲不斷從眾人頭頂飛過，丹秋和大平緊密地窩在雲舒左右，雲舒則是靜靜感受這一切，心中的滋味難以言喻。

戰亂、紛爭、搶掠……

人需要強大才能避免被人欺負，一個國家和一個民族更是如此。匈奴人驍勇善戰，無力反擊的漢民和不善騎兵作戰的漢朝官兵，就只有任搶任殺的分兒！

雲舒閉著眼睛，內心充斥著想要自強的吶喊。

短短一夜，卻彷彿無止境一般漫長。雲舒靜坐在角落裡，不動也不說話，只是臉色出奇難看。

待太陽漸漸昇起，馬商在窖口張望一番，興奮地說：「匈奴人走了，我們出去吧！」

外面陽光燦爛，是個好天氣，雲舒從黑暗的地窖重回地面，卻宛如墜入地獄。

明亮的陽光下，處處可見被砸壞燒毀的房屋、馬車，地面上血跡成灘，甚至見到屍橫路中的慘象。不斷有逃出城的百姓回到家園，哭喊聲處處可聞。馬邑城被洗劫一空，沒能來得及逃脫的百姓或被匈奴人殺死，或被匈奴人抓走，尋不到親人的百姓，除了哭泣，別無他法。

雲舒被眾人圍在中間保護，在走回客棧的路上，一路上所見所聞讓她覺得難以呼吸。她第一次如此接近戰爭，第一次親眼看到百姓和他們的財產被燒殺搶掠，憤怒、悲愴的淒涼感溢滿她整個胸膛。

一行人走到城牆下，那裡或坐或躺著一群男人，雲舒定睛一看，正是昨天下午見過的那群墨者。

他們身上血跡斑斑，有人因受傷正在痛苦呻吟，有人穿插於傷員之中，正在極力救治，雲舒看著他們，忽然停住了腳步。

這群墨者非官非兵，只是憑著心中的信念，保護大漢的子民，縱然力弱，卻也浴血奮戰，讓雲舒為之動容。

這群墨者中，一個年紀尚幼的少年站在一個面容老成的青年身邊，用衣袖擦著眼淚，著急地說：「師兄，城中的藥鋪都被搶了，剩下一點藥草賣得非常貴，我們根本買不起，該怎麼辦？」

墨者們生活清苦，尤重艱苦實踐，他們出身於下層貧民，手中根本沒有錢。

雲舒聽到那少年的哭訴，轉身對丹秋說：「把我們帶來的錢贈與他們。」

丹秋吃了一驚，低聲問道：「全部？」

雲舒認真地點了點頭。

丹秋心中雖有不願，但她能夠感覺到，雲舒從昨晚開始心情就相當低落，她不敢多嘴，只從包袱裡取出一包銀子，磨磨蹭蹭地向墨者們走過去。

丹秋畢竟是個沒見過世面的小女孩，她看到聚在牆角下的那群人因渾身是傷而顯得有些恐怖，加上有刀劍放在他們身側，不由得膽顫心驚。

她離那群墨者遠遠的，慌張地說：「這是我們總管給你們的！」說完就把那包銀子丟了過去。

錢囊墜地，銀子從裡面滾出來，在陽光下明晃晃的，很是刺眼。

墨家少年看到那些銀子，心中一喜，就要上前去拾，卻被身後的青年喝斥道：「子殷，別拿！」

少年頓時收了手，他焦急地回頭對青年說：「師兄，有了銀子才能買藥材救大家啊！」

青年冷哼了一聲，一腳踢開銀子，對少年喝道：「富人之銀，棄之於地，拾而用之，墨意何在？」

這個青年在責怪少年拾取富人丟的銀子，損了墨家的氣節。

雲舒聽到這番話，略微責備地看了丹秋一眼。她原本是好意，怎料丹秋因為害怕，就把銀子丟在地上。

雲舒從保護她的護衛群中走了出來，把丟在地上的銀子一塊塊撿起，並將上面的血污泥土都擦掉。她重新拿著銀子走到墨者面前，微笑著說：「是小妹無禮了，我替她道歉。我本無意折辱你們，這些銀子，你們收下，趕緊買了藥材，救人要緊。」

那墨家青年聽到雲舒道歉，臉上的怒色便褪去了，只是仍舊固執地說：「我們不受妳的施捨！」

雲舒勸道：「這不是施捨，是你們應得的。你們為了保護百姓和城池抵抗匈奴人，受此重傷，我只是替馬邑百姓感謝你們。所謂兼愛，不正是應該如此嗎？」

青年聽了雲舒的話，眼神一亮，沒想到她竟然懂得墨家的「兼愛」要義。只不過，這錢到底該不該收，他無法立刻下決定。

見青年還在猶豫，雲舒又繼續勸道：「興利除害，討伐不義，靠的是諸君，還請保重身體為要！」

青年目光凝重地看向雲舒，而後對身旁的少年說：「去買藥吧。」

少年欣喜地從雲舒手上接過銀子，然後歡天喜地地跑開。

墨家青年對雲舒施以重禮，說道：「感謝姑娘大義相助，在下墨勤，敢問姑娘芳名，住在何方？改日必當回報姑娘的大恩。」

雲舒雖不圖他們回報，但很樂意結交這些仁義之士，便說：「在下雲舒，在婁煩做玉石生意，今日只是到馬邑趕集，沒想到遇上這樣的事情。」

在他們交談之際，馬六已經從客棧取來馬車，他催促雲舒道：「雲總管，此地不宜久留，我們趕緊回去吧！」

馬六的擔心是有道理的，在被匈奴人洗劫過後，難民極可能為了生存而搶奪富人的財產。雲舒乘坐馬車，又有護衛護送，極可能成為被搶的目標。

雲舒知道其中利害，便不多作停留，與墨勤告別。

墨勤取出一個黑木權杖贈與雲舒。「雲姑娘，還請收下此令，他日有難，周圍若有墨者，可憑此令求助。」

墨家是個極為廣大的團體，此權杖雖小，但它的意義和價值，雲舒不敢小瞧。墨勤為人固執認真，既然受了雲舒的資助，此番以權杖回贈，雲舒就知道推辭不得，只好慎重地收下。

回程路上，大平好奇地在雲舒身邊打量那墨家權杖，並問道：「他們是什麼人？」

雲舒解釋：「他們被人稱為墨者，有很豐富的學問和高強的武藝。」

大平滿臉不信地說：「可他們衣衫襤褸、皮膚黝黑，不像貴人！」

「墨者出身貧民，自強奮發，哪怕是為官，行事風格依舊如此。他們做的事情都是為了天下大義和黎民蒼生，從不為自身利益汲汲營營，是非常值得尊敬的一群人。」

大平聽了，似懂非懂地點點頭。

馬邑漸漸被甩在身後，雲舒從窗中回望這座古樸的小城，心想那群墨者，在劉徹爭強好戰、尊重儒學的年代，勢必會活得很辛苦。

第四十四章　久別重逢

當馬邑遭匈奴搶掠的消息傳到沈柯耳中時，他驚得四肢發涼。

他沒料到只是讓雲舒出去趕集，竟不巧碰到這種事情！萬一雲舒在他手上出了什麼問題，他不知道要怎麼向大公子和桑老爺交代！

沈柯連番派人去馬邑打探消息，但打探的人進了馬邑之後，就因封城清查被困在馬邑。一直得不到雲舒消息的沈柯慌了手腳，不得已便寫了一封信告知桑老爺。

當「匈奴劫掠馬邑，雲舒消失其間」的訊息火速送往洛陽時，雲舒正深一腳淺一腳地走在山間泥濘中。

出了馬邑的第二天，就下起了秋雨，馬車因為遭到匈奴人損壞，在雨中稍一顛簸，便有散架的危險，讓雲舒不得不下車步行。

婁煩離馬邑不是特別遠，但僅靠雙腳，也耗費他們四天時間才到。

當雲舒渾身泥濘地站在雲頂山玉石場的營地門前時，沈柯高興得不得了，口中連番說著：「回來就好，回來就好！」

一番梳洗之後，雲舒總算脫離半死不活的模樣，她對沈柯感嘆道：「我也算死裡逃生，走回來可真不容易啊！」

雲舒說得輕鬆，沈柯卻被她嚇得三魂七魄去了一半，他嚴厲地說道：「都說外出危險，妳偏不信！若妳真有個三長兩短，可怎麼辦才好？」

雲舒乖乖低頭聽訓。雖然遇上匈奴搶劫是她太倒楣，但若她不鬧著要出去，也不會生出風波了。

沈柯訓了一會兒，這才想起之前寫的信，慌忙道：「我得再追一封信告訴老爺妳已經平安回來，不然讓他們擔心就不好了。」

沈柯的第一封信順流直下，毫無阻礙地送到洛陽桑府。桑老爺得知雲舒在馬邑失蹤，心中大駭，再問送信之人詳情，那人卻是一問三不知。

思考了一夜，桑老爺終究悲痛地對傳信人說：「好歹是弘兒帶回來的人，還是派人知會他一聲比較好。」

桑老爺原本顧及大公子正在為皇上的事操勞，不想讓他分心，可是想了一夜，只怕瞞著他不太好，終究是讓人送信到長安去了。

大公子在得到這個消息時，手中的書簡頓時落到地上，他眼神茫然，嘴中喃喃道：「怎麼會這樣……雲舒……雲舒她……」

顧清也是一副要哭的表情，但他極力勸道：「大公子別傷心，雲舒吉人自有天相，沈公子只說她失蹤，指不定人已經找回來了，不會有事的……」

顧清這番話說得連自己也不信，可是不信又能怎樣？只盼能生出一雙翅膀，立即飛到千里之外的婁煩！

大公子雙手撐在書案上，默默想著事情。

前幾天朝中接到邊關急報，正是馬邑被匈奴人劫掠之事，說馬邑被搶一空，死了數百無辜百姓。他當時聽了心頭也是一驚，雖然擔心雲舒，但想到婁煩離馬邑有一段距離，且急報只說馬邑城內受劫，想來婁煩應該無事。

可他不曾料到，匈奴人沒到婁煩去，雲舒卻去了馬邑！

大公子拳頭握緊，閉目無言。

顧清看了著急不已，怕大公子心傷氣悶損了身體，就說：「大公子，您若傷心，就發洩出來吧，別悶壞了。」

大公子聞言，重新睜開眼睛，雙眼驟亮。他忽然逼視著顧清，讓顧清渾身發毛。

「備車，啟程去婁煩。」大公子吩咐道。

顧清以為自己聽錯了，反問道：「大公子說要去哪裡？」

大公子不發一語地看著顧清，顧清嚇了一跳，忙說：「是，我明白了，現在立即去安排！」

大公子啟程兩天後，洛陽桑家收到了沈柯第二封信，桑老爺看完這封報平安的信之後，氣得拍桌子喝道：「沈柯胡鬧，如此沉不住氣，怎可行大事？出事後不待查明就傳報說人丟了，害大家虛驚一場！快，把消息傳給大公子，就說已經找到雲舒，人平安無事！」

從洛陽送出信後幾天，韓管事親自從長安趕回洛陽，向桑老爺告罪。「老爺，大公子執意去婁煩，我們勸說無效，已經啟程數日了。」

桑老爺從未見兒子做過如此衝動的事情，反覆確認之後，禁不住又是一陣發怒。「他這樣丟下長安的事，如何向皇上交代？如何向桑家眾人交代？衝動行事，不計後果，實在太讓我失望了！」

韓管事急忙解釋道：「老爺別擔心，大公子走前向宮中送了信，他是以採購馬匹的緣由離京，上林苑其他事情也都安排好了，皇上必不會怪罪。」

聽了這段話，桑老爺的怒氣稍微消去一些，可是對於雲舒，他卻要重新估量了。

「弘兒對雲舒，竟緊張到如此地步？」桑老爺低聲說道，似是詢問韓管事，又像在自言自語。

韓管事聽到桑老爺這話，卻是緊閉著嘴，不知如何應答。

大公子一路北上，行至半路，突然遇到大雪，不知不覺中已經入冬。

大公子站在船頭，看著江上鋪天蓋地的大雪，嘆道：「也不知雲舒如今怎麼樣了。」

顧清搓著凍僵的手說：「韓管事之前派人送信來，說是沈公子小題大作，雲舒很快就被找回來了，想必沒事。大公子，您看雪下這麼大，如果我們去婁煩，等冰雪封了河，過年勢必沒辦法趕回來，不如現在調頭回去吧！」

大公子搖了搖頭說：「我不親眼看一看，總覺得心裡難安。」

其實大公子是怕韓管事為了阻攔他去婁煩，故意送假消息過來，因此仍執意前往。再說，已大半年沒有見到雲舒，他實在放不下。

一路上雨雪不停，大公子一行人走得極為艱辛，直到十一月底，他們才趕到婁煩。在婁煩換了馬車，車夫聽他們說要去雲頂山的玉石場，連忙說：「去不了了，下了大雪，要封山了，進去就出不來了。」

大公子皺了皺眉，直接出銀子買下馬車，問清楚路之後，便讓顧清駕車前往。

這次來婁煩，大公子身邊除了顧清，只跟著兩名護衛。那兩名護衛身形健碩，卻極為少言寡語，大公子平時也不理他們，只當他們不存在。

四人一路跌跌撞撞，總算找到雲頂山的小營地，而大公子忽然出現，著實把沈柯嚇了一跳。

沈柯披著厚斗篷出來，焦慮地說：「大表弟怎麼不說一聲突然跑這裡來了？冬天路不好走，即使想來，也該等開春之後再說。」

大公子下了車，也不跟沈柯廢話，只道：「我是來見雲舒的，她人呢？找到了嗎？」

沈柯一愣，繼而想到大公子必定是以為雲舒失蹤，才找過來的，驚訝地說：「啊？你難道沒收到我第二封信？雲舒早就回來了，平安無事。」

大公子卻執意追問：「雲舒呢？怎麼不見她？」

沈柯趕緊說：「她有事下山了，我立即派人去找她！」說完，便讓周貴騎馬出去找雲舒。

沒見到雲舒，大公子眉頭皺得死緊，不過好在丹秋和大平還在營地，聽聞大公子來了，便歡喜地跑出來見他，見到了熟人，大公子的心總算稍稍安定了一些。

沈柯請大公子到房中喝熱茶取暖，過了一個時辰左右，一陣馬匹的嘶鳴聲響起，大公子向窗外看去，只見一個身著大紅斗篷的女子騎著白馬從山林中奔來，待到了營地門口，女子從馬上躍下，在大雪中朝屋子跑來，景致宛如一幅畫。

雲舒推開沈柯的房門，站在門口喘著粗氣，口中的白霧把她的臉遮去一半，讓人看得不太真切。

「大公子！」雲舒歡喜地喊道，看到坐在房中喝熱茶的大公子，只覺得像作夢一樣。

「大公子，真的是您！這麼遠，您怎麼大冬天的跑來了？」雲舒熱切地看著大公子問道。

大公子看著雲舒，有些發愣。雲舒與他記憶中的模樣有些不同，他從不知道她會騎馬，更沒見過她穿著黑皮靴和大紅斗篷在雪中奔跑的樣子，再看看她的臉，比以前潔白飽滿幾分，許是斗篷下穿著緊身衣的緣故，有了女子的身段——只是不管她怎麼變，她分明是原來那個人。

待端詳了一陣，大公子才笑著說：「我來看妳。」

這句話暖得雲舒不知所措，大公子千里迢迢而來，竟然只是為了看她?!

只是不管原因如何，大公子既然到來，他們必定得盛情款待，沈柯趕緊差人備宴、整理住處，而雲舒只要陪著大公子就好。

雲舒在屋內脫去大紅斗篷，露出裡面的白色窄袖衣服，下身雖然是裙袍，卻看得出她裡面穿的是長褲和靴子。

大公子看著雲舒奇怪的打扮，不由得問道：「妳這是什麼打扮？」

雲舒低聲笑道：「我這是為了騎馬，自己找人做的。在山裡坐馬車很不方便，進出還是騎馬要好一些。大公子，我學會騎馬，而且騎得很好了哦！」

大公子從雲舒剛才下馬時的熟練動作就看出她的騎術不錯，只是有些擔憂地說：「之前聽說妳在馬邑遇到匈奴人打劫，妳現在還騎馬到處跑？」

雲舒忙說：「我現在只是偶爾去一趟婁煩的街上，走得並不遠，一個時辰就能來回，很近的。」

大公子也不想管束她太多，畢竟雲舒現在是帳房總管，不是他的小丫鬟了。

雲舒一面幫大公子盛暖身子的熱湯，一面悄悄打量起他。大半年不見，大公子似乎更俊朗了，脫去了小孩子的圓潤，變得稜角分明，英氣逼人。

大公子抬起眼，正好對上雲舒打量他的眼神，驚得雲舒手一顫，忙垂眼道：「這裡的天氣不比長安，很早就開始下雪，大公子現在來，只怕要等年後才能回去，耽誤這麼久的時間，沒關係嗎？」

大公子接過雲舒手中的熱湯。「沒事，上林苑明年動工，現在一切都已準備好，只等工人和材料到位，我不在也沒關係。而且，我跟皇上說我是來選購上林苑的馬匹，不會有事的。」

雲舒聽說他要買馬，眼神一亮。「大公子要買馬？我手中剛好有一批從匈奴那邊偷偷弄過來的駿馬，等得了空，我帶您去看！」

大公子聽了卻是好奇，追問道：「妳怎麼養起馬來了？」

雲舒急忙捂嘴，小聲說：「大公子小聲點，我是背著沈大當家跟別人一起做生意，您會替我保密吧？」

雲舒雖然沒直接問過其他人，但她可以猜到，桑家的管事必定不准自己另外做生意，所以她的馬匹買賣，都是以馬六的名義悄悄進行的。

「妳啊，桑家不至於虧待妳吧？怎麼弄得妳要自己偷偷做生意？」大公子無奈地搖頭問道。

雲舒趕緊解釋：「我倒不是為了錢，而是因為咱們漢軍的馬匹太差，想跟匈奴人抗衡的話，騎兵一定要強，所以我才想私下從關外弄馬過來，把匈奴人的好馬低價買來提供給咱們的士兵，賺錢只是順便……」

大公子點點頭說：「都說匈奴人是馬背上的民族，不論是馬匹品種和馴馬本事，我們確實比不上。皇上也打算在上林苑建一支自己的騎兵，若妳這裡有好馬，倒正好解決這個難題。」

雲舒高興得眉眼飛翹，可她又不能跟大公子說，正是因為知道劉徹要建羽林軍，日後漢匈對戰時，馬匹會供不應求，所以她才選擇做馬匹生意。

兩人說了一陣，大公子笑道：「我這次過來，不是為了跟妳做生意，我們怎麼盡說這些去了？之前和妳通信，妳也不告訴我妳過得怎麼樣，少不得要我自己來看看了。」

雲舒笑著說：「一切都好得很，我也不知寫些什麼呢。」

大公子無奈地嘆了一聲。這裡的木屋簡陋，即使關著門窗，也四處透風，生著火盆也不覺得暖和，這麼艱苦的條件，雲舒竟然說她過得很好！

「雲舒，我還是想想辦法把妳調到舒服一點的地方去吧，這裡環境太艱辛了。」

雲舒急忙搖頭說：「大公子千萬別這麼做，我這邊還有生意呢，萬一被調走了，我之前的準備可就全泡湯了。」

「真的想留在這裡？」大公子看著雲舒確認道。

雲舒真誠地點頭說：「玉石場的開採剛進入正軌，明年是關鍵，我跟沈大當家忙活了大半年，為的不就是這個嗎？這個時候怎麼能走呢？再說我自己私下的馬匹生意，貨源也逐漸固定下來，更是走不得。」

大公子點點頭說：「好吧，既然妳願意留下來，我也不強迫妳走。只是……在這裡不是長久之計，妳要找幾個可用之人，以後好接手妳的事情，等長安那邊安定下來，我是一定要接妳回去的。」

雲舒自然也願意回長安待在大公子身邊，便笑著說：「跟著大公子，我求之不得，在此之前，我一定會安置好的。」

說著，雲舒又問起卓成之事。「……不知捉到他了沒有？」

大公子搖頭說：「自從清平大街出了血手印之事後，再沒有其他動靜，大理寺的人也捉不到卓成，很讓人頭疼。不過妳放心，我已經派暗羽尋找，相信會有結果的。」

「暗羽？」雲舒對這個新名稱很好奇。

大公子沈默了一會兒，說道：「我不瞞妳，但是此事妳我兩人知道即可，不可再告訴別人。暗羽是皇上的人，負責蒐集各大臣之間的訊息，其中還有一部分武功高強之人，專門負責皇上及心腹之人的安全。」

雲舒想起門外兩個硬漢，他們立於風雪中昂然不動，一看就是練功之人，應該就是大公子所說的「暗羽」了。

大公子嘆道：「皇上新政失敗，現在他身邊的幾個侍中，和手下幾十個暗羽，即是皇上所有的力量了。」

雲舒寬慰道：「皇上登基不久，怎可與太皇太后積蓄了幾十年的勢力相抗衡？太皇太后身體不好，皇上只需再忍耐三、四年，即到太皇太后大限之期，到時候蛟龍一飛沖天，絕對無人可擋！」

大公子對雲舒口中的「三、四年」很敏感，不知她為何能說出這麼具體的年限，想要仔細詢問時，卻被沈柯的闖入打斷了。

沈柯擺了宴席接待大公子，待吃飽喝暖之後，就要送大公子去婁煩街上安置。

大公子疑惑地問道：「你們都在這裡住，為何獨獨我一人要去婁煩街上住？」

沈柯為難地說：「這裡條件簡陋，大表弟肯定住不慣，所以我特地讓人去街上找了院子。」

大公子卻不同意，他不遠千里而來，就是為了看雲舒，沈柯卻還要把他們分開，太不懂得做人了。

大公子正在思考要怎麼開口，雲舒就插嘴說：「他在這裡誰也不認識，一個人住在街上未免太孤寂，就讓大公子待在我屋裡吧，我和丹秋睡在帳房就行了。」

雲舒有時候在帳房熬夜，那裡備有床鋪，的確可以住人。

大公子聽了也點頭同意，沈柯只得順著他們，讓雲舒帶大公子去安置。

雲舒的房間是她和丹秋細細佈置過的，木牆上包了幾層布，所以比其他房間更能擋風，床上的鋪蓋也加厚過。大公子站在雲舒房中，看著雲舒忙前忙後為他鋪床，彷彿又回到以前一起在長安生活的日子，心頭不由得一暖。

至於顧清，則跟大平睡一間房，另兩名暗羽則由其他人騰空一間房住了進去。

安置好大家後，雲舒這才回帳房休息。

第四十五章 知恩圖報

這一夜是難得的冬夜朗空。大雪初霽，雪地上映射朦朧月色，使得夜空格外明亮。

到了冬天，玉石場的開採慢了下來，每天的事情很少，雲舒一面躺著，一面計劃要帶大公子去哪裡玩，卻突然聽到營地的院子裡傳來刀劍碰撞的聲音……

雲舒被屋外的打鬥聲吵醒，趕緊披上外衣，起身拉開布簾一探究竟。

外頭雪地中央，有三個翻飛的身影，刀劍反射著月光，顯得格外凜冽清冷。

營地眾人也紛紛被刀劍聲驚醒，周圍燃起點點燈火，稍膽大的人甚至站到門口圍觀，議論起正在拚殺的三人。

丹秋從後面抱住雲舒的胳膊，緊張地問道：「雲舒姊姊，外面發生什麼事了，他們手上怎麼都拿著刀劍？」

「不知道，看起來不像是我們的人啊……」雲舒有些呆住了。

她們來玉石場快一年，見過採玉工人為了搶玉打架，也見過管事酒後鬧事，但誰也沒見過真刀真劍廝殺的場面，一時之間都嚇傻了。

打架的幾人身影太快，雲舒看不清誰是誰，也不清楚誰占了上風，只聽「鏗鏘」一聲，其中一人的劍被挑飛，下一刻，另外兩人立刻撲上去，把丟了劍的人狠狠按在雪地中。

一停下，眾人這才認出，勝出的這兩個漢子穿著錦衣，正是今天跟著大公子前來的兩個暗羽，而被他們制伏的男子，卻是誰也不認得。

此時已有人燃起火把，一群男人簇擁著大公子和沈柯出現在場地中央。雲舒見事態平息，這才從屋裡走出來，趕到大公子身旁一探究竟。

大公子看著場中的形勢，對兩名暗羽冷聲問道：「怎麼回事？」

其中一名暗羽回道：「這個人在帳房附近鬼鬼祟祟徘徊，被我們察覺以後想要逃跑，我們才動手攔住他。」

帳房?!

大公子不安地看向雲舒，慶幸自己帶了兩名暗羽過來，不然雲舒只怕又要出事了。雲舒聽到暗羽的話，也嚇了一跳。

帳房是個比較敏感的地方，那些帳簿對一般人來說沒什麼用，然而若是落到商場敵人手上，會出大問題，於是雲舒對地上的男子嚴厲地問道：「你是什麼人，在帳房附近徘徊有何企圖？」

被壓在雪地裡的人困難地抬起頭，一張滿是雪花和泥水的臉上，只露出一雙目光清冽的雙眼。他看起來不像畏首畏尾的鼠輩，倒讓雲舒生出疑心來。

「雲舒姑娘……」那名男子突然喚出雲舒的名字。

這一聲稱呼更讓雲舒不知所措，這人難道認識自己？雲舒深吸了幾口氣，穩住心神，示意兩名暗羽稍微鬆開一些，好讓他開口說話。

「雲舒姑娘，是我……我們在馬邑見過……」男子繼續說道。

雲舒更疑惑了，她蹲下身子，仔細看著他的臉，思索了半天，才覺得這張面孔的確有些眼熟。

那人見雲舒還是沒想起來，就說：「我是墨者子殷，妳那天在馬邑曾出資救助我的師兄弟們，妳不記得了嗎？」

「啊，是你啊！」原來是那個沒有銀子買藥，急到快哭出來的墨家少年！「你怎麼到這裡來了？找我有事嗎？」

子殷有幾分猶豫，但若他不說明白，只怕雲舒也沒辦法救他，於是他低下頭說：「雲舒姑娘對我們有大恩，我們墨家子弟知恩必報！大師兄擔心雲舒姑娘回程的路上遇到危險，便派我隨身保護妳。」

雲舒驚訝極了，問道：「距馬邑之事已有一個多月，你難道一直在我身邊暗暗保護我？」

子殷不太好意思地點了點頭。

雲舒驚嘆道：「外頭冰天雪地的，你住在哪兒？吃什麼？這一個多月怎麼過的？」

子殷憨厚地笑了笑。「在山上獵些野味填填肚子，晚上就在你們柴房睡，這對我來說是很簡單的事，算不了什麼……」

雲舒雖然知道墨家人過得一向清苦，也喜歡自苦，但沒料到在這麼惡劣的環境下，子殷還能甘之如飴。

想到這裡，雲舒趕緊對暗羽說：「快放開他吧，他只是暗地裡保護我的墨俠。」

暗羽看了大公子一眼，見大公子默默點頭，他們立即將子殷從地上拉起來。

大公子聽到雲舒和子殷的對話，十分好奇。關於墨家的理論，他讀過一些，雖不能完全接受他們的觀點，但也覺得有些地方說得很有道理，例如他們不分貧富、兼愛天下的大義。而崇尚武藝的墨俠，大公子更是聽過卻從未見過，哪能不好奇？

他打量著眼前這個身穿粗麻衣的少年，這麼冷的天，腳上還穿著草鞋，衣服也破破爛爛不成樣子。再回想到他能在兩名暗羽夾擊下堅持那麼久，劍法肯定很不錯。大公子對墨者的印象，瞬間變得不同。

雲舒已把子殷帶進帳房，讓丹秋倒熱水給他喝。雲舒正在頭疼該怎麼安置子殷，卻見大公子在門外向她招手，於是她先把子殷交給丹秋，自己則跟著大公子去了他的房中。

大公子神色掩不住興奮，雲舒進來之後，他就很感興趣地問起雲舒如何與墨俠結交。

雲舒說完馬邑之事後，大公子喜色更甚。「這樣也好，有墨俠保護妳，我就放心了。」

雲舒忙說：「我之前不知道子殷暗地保護我，明早就該讓他回去了。我身邊很安全，哪用得到墨俠來保護我？再說，我可不忍心看他吃這麼多苦。」

大公子聽雲舒這樣說，嘆道：「雲舒，妳不知道，墨者極重恩情，妳救他們於危難間，他們必將以死回報。」

雲舒無奈地說：「可我不圖他們回報。」一想到子殷在冰天雪地中暗暗保護她，她就覺得心理壓力很大。

大公子卻笑著說：「妳不圖回報，可他們卻是非報不可。要他們白白接受妳的恩情，比殺了他們還難受，妳還不如大大方方接受。」

雲舒想了想，大公子說得沒錯，墨者認定的道理，誰來說都沒用，只是她卻怎麼也不習慣有人形影不離地保護她。

回到房間後，雲舒將子殷帶到顧清和大平的房中，讓他們三人擠著休息一晚，並對子殷說：「明天一早你就回你大師兄身邊去吧，我這裡沒什麼事，用不著人保護。」

子殷聽到雲舒這話以後，反應跟大公子預料的一模一樣，他連忙說：「這是大師兄指派的任務，我不能走！雲舒姑娘若嫌我妨礙到妳，我會更隱蔽一點，絕不打擾妳。」

雲舒無奈地扶著額頭說：「我並不是嫌你妨礙我，只是我不過舉手之勞，當不得你們如此回報。」

子殷卻固執地不肯離去，雲舒只好讓他今晚先休息，明天再說。

回到帳房之後，雲舒連夜寫了一封信，第二日交給子殷。

「幫我把這封信送給你的大師兄，好嗎？」雲舒說道。

子殷猶豫地說：「可是我離開的這些日子，若妳遇到了危險，我沒法跟大師兄交代。」

雲舒頭疼不已。自己不過是個帳房總管，又不是什麼江湖人士，在小小的玉石場，哪會遇到什麼危險？只是她跟子殷肯定說不通，於是指指屋外的兩名暗羽說：「他們的功夫你見識過，有他們在，你還擔心什麼？」

子殷皺著眉頭想了很久，終於說：「好，我會快去快回。」

雲舒看子殷騎馬飛奔而去，心中偷樂，只怕他師兄看了她的信，就不會再讓子殷偷偷保護她了。

雲舒信中寫的東西可能「卑鄙」了一些，她告訴墨勤，她作為一個帳房總管，有許多事情涉及到商業隱私，不便帶外人在身邊，更不喜歡被人偷偷監視，希望墨勤能理解她的處境，不要再派人過來。

雲舒有些擔心墨勤看了信之後會生氣，但是不管怎樣，她不希望墨者在她身上做這種無用的事。

解決了墨者的事情，雲舒來到沈柯房中，要與他商量一些事情。

第四十六章　慧心經營

大公子起身之後，吃了顧清送來的熱羊奶和燙呼呼的大餅，然後問道：「雲舒起身了嗎？」

顧清應道：「起來了，一大早就把昨天那個墨俠送走了，現在正在表少爺的房裡商量事情。」

「哦？我們也去看看。」大公子穿上狐裘大氅，雪白的大氅更襯得他面潔如玉，身姿頎長。

大公子來到沈柯門外，正好聽到雲舒的笑聲。「那說好了，三日內要給我哦！」

大公子笑著推門而入，問道：「你們在說什麼，怎麼這樣開心？」

雲舒和沈柯看到大公子，臉上都是一愣，甚至顯出一絲慌張。

雲舒最先緩過神來，她笑著敷衍道：「沒什麼，在說一些玉石場的事情。大公子用過早膳了嗎？」

「嗯，剛剛用了。」

大公子臉上閃過一絲失落，也不知雲舒和沈柯之前到底在說什麼，原本那麼開心，見到他卻閉口不提。以前雲舒從來不會隱瞞他什麼事，即使是玉石場的生意，他身為大公子，也完全有理由知道。

雲舒不肯講，只說明了一件事——她不願意告訴他。沒想到不過幾個月，他們竟已漸漸生疏了……

房中的氣氛冷了下來，沈柯有些拘束地看向大公子，問道：「大表弟今天可想吃什麼？我讓人去獵一頭野鹿來怎樣？鹿肉鮮美，烤起來吃更是一絕！」

大公子扯了扯嘴角說：「隨意吧，有勞表哥費心了。」

他客氣而冷淡的話語瞬間拉開三人之間的距離，雲舒有些無措地站起來，朝大公子走近幾步。

她不知大公子怎麼突然不高興起來，他進屋時明明還在笑，怎麼轉瞬間氣氛就變得這麼差？

眼見在屋裡待不下去了，三人隨意說了幾句話後，雲舒便提議道：「大公子，我帶您去婁煩街上玩一玩吧！」

大公子表情依舊淡淡的，不置可否。

沈柯見他興趣缺缺，以為他不願意去，就在旁邊說道：「婁煩街上沒什麼東西，卻不知雲舒怎麼總喜歡去那邊玩，天氣好的時候，每隔三、五日就要去一趟。現在大冷天的，不去也罷，不如在房裡說說話、看看書。」

雲舒卻不死心地朝大公子使了個眼色，大公子見她偷遞眼色，有些不解地挑了挑眉。

「雖然是小地方，但大公子難得來一趟，有些好玩的東西，我想帶公子去看，我們倆去吧？」雲舒說道。

大公子見雲舒一臉期待，心中漸漸溫暖起來，便說：「待在這裡也沒什麼玩的，不如就隨妳去看看。」

說著，兩個人就要出門。

沈柯忙要叫人準備馬匹，要陪他們同去，雲舒卻說：「我帶大公子去就好啦，沈大當家留在營地吧。聽周管事說，今天有最後一批玉料要發往太原，萬一找您找不到，耽誤出貨就不好了。」

的確是有這樣一件事，可沈柯又覺得不陪大公子出行太過失禮，一時之間猶豫不決。

雲舒偷偷扯了扯大公子的衣角，大公子領會她的意思，就對沈柯說：「有雲舒陪我就行了，表哥有事就忙吧，若因此耽誤了正事，我心中反而有愧。」

大公子都這麼說了，沈柯就不再推辭。「那你們早去早回，我準備好吃的等你們回來。」

雲舒立即喊來徐剛，讓他套幾匹馬，準備出行事宜。

在等待馬匹的空檔，大公子小聲問雲舒：「我們這是要去哪兒？神神秘秘的，還不帶表哥去。」

雲舒在他耳邊說：「我要帶大公子去看我的馬場。這件事情沈大當家不知道，您千萬別告訴他啊！」

聽到這裡，大公子心中的陰霾頓時一掃而空，彷彿兩個擁有共同秘密的孩子一般，他覺得他跟雲舒的心瞬間靠近了。

雲舒、大公子跟兩名暗羽，四人騎馬上路。雲舒取來她的紅色斗篷，翻身上馬，回頭望向大公子，卻見大公子看著馬兒身上的馬鞍和馬鐙發愣。

西漢的馬匹只有馬嚼和韁繩，並沒有馬鐙和馬鞍。因為沒有馬鞍和馬鐙，雲舒當初學騎馬的時候費了不少功夫，到最後忍無可忍，她便請來鐵匠，一起琢磨了大半個月，終於把馬鞍和馬鐙給弄了出來。有了這兩樣東西，騎馬就容易了許多。

「大公子，像我這樣坐著吧，您試試看馬鞍好不好用？」雲舒淺笑道。

大公子笑說：「妳啊，總是弄些小東西讓人大吃一驚。」

踩著馬鐙上了馬鞍，大公子駕著馬走了幾步，點頭說：「果然穩固多了，有了這兩樣東西，即使鬆開雙手也沒事。」

騎術高明的人的確可以做到鬆開雙手騎馬，後來的騎兵正是因為有了馬具，才能空出手來拿武器，戰鬥力因此大大提升。不過這都是後話，雲舒因為害怕改變歷史，所以只在小範圍內應用這些馬具，就像當初使用算盤一樣。

不過大公子是何等聰明之人，他不過騎馬轉了幾步，立即眼神晶亮地問兩名暗羽：「若有這種馬鞍，讓你們騎馬用劍，可做得到？」

暗羽上馬試了一試，說道：「多做練習，並不困難！」

大公子高興地哈哈大笑，轉頭對雲舒說：「雲舒，我最初見到妳，就說我撿到了寶。果然沒錯，妳真是我大漢朝的珍寶啊！」

雲舒卻無奈地看著大公子，不知這種事情對歷史來說是好還是壞？

又說了一陣子話，一行四人才從雲頂山出發，往婁煩街上飛奔而去。

雲舒的騎術進步飛快，她紅色的身影在林間小道上奔馳，黑髮和斗篷被疾風揚起，十分恣意。大公子緊跟在她身後，保持著半個馬身的距離，默默看著雲舒。

大公子心中突然有個感覺，彷彿雲舒從之前的籠中鳥變成翱翔天際的大雁，甚至有一天，她還能成為老鷹。若給她一個可以發揮能力的舞臺，她就能不停創造奇蹟和驚喜。

雲舒哪裡知道大公子心中五味雜陳，只是想著馬場的馬匹若能賣給上林苑，不知道能賺多少錢。到那個時候，她是不是也能算小小的「皇商」了？

雲舒高興得幾乎笑出聲來，趕路的時間也轉眼就過了。

雲頂山下就是婁煩的城廓，雲舒他們並不進城，而是沿著城牆往西走。在汾水邊上，一個小型的馬場出現在他們眼前。

雲舒駕著馬來到馬場前，守門的小子見到雲舒，立即開心地迎上前來說：「雲總管今日又來了呀！」

雲舒點頭說：「去把你們六爺喊出來，說有貴客到了！」

守門的小子看到雲舒身後跟著一個一臉富貴相的俊逸公子，緊張地跑進馬場喊馬六去了。

馬六從屋裡掀起毛氈走出來，遠遠地就看見雲舒一行人。

他去過長安，算是見過世面的人，但當他看到身披狐裘大氅，神情淡然地端坐在馬背上的大公子時，就被他通身貴氣所懾服。馬六猜測起大公子的來歷，心想長安城中的那些貴公子，也沒有這種派頭。

雲舒看到馬六，對他招手說：「馬六，帶大公子去看最好的馬！」

馬六忙不迭喊幫手出來，然後帶著雲舒和大公子來到一座馬棚前，他一面引路一面說：「這批馬是入冬前趕著送來的，才到馬場沒多久，裡面有烏珠穆沁馬、百岔鐵蹄馬和烏審馬。匈奴人的馬在戰場上不驚不乍、勇猛無比，按照雲總管的要求，這次選的這幾類馬，都是善於奔襲的良種。」

大公子站在雲舒身邊好奇地問道：「雲舒，妳為什麼專挑善於奔襲的馬？」

雲舒打著馬虎眼說：「我不懂馬，只想著跑得快跑得久的，自然是好馬。」

大公子看著雲舒笑了笑，對她的回答不置可否。

大公子一面聽馬六解說，一面看著馬棚和馬匹，低聲在雲舒耳邊說：「馬場的規模雖然不大，但是養馬很費錢，妳的投資必定不小，光靠妳那點銀錢，是怎麼撐過來的？」

雲舒聽他這麼一說，也有些感慨。「起初我把販馬的生意想得太簡單了，真正開始做的時候，才知道這樣費錢。之前一陣子的確很艱難，不過好在……好在我運氣好，意外賺了筆銀子，這才度過了難關。」

「哦？運氣好？」大公子才不信雲舒是什麼運氣好。

見大公子有興趣，雲舒悄悄在大公子耳邊說：「您知道咱們在太原郡的玉器店裡買了批新圖樣嗎？」

太原的事情，大公子知道得並不多，但是聽雲舒這樣講，已猜到了幾分。

「新圖樣是妳畫的？」

雲舒不好意思地點頭說：「我自己是桑家的帳房管事，又偷偷賺自家人的錢，大公子不會怪我吧？」

大公子只笑著說：「憑本事掙錢，我為什麼要怪妳？不過……妳怎麼什麼事都會做？」

其實不是雲舒太能幹，而是西漢的玉器太簡單。這個時候的玉器樣式，要麼是半圓形玉珮，要麼是半璧形玉璜，稍微有點變化，也不過是穿孔的玉環以及玉珠，上面的雕飾也很簡單，手鐲的樣式就更別提了。

雲舒當時建馬場缺錢缺得沒辦法，思考了幾天，只想到這一個比較快能賺到錢的法子，於是就用羊皮卷畫了蝙蝠、花生、葫蘆等樣式，並在玉石的絲線上配以瑪瑙、水晶、綠松石等飾品，再用馬六媳婦的名義，將圖樣隨玉石場的玉料一起送到太原郡的玉石店試試運氣。

想不到桑家的人做起生意來果然大方，銀錢很快就送來給馬六媳婦，還派專人過來與她簽契約，要她保證這些圖樣不會流到別家。

這件事讓馬六媳婦嚇到不行，不過雲舒卻數錢數到手軟，建馬場的事情也因此順順利利辦了下來。

大公子聽著雲舒絮絮叨叨說著這幾個月以來做的事，內心只有一個感覺——雲舒真是個大忙人！

大公子把看馬的事情交給兩個暗羽，他們出身軍中，更懂得如何挑馬，他自己則帶著雲舒在馬場遛馬。

「雲舒，妳短短時間內做了這麼多事，忙壞了吧？」

雲舒笑嘻嘻地說：「不忙，雖然不能找玉石場的人手幫忙，但丹秋和大平卻愈來愈能幹了，馬六也是個不錯的人，有他們幫我，還算過得去。」

大公子望著雲舒，突然有些鬱悶，嘟囔道：「妳有困難的時候，可曾想過求助於我？」

雲舒一愣，心跳快了幾拍，有些不知所措地看向大公子。

大公子望向雲舒，目光漸漸變得深邃，神情也越發嚴肅。

「我每次送信問妳好不好，妳總是說好，可是妳真的過得好嗎？生了病偷偷找陸先生討藥方，缺了錢自己想辦法，遇到困難也不見妳知會我一聲，我誠心誠意待妳，妳可也如此待我？」

這一席話把雲舒說得腦袋發昏，她萬萬沒料到自己的舉動為大公子帶來這麼多憂慮。

她對大公子報喜不報憂，一是覺得大公子事務繁忙，怎好再讓他分心？二是覺得那都是小事，自己雖然會辛苦一點，但也能夠解決。可是這些緣由到了口邊卻說不出來，大公子聽了，只怕會覺得她和他生分了。

雲舒愣了半晌，才開口說：「千里迢迢往長安送一次信不容易，每次寫信的時候，總覺得有千言萬語要說，但寫出來又覺得囉嗦，所以只揀最重要的說，並不是刻意瞞著公子。」

聽了雲舒的解釋，大公子心裡果然好受多了。她說她只揀重要的寫，那麼她的信中一直關心自己的近況，是不是就說明她最緊張的人是他？

大公子臉色稍霽，不過仍有些氣嘟嘟，沈聲說：「正因為千里迢迢，妳不在我眼前，所以才想知道妳的情況，妳以後也要多寫幾句自己的事才好。」

雲舒看到他臉上的孩子氣，知道他並不是真的生她的氣，於是嬉皮笑臉地說：「好，趕明兒找大公子借錢，大公子可不能當沒聽見！」

大公子失笑道：「妳若缺錢，只管跟我開口，妳教我的表格、算盤，還有這馬鞍，這些東西可是千金難買，論理，我還欠妳。」

大公子雖是這麼說，但雲舒哪敢真的接受，忙說：「大公子快別說欠我什麼，我的命是大公子救的，能在這裡做帳房管事，也是承了大公子的情，這些恩情我一輩子都還不清。」

大公子在她性命垂危時對她伸出援手，在她無處可去時給她一個居所，在她害怕時為她撐住一片天，現在她能自己偷偷做生意賺錢，也是因為他給了她機會。他看重她、珍惜她、愛護她，這些點點滴滴，雲舒怎能忘記？

見雲舒神色變得鄭重，大公子便說：「咱們別說這個了，談起恩情什麼的，倒生分了。」

「嗯，不說這個了。」雲舒點了點頭。

兩人說起其他家常，大公子臉色恢復正常，眉眼間帶著淡淡的喜悅。

兩名暗羽已看好馬出來了，他們對大公子回稟道：「的確是純種的匈奴馬，以後配出的種肯定也好。」

大公子點點頭，對雲舒說：「行，這批馬我訂下了，等開春之後我就派人來領。以後妳這裡若再得了好馬，第一個就要找我商量，可不許賣給別家。」

雲舒自然歡天喜地地應了，這生意完全不愁沒有銷路啊！

大公子又想起雲舒為了開馬場缺銀子的事，就說：「我回去就先把訂金給妳。」

雲舒不好意思地說：「不用這麼急，跟大公子做生意，還怕您賴帳不成？」

大公子笑道：「我這不是怕妳沒錢買草料，餓壞了我的馬嗎？」

知道他不缺這幾個錢，雲舒也不跟大公子客氣，大大方方地應下，這樣以後再買馬的資金也就有了，真是卸下她心中一塊石頭呀！

馬六得知這個消息之後，也是高興得不得了，用看神仙的眼神盯著大公子瞧，若不是雲舒攔著，只怕他就要向大公子磕頭了。畢竟他最早做販馬生意的時候，就是因為銷路不好，馬匹困在馬圈裡，生病了又沒錢治，這才弄砸了。如今見一切都順順利利，真是打從心底歡喜。

得知了喜訊，馬場的人都非常振奮，幹活也顯得有精神，雲舒開心地跟大家告別，又帶大公子去婁煩的街上轉轉。

大冷天的，又不是趕集的日子，婁煩街上沒有多少人，不過因為大公子要看雲舒打造馬鞍的鐵匠鋪，少不得要帶他走一趟。

婁煩的鐵匠鋪是一間又黑又小、又低又暗的小屋子，裡頭斷斷續續傳出敲打聲。

大公子跟雲舒一起下馬，想要往鐵匠鋪裡走，卻被雲舒拉住了。

她看著大公子一身雪白的狐裘，真怕給糟蹋了。「大公子稍等，我進去喊葛大爺出來。」

雲舒推門鑽進屋裡，大公子聽到她輕快的聲音飄了出來。「葛大爺還在忙？這麼冷的天也不歇一歇！」

一個蒼老但中氣十足的聲音答道：「正是天冷，才要動一動，不然老骨頭都硬了！」

雲舒笑了，說道：「我家大公子今天也來了，想見一見葛大爺，就在門口，還請葛大爺出來一下。」

葛大爺剛跟雲舒接觸時，只這姑娘通體貴態，眉眼間自有普通姑娘家沒有的氣韻，還以為是哪戶人家的小姐，後來聽雲舒身邊之人喚她「總管」，更不敢小瞧這個姑娘。待接了她的活兒，按照她的圖樣做了馬鞍和馬鐙之後，更是另眼相看。

若不是雲舒待人親和，他自是要不顧年紀，對雲舒恭恭敬敬，哪能像現在這樣自在？

雲舒在他眼裡已是富貴之人，葛大爺不知她口中的大公子又是怎樣的貴人，忙放下手中的活兒跟了出來。

一個身穿狐裘大氅的少年站在門口的雪地裡，身形頎長，手中握著馬鞭，目光沈靜如水，俊秀的臉上沒有倨傲的神態，也不見浮躁的氣色。葛鐵匠活了一輩子，都沒見過生得這麼俊逸、看起來這麼貴氣的少年，一時拘束得不敢上前。

雲舒在他身旁說：「葛大爺別怕，我家大公子性子溫和，他不過是要跟你說幾句話。」

葛大爺有些猶豫地看向雲舒說：「我怕小老兒唐突了貴人。」

大公子見狀主動上前說：「我見老人家做得一手好手藝，所以慕名而來。」

「不敢不敢。」葛大爺只幫雲舒做過馬鞍和馬鐙，想來這公子誇他也是因為這些馬具，便說：「我只是按照雲舒姑娘說的做，我哪能有這些奇思妙想。」

大公子的目光微微下垂，又抬起來看向葛大爺。「想來這裡也只有葛大爺一人會做這馬具，我今天來就是想求葛大爺幫我打造十套帶回京城，不知要多長時間？」

葛大爺沒有立即回話，而是看向雲舒。因雲舒之前跟他叮囑過，馬鐙和馬鞍不可做給其他人，為了讓他保密，還多付了一些銀錢，所以他現在等著雲舒發話。

雲舒對他點頭說：「這是我家大公子，不是外人，他要馬具，葛大爺只管做。」

葛大爺算了算日子。「您如果要得急，我就趕工做，十套馬具……一個月的時間應該夠了。」

大公子點頭道：「不用太趕，在二月之前做好就行。」

離二月還有一段時間，葛大爺自然應下了。

大公子先付了訂金，跟雲舒兩人離開後，又問她：「看樣子，妳叮囑過他不許將馬具的工藝外洩？」

雲舒點了點頭。她之前是怕自己干擾歷史進程，所以不希望讓這些後來才有的東西流傳開來，特別是這種能影響到軍隊戰鬥力的器具，所以才特地要葛大爺封口。

大公子卻想到另一邊去。「這就對了，這裡離匈奴很近，這種東西萬一被匈奴人學了去，不知會造成多大的災難。」

雲舒淺淺一笑，不再多言。大公子要打造十套馬具帶回去，肯定不是自家要用，估計是要拿去宮中或軍營去的。事情既然已演變到這一步，就順其自然吧！

兩人隨意在街上轉了轉，又打了兩壺當地的藥酒，這才返回雲頂山玉石場的營區。

第四十七章　情愫暗牽

沈柯在營地裡已烤了鹿肉等他們回來，雲舒還未進營地就聞到肉香，忙跳下馬跑進去，動作快得讓大公子心驚，差點就要在後面喊她慢點。

冬天在屋裡烤著火、吃烤肉、喝暖酒，身邊還有最親近的人，雲舒覺得自己真的要幸福死了。

席間沈柯問起桑大小姐的婚事。「……聽說這個月就要訂親？」

大公子喝了點酒，臉上紅通通的，但是雙眼清明。「嗯，再過幾日就要到抬嫁妝的日子了。只是我不在長安，也不知事情是否順利。」

沈柯說道：「一切都是定好的事情，二夫人又在長安主持，想來也沒事。再說，等開春成親的時候，大表弟早就趕回去了。」

大公子點頭笑了笑。

雲舒想起之前大公子信中說桑招弟跟韓嫣是兩廂情願，覺得自己漏了很多精彩的故事，於是追問起來。

大公子大概是在意沈柯在場，便含糊地說：「韓府挑花了眼，不知韓嫣要選個怎樣的才肯娶，偏偏姊姊去太尉府作客時，在後院碰到韓嫣，兩人說了幾句話，覺得很投契，這才生了情。」

雲舒心中偷笑，哪有這麼巧的事，桑招弟看準了韓嫣，就能跟韓嫣「偶遇」？還有，她到底說了什麼，恰好說到韓嫣心坎上去了？

雖有疑惑，但雲舒忍住沒追問，若方便說，大公子早跟她說了。

沈柯是過來人，聽到桑大小姐的婚事有了著落，嘆道：「大表弟也十四了，家裡該安排你的事情了吧？」

聽到這問話，大公子一愣，險些灑了手中的酒，雲舒更是閃著睫毛抬眼看向大公子。突然被問到親事，大公子有些無措。他穩下心神放下手中不停搖晃的酒杯後說：「朝中事務繁忙，我哪有心思想其他的，過幾年再說吧。」

沈柯只當他是不好意思，打趣道：「男子到了年紀就該娶妻，就是你不急，二夫人也該為你張羅了。」

沈柯十三歲有了通房丫頭知曉人事，十四歲成親，十六歲當爹，如今他雖然才十八歲，但是兒子已經能在院子裡亂跑了。

許是想到遠在洛陽的妻妾和兒子，沈柯有些感慨地說：「男人成親之後才知道責任，都說成家立業，先成家才能立業，所以大表弟，你的事情自己要上心，娶個心儀的女子回家，總好過二夫人隨便幫你議一門親事。」

大公子和沈柯是姨表兄弟，大公子的母親，也就是沈柯的姨母早逝，二夫人是繼母，大公子畢竟不是她的親生兒子，她自己還生了二公子，難保她沒有私心。沈柯是站在大公子的立場上勸他要把親事放在心上，免得二夫人虧待了他，隨隨便便為他娶個女子回來。

大公子知道沈柯的好意，輕聲應了一下，就不出聲了。

說到這個話題，沈柯來了興致，轉而看向雲舒。

雲舒心中暗呼不好，果然，沈柯開口說：「比起大表弟，雲舒妳更急啊，十五、六歲的女子了，沒爹沒娘的，親事可怎麼辦才好？」

雲舒的臉色變得有些難看，大公子也緊張了幾分。

沈柯倒是認真思考了起來。「不如讓大表弟在府裡幫妳找個體面的管事嬤嬤，妳認她做乾娘，這樣也有人幫妳操心親事了。」

無親無故的單身女子沒有長輩幫忙議親，一般都會認門親戚，然後再託人張羅。

雲舒見沈柯說得跟真的似的，忙搖手說：「不用不用，我自有安排……」

聽到她這話，沈柯笑著說：「妳一個姑娘家能有什麼安排，難不成自己找媒人說親去？」

大公子的臉色愈來愈不好看，正欲開口打斷這個話題，卻聽見雲舒搶著說：「是我以前不好意思說，其實我早就訂了親了。」

一句話出來，大公子和沈柯都驚訝得瞪圓了眼睛。

雲舒話已出口，只好硬著頭皮把自己事先編好的藉口說了出來。「以前在老家時，父親就為我訂了親，是同鄉的一個哥哥，只是後來家鄉遭了災，逃難的時候分散了。」

沈柯恍然大悟道：「原來是這樣！不過既然失散了，總不能因為這樣耽誤妳一輩子吧？」

雲舒很怕別人擅作主張操心她的親事，就說：「話雖這樣說，不過到底是正經訂過親，而且我知道他肯定是要去長安投奔親戚，也許以後能重逢也不一定。」

說完，雲舒有些心虛地把眼神轉到大公子的方向。

大公子撇開頭，拿起酒杯喝酒，雲舒看不到他的神色，心中越發有些不安。

沈柯嘆道：「沒想到妳也是挺癡情。既然願意等，但願妳以後能找到他。」

雲舒苦笑著低下頭，想放鬆卻又放鬆不下來。這個藉口說出來之後，再也沒有人會在她嫁不嫁的事情上指手畫腳，反正她也不怕背一個「老姑娘」的名聲，只是一看到大公子的身影，就有些惴惴不安。

雲舒在心中嘲笑自己，大公子不過是個十四歲的男孩，自己心理上大他這麼多，總不會還想著老牛吃嫩草吧？

氣氛慢慢變得有些詭異，幾人喝了點酒，吃了幾口烤肉，就各自散了。

幾天以來，大公子心中一直掛念雲舒「訂親」之事，心中鬱結，又不願在雲舒面前表現出來，所以這幾天刻意迴避她。眼看就要過年了，他又不想繼續逃避下去，便鼓起勇氣去帳房找雲舒。

丹秋見大公子來了，忙說：「大公子找雲舒姊姊嗎？她早上跟沈大當家出門，還沒回來呢！」

大公子眉頭又皺了起來。早上他的確隔著窗聽到雲舒和沈柯兩人歡聲笑語地出門，沒想到快一天了，還沒回來。

他悶悶地往回走，忽見一行人從山上的小徑跑了下來，帶頭之人正是沈柯，只是他衣冠散亂，模樣狼狽不堪。

「快、快來人！」沈柯一面人喊，一面衝進營地。

大公子忙迎上去，扶住他有些站不穩的身形，問道：「發生什麼事了？」

沈柯喘著粗氣喊道：「所有人都出來，快上山救人！雲舒、雲舒她滾下山坡去了！」

「什麼？怎麼回事？說清楚！」大公子捏住沈柯的手青筋直冒，眼睛像是要迸出火花來一般。可偏偏沈柯急得不得了，根本不管大公子問了什麼，只顧著把營地所有人都喊出來，上山去找人。

大公子也叫來兩名暗羽，二話不說就跟著沈柯上了山。

雲頂山上樹林茂密，除了幾條微不可見的小路，根本沒有清晰的路徑。加上之前下了大雪，路非常難走，對於不熟悉此地的人來說，極容易迷路。

大公子跟著沈柯上山，在路上，沈柯終於把事情原委說了出來。

雲舒這幾天看大公子心情不好，就想出些花樣逗他開心。她要沈柯做了一個木雪橇，然後拉他一起進山檢查湖面是否已經結冰，說要在那裡滑雪橇。

早上進山的路上一切順利，但在下山的路上時因冰雪太滑，雲舒一個沒注意就滾下了山坡！沈柯當即帶著隨行的人沿著山坡找，可是怎麼也找不到雲舒的影子，眼見天色晚了，趕緊下山來找人幫忙。

「這可怎麼辦，冰天雪地的，又在深山，萬一跌傷，或是碰上野獸，就不得了了！」沈柯著急得不斷說話，大公子卻咬牙不發一語，只挺著脖子趕路。

大公子一雙拳頭幾乎都要捏碎了，心中把雲舒罵了千遍萬遍！笨女人，想什麼滑雪橇來逗他開心？只要她主動來說一句話，他就已經很開心了！平時走路沒個樣子，活蹦亂跳的，這下失足可怎麼是好？大公子擔憂不已，突然覺得罵也沒用，轉而祈求老天讓雲舒平安無事。

好不容易到了雲舒失足的地方，只見斜斜的山坡深不見底，大公子一顆心頓時下沈，急得滿頭大汗。

「沿著山坡下去找人！」沈柯大喊道。

營地裡的男人都出來了，展開成一排，扶著山坡上的樹慢慢往下走，口中喊著雲舒的名字。

沈柯見大公子也要親自去找，忙攔住他說：「危險，你不能去！」

大公子狠狠瞪了沈柯一眼，沈聲說：「鬆手，找人！」

沈柯從未見過他這個樣子，不禁有些訝異。這還是他那個性格溫和寬厚的大表弟嗎？這一刻他幾乎是烏雲蓋頂般的陰鷙啊！

大公子甩開沈柯的手，一路往山坡下找去。

屋漏偏逢連夜雨，怎料天黑後竟下起了雨夾雪！又冷又濕的雪打在臉上、身上，格外寒冷，好幾個漢子都撐不住，腳下也開始打滑。

有人說天黑太危險，怕遇到猛獸，又下雪了，最好等明天天亮再找，大公子卻充耳不聞。

兩名暗羽覺得再這麼找下去，大公子也會有危險，正想開口勸，但話只說了半句，大公子就吼道：「你們也知道凶險！雲舒一個弱女子，等了這一夜，還有命活下來嗎?!」

眾人聽了就不再多說，繼續扛著嚴寒搜尋。

「雲舒，雲舒——」大公子聲嘶力竭，一遍又一遍喊著雲舒的名字，也不知找了幾個山頭和山澗，卻怎麼都不見人影。

有人議論道：「莫不是被野獸叼走了？」

沈柯見大公子身影晃動，忙說：「不會不會，根本沒看到野獸的蹤跡！再找找，人一定在這附近。」

大半夜過去了，眾人被雪淋得通身濕透，愈來愈寒冷，也愈來愈疲憊。沈柯見已有人要暈倒，便開始安排人回營。

大公子卻不甘心。雲舒滾下山後怎麼就不見人影了？縱然是出事了，他活要見人死要見屍！哪怕是被野獸吃了，也要看到骨頭！

「大表弟，你冷靜一點，我們已經找了這麼遠，雲舒她滾下山，若帶著傷，肯定走不了這麼遠，我們還是回頭去找比較好。」

大公子心中對沈柯有怨，總覺得是他把雲舒帶上山才出事，也不應他，只對兩名暗羽說：「我們換個方向，再仔仔細細找一遍！」

原本有大批人馬上山，最後只剩下一小隊人還在深夜的山林中尋找，就在眾人覺得沒有希望的時候，突然間，一名暗羽喊道：「找到了，在這裡！」

大公子欣喜過望，撥開人群拖著沈重的雙腿跑上去，只見一個巨大的樹洞中，雲舒緊閉雙眼躺在——一個男人的懷抱裡！

大公子瞪大了眼睛看著抱著雲舒的男人。這個人他完全不認識，他身上的衣服很破也很薄，幾乎擋不住什麼風寒，但是他卻用自己的身體為雲舒阻擋風雪。

火把聚攏起來，照亮了男人的臉。他抬起頭，犀利的目光掃向地勢略高過他的眾人，最後把目光停留在大公子身上。

「你們來了。」男人低聲說道。

大公子驚愕地看著這個抱著雲舒的男人，聽見他語氣沈穩而平淡地說「你們來了」時，彷彿就像熟人見面打招呼一樣尋常。

大公子仔細打量這個男人，依然不知道他是誰，再用詢問的眼光看向沈柯，沈柯也是茫然地搖頭。

竟然不是玉石場的人！

男人已經從樹洞裡把雲舒打橫抱了出來，雲舒緊閉著雙眼，額頭上青腫了很大一塊。

雪花從天上落下，打在雲舒臉上，大公子見狀，趕緊解下自己的披風幫她遮上，並問那個男人：「是你救了雲舒？她怎麼樣？」

男人說：「滾下來的時候，撞到頭，暈了過去。我想揹她下山，可是迷路了。」

說到迷路，男人臉上露出一絲赧然。
大公子將暗羽叫了過來，讓其中一人揹起雲舒，而後為雲舒蓋好披風，這才對男人說：「多謝恩人出手相救，敢問恩人姓名，自當重謝。」
男人動了動嘴唇，最後苦笑了一下說：「讓她受傷已是我的疏忽，不敢當『恩人』二字。」
大公子聞言愕然，沈柯也驚疑不定。
沈柯在一旁問道：「你是誰？我怎麼不認識你？」
男人抱拳笑說：「我是受過雲姑娘大恩的人，你們快送雲姑娘下山問醫吧，我先走一步。」
說完，踏出幾個詭異的步伐後，他高大的身影竟然就這樣消失在密林裡。
「追上！」大公子對另一暗羽下令。
暗羽領命追上去，過了一會兒便折返，羞愧地說：「公子，他不知所蹤了。」
竟然連暗羽也追不上他！
大公子忽然想起這個男人說因為迷路，所以沒辦法送雲舒下山，既然不認識路，他肯定還在周圍默默跟著大家。
大公子稍稍環顧了又深又黑的密林，連暗羽也不能察覺他的所在，看來他不簡單！
大公子對方才那個男人越發好奇，不過比起他的身分，大公子更關心雲舒的傷勢。看著她紅腫而殘留著血跡的額頭，內心焦急不已，於是一行人趕緊下山。

雲舒被暗羽馱在背上，她一隻手搭著暗羽的肩膀，另一隻手則垂在身側。大公子看到她那隻不斷在身側晃動的手，忍不住伸手用披風蓋住。

剛一接觸到她的小手，瞬間冰冷刺骨，恍若地上的冰雪一般。

大公子因為爬山的緣故，縱然渾身因浸了雪水而濕透，卻也還熱烘烘的，他溫熱的手捉住雲舒冰冷的手，忽然不忍放開了。

「唉，怎麼這麼不當心！」似是責備、又像心疼，大公子在雲舒身邊低聲抱怨著。

沈柯見他一臉擔憂，就說：「人找到了就好，傷了頭昏過去，等醒了應該就沒事了。」

大公子不置可否，只說：「先差人早一步去縣裡請郎中過來吧，需要好好檢查一下。」

「嗯，已經讓周貴先行一步了。」沈柯答道。

大公子這才點了點頭。

沈柯看大公子牽著雲舒的手，再看他緊皺不開的眉頭，眼神變得若有所思，而後又了然並驚詫地看向大公子。

「大表弟，難道你喜歡雲舒？」

大公子轉頭看向沈柯，當對上他滿臉的興奮之色時，猛然拉下臉，並迅速放開給雲舒溫暖的手。「表哥不要亂猜，我只是一時著急失了分寸，雲舒是有婚約在身的人，不要污了她的名聲。」

說完這句話，大公子就大步走到一行人的最前面，再也不發一言。

沈柯微微一愣，而後嘆了幾口氣。

他早就該想到這一點的！大公子剛到玉石場時，第一句話就是問雲舒在哪兒，分明就是為了雲舒才跑到婁煩，他最初卻相信他是奉皇命挑馬，順便探望他們。

再想到大公子為了尋找雲舒，淋了一夜雨雪，他這個矜貴的大表弟，何曾受過這等苦？縱然雲舒是他珍視的人才，也不至於到這一步，一定是喜歡她！

沈柯確定了心中的想法之後，又開始為他們頭疼。

莫說雲舒自稱有婚約在身，就算她是自由之身，只怕他們兩人也沒指望。桑家嫡長子的婚事，從來不是由本人說了算，更別說大公子現在還在皇上身邊當職，他的婚事，桑家自然更為慎重。

雲舒出身不明，縱然再有才又如何？既沒有商人的雄厚財力，也沒有朝廷的官宦背景，桑老爺雖然賞識她，但也不可能讓她做桑家的媳婦啊！

頭疼啊頭疼！沈柯為大公子和雲舒的事想了一圈，最終只得到一個結果——雲舒若肯給桑弘羊做小，這事也能成，只是……她會願意嗎？

而大公子也是煩躁不已，為雲舒的傷勢、為那不知身分的男人，更為雲舒所謂的親事……

他從懂事之時起，從未覺得一件事、一個人如此脫離自己的控制，一向沈穩冷靜的他，也不禁焦躁煩惱起來。

第四十八章 貼身護衛

回到營地時，已接近黎明，郎中尚在連夜進山途中，於是大公子要丹秋先幫雲舒換上乾衣，順便檢查一下她身上是否有其他地方受傷。

屋裡的火盆燒得很旺，丹秋哭得跟個淚人兒似的，邊抹眼淚邊為雲舒換衣服。她將雲舒全身上下檢查了一遍，除了額頭上的傷，腰背和大腿上還有幾處磕碰的青紫，還好冬天衣服穿得厚，並沒有傷筋動骨，也沒有流血。

等郎中來了，也確診說是皮肉傷，敷上藥膏慢慢養著就是了。

傷勢雖然不重，可雲舒因為腦袋上的傷，一直昏迷不醒，丹秋在旁邊急得哭道：「郎中既然說沒事，可人怎麼一直不醒？真是急死人了……」

顧清看著黑著張臉守在床邊的大公子，拽了拽丹秋說：「好了好了，別在屋裡哭了，讓雲舒好好休息，我們出去煎藥吧！」

待得天亮，到了雲舒平日起床的時辰，她忽然睜開了眼睛。

「唉唷……頭好痛……」她睜開眼小聲呻吟，下意識伸手去摸自己的額頭。

守在她床頭的大公子驚喜地抬起眼睛，攔住雲舒即將碰到傷口的手說：「妳可醒了，頭上有傷，別碰。」

雲舒對上大公子關切的雙眼，微微愣了一下，不知他一大清早怎麼會出現在自己房裡。

額上傳來陣陣疼痛，身上也痠疼得厲害，這些疼痛讓雲舒清醒了幾分，立刻想起昨天失足滾落山坡的事情。

「啊，我想起來了，山上有蛇，把我嚇得滾下山去了……」雲舒喃喃道。

大公子看著她搖搖頭。大冬天的，蛇都在冬眠，怎麼會出現在半路上？看樣子她大概是把枯樹枝當成蛇了。

雲舒轉頭看向大公子，他眼下烏黑一片，看來整夜都沒有休息，想來為了找她，把大家折騰得夠嗆，於是忙說：「讓大公子和大家擔心了，都怪我不小心。我現在沒事了，大公子快去休息吧！」

大公子輕輕搖著頭說：「我不睏，大家都在忙，怕妳醒了沒人照應，所以我守在這裡。等一會兒丹秋煎好藥，我看妳喝下之後，再去休息。」

聽到雲舒醒了，丹秋忙把藥給端來。看著雲舒喝藥，丹秋眼眶紅紅地說：「雲舒姊姊，妳可嚇死我了，沈大當家最初說找不到妳，把大平都急哭了！半夜的時候，眼見大家一波波回來，卻一直沒有妳的消息，我還以為妳……嗚嗚……幸好大公子找了一夜，總算把妳帶了回來。」

雲舒臉上的愧疚之色更濃，寒冬臘月裡，大家昨晚都受苦了。

她又轉頭看向大公子說：「大公子昨夜受了一夜冷風，有沒有什麼不適？」

大公子搖搖頭，要她好好休息，不要老是擔心別人。想到昨晚救雲舒的男人，大公子便問道：「妳知道救妳的男人是誰嗎？」

「呃……」雲舒一愣。「難道不是大公子救我的？」丹秋剛剛明明說是大公子找了一晚把她帶回來的呀？

大公子估計雲舒滾下山坡時就暈過去了，許是沒看到那個男人，於是詳細地說：「我找到妳的時候，妳已經被一個男人救了，我們問他是誰，他卻不說，只說以前受了妳的恩惠，卻沒把妳照顧好，一副很自責的樣子。」

見雲舒臉上的疑惑愈來愈深，大公子說：「我以為妳認識他。」

雲舒的腦袋昏昏沈沈，實在想不起她在隻煩向誰施過恩惠，於是追問道：「那個人長什麼樣子？有什麼特徵嗎？」

大公子回憶道：「方臉，身形高大，濃眉大眼，看起來二十多歲，腰上帶著一柄寬劍。」

「寬劍？」

大公子點頭說：「那人功夫不錯，離開的時候啃羽都沒能追上他。」

雲舒若有所思地想了一會兒，問道：「那人是不是繫著黑腰帶？身上穿的是粗布麻衣？」

大公子回憶了一下，點點頭。

雲舒心中頓時了然。她認識的人不多，帶劍練武的少之又少，她施過恩惠的就只有那群人了。

「可能是墨家的人又回來了吧，只是子殷是十幾歲的少年，如果是二十多歲、濃眉大眼的青年……大概就是墨勤了。」

雲舒解釋著，找出她放置在荷包裡的墨者令，無奈地嘆了口氣。

她之前要子殷送一封信給墨勤，她以為看了那封信，墨勤肯定會生氣，沒想到他倒親自來保護她了。

「真是的，叫他別來，他還偏要來。」雲舒嘀咕了一句，這句話卻把大公子嚇了一跳。

「妳……跟他很熟？」大公子試探性地問道。

雲舒搖搖頭說：「不熟，就見了一次面。」

大公子看向雲舒的眼神深不可測，思索了一會兒，他終是挪開眼神，起身道：「喝完藥就好好休息吧，我晚點再來看妳。」

雲舒笑著送大公子離開，心頭卻覺得怪異，總覺得他最後那句話有些疏離，可是反覆琢磨，也說不出哪裡有問題，只好笑笑作罷，怪自己多想了。

離開雲舒的房間，大公子對兩名暗羽吩咐道：「注意附近的動靜，昨晚的男人，應該還在這裡。」

暗羽互視一眼，有些詫異，他們竟然沒察覺到附近有人潛伏！一想到那個男人昨晚是在他們眼皮下溜走的，暗羽就知道這次的目標不簡單，於是打起一百分的精神，注意雲舒周圍的動靜。

雲舒躺在床上養傷，大公子一天早中晚探視三次。這天晚上大公子離開後，丹秋也燒水去了，只有雲舒一人百無聊賴地在床上發呆。

忽然間，一陣冷風吹過，雲舒向門窗望去，發現都關得好好的……怎麼會有冷風？

正覺得怪異，雲舒就聽到屋裡黑暗的角落邊傳出一道低聲呼喊——

「雲姑娘。」

雲舒被嚇得差點尖叫，她立即從床上坐起，警戒地問道：「誰？」

一個黑色的高大身影從角落裡走出來，是墨勤。

「是你……嚇死我了……」不過一瞬，雲舒背後就起了冷汗。這人悄無聲息的，太恐怖了！

墨勤站得離雲舒的床有點遠，他低聲說：「我前幾日就準備見姑娘一面，只不過妳門外的護衛很難纏，今日終於得了空隙，才能進來見妳。」

護衛？他應該是說大公子的暗羽吧。

雲舒聽了便說：「你要見我，直接來找我就是，這樣躲躲藏藏的，倒讓人害怕。」

墨勤沒有立即回話，雲舒正待問他有什麼事，他卻突然開口：「我見雲姑娘一面，是為了告訴妳，我們墨者向來秉持『墨者之法』，斷不學宵小之徒做不義之事。若雲姑娘信不過子般，則由我來報答姑娘對我及十幾個兄弟的大恩。我以墨家矩子的身分向妳起誓，絕不會竊取任何帳簿，洩漏妳任何訊息！」

雲舒被他鄭重其事的話語和語氣震住了，再看看他凝重的神色，就知道他心中其實有氣。

墨勤的確很生氣，氣雲舒不信任墨者之義，氣她對墨者的防備之意。

「墨勤大哥，我並不是不信你們，而是覺得我一普通女子，沒必要受人保護，你們本就是做大事、為天下之人行大義的人，奈何要在我身上費功夫呢？你前幾日救我一命，已是報答了我的恩情，馬邑之事就不必放在心上了。」

墨勤聽了，一本正經地說：「妳慷慨相助，用妳的錢買的藥救了我十七個兄弟，我欠妳十七條命，就算除去前幾日救妳那一次，還差妳十六條命！」

雲舒有些尷尬，這個人看來一板一眼，非得保護她，趕不走了。

她左思右想，只好說：「好吧，你要保護我也行，只是有個條件，你不許躲躲藏藏，要麼光明正大守護在我身旁，要麼就離開，我實在不習慣有人在暗地裡窺探我。」

墨勤想了想，說道：「一切聽雲姑娘安排。」

雲舒清了清嗓子，從外面喊來顧清，要他把墨勤安置下去，從此跟大家一起吃穿住行。

處理好了墨勤的事，雲舒不由得苦笑，看來她似乎被迫收了一個護衛？不過……聽墨勤自己所說，他好像是墨家的矩子？那可是墨者的首領，說來還是自己占了便宜呢！

晚膳時間，當暗羽向大公子稟報墨勤出現的消息時，大公子的筷子只頓了一瞬，什麼也沒說，就讓暗羽退了下去。

吃完飯，大公子在營地空地裡隨意散步。當他看到墨勤守在雲舒房前時，心裡總覺得不是滋味。

他覺得自己有點莫名其妙，當初子殷說要保護雲舒時，他還高興不用擔心雲舒的安全問題了，可是換了個墨勤，他卻渾身不自在。

是因為他抱過雲舒嗎？

大公子踢了地上的雪一腳，忽覺得自己太小心眼了。墨勤那晚不是占雲舒便宜，只是為了替雲舒遮風擋雨，他又何必糾結？

丹秋從雲舒房中出來，正巧看到大公子一個人在院子裡閒逛，關切地說：「大公子，天冷了，進屋坐坐吧。」

大公子看了墨勤一眼，點點頭，走進雲舒房中。

看到雲舒正在床上翻閱帳簿，大公子皺了皺眉說：「郎中要妳靜心休養，怎麼又操這個心？」

雲舒放下手中的書簡說：「馬上就要過年了，這些月帳要入總帳，這幾日耽擱了時間，再不做就來不及封庫了。」

大公子走到她床邊，抱過那些書簡說：「都送我那裡去，我來做，橫豎不能讓妳一個病人操心。」

雲舒想笑又不敢笑，只低聲說：「大公子，您且先看一下帳簿，我的帳，您恐怕看不懂……」

大公子眉頭一挑，還有他看不懂的帳？

他展開書簡一看，果真……上頭的字他竟有一半不認得！認識的小部分漢字，還是歪著寫的！

「妳做的是什麼帳？」大公子不禁好奇地問道。

丹秋已捧了熱茶過來，在一旁說：「這是雲舒姊姊自家的秘訣，記起帳可方便了，還教會了我！」

雲舒見大公子一臉疑惑，解釋說：「我用自己的法子記帳很是方便，每月的總帳會另外用大家習慣的方式謄抄一遍，以便入庫保存。」

大公子一遍又一遍看著手上的書簡，真的完全不認識裡面那些像鬼畫符一樣的東西。

「大公子若覺得有意思，我明天就把方法教給您，如何？」雲舒笑道。

大公子這才收了書簡。「好，我倒要看看這是什麼神奇的記帳方法。」

古人在書簡上寫字，都是豎著寫的，雲舒偏把書簡橫過來從左至右寫，用的還是現代的阿拉伯數字和各種加減乘除符號，這樣的帳簿，哪怕大公子再聰明，也看不懂。

大公子跟在雲舒身邊學了幾日，總算記清楚各種符號的意思，以及對應的數字。因怕影響雲舒休養，大公子每天學的時間有限，更多的時候是自己拿著帳簿在帳房裡研究。

丹秋端著中藥送到雲舒面前說：「大公子可真聰明！我學了幾個月才學會，雲舒姊姊不過說了一遍，大公子竟然就懂了！」

雲舒的視線透過窗外，看向營地對面緊閉的帳房大門。「當真懂了？」

丹秋頭點得跟搗蒜似地說：「我中午過去送飯的時候，偷偷看了一下，大公子已經在學著寫了，還問我寫得對不對。我看再過兩天，大公子就真的能幫妳做全年總帳了。」

雲舒微微笑道：「咱們大公子的聰明可不是吹牛的，以後大有作為呢！」

丹秋自然跟著點頭稱是。

養了一陣子，雲舒身上的傷漸漸消了青紫，痛的地方也能活動了，唯有頭上的傷嚴重了些，瘀血範圍擴散得更大，看上去半個額頭都是黑的。

雲舒早就在床上待得不耐煩了，很想下床活動活動，奈何大公子一直看著她，不准她亂動。現在大公子忙著鑽研新學問，雲舒使得了空，央求了丹秋好一陣子，丹秋才答應偷偷放她出門在院子裡走走。

穿好衣服，雲舒忽然想起一事，問道：「墨勤最近怎麼樣？」

丹秋往門外瞧了瞧，努努嘴說：「他天天都在我們門前晃，大平不敢來吵妳，有時會纏著他說話，昨晚我還見墨勤耍劍給大平看。平日看他一身窮苦沒出息的模樣，可是耍劍的時候好威風啊，掀起的風把地上的雪都給捲得滿天飛，把大平給看呆了。」

墨者是很有才學的人，或學識、或武學、或兵法、或機械機關術，他們博聞強識，絕非庸者。墨勤既然是墨者的矩子，他的本事自然更上一層樓。

雲舒低頭思索起來，這塊大金子閒置在自己身邊，著實可惜。

出了門，雲舒果然見墨勤在門口守著。

墨勤望著雲舒微微頷首，並沒有說話。

雲舒笑著問他：「在這裡住得可還習慣？要是缺什麼，直接跟我說就行。」

墨勤有些不好意思，他是來報恩，又不是來白吃白喝的，於是閉著嘴沒說話。

雲舒大概清楚他的性子，也沒有追問，而是笑呵呵地說：「我在房裡待得悶了，出來走走，就在院子裡而已，你不用跟著我。」

墨勤果然沒跟在雲舒身後，只是眼神卻一直盯著她，沒讓她走出視線。

雲舒側頭對丹秋說：「天真冷，妳幫我取個手爐來好嗎？」

丹秋點點頭，忙不迭跑回去拿手爐。

雲舒見四周沒人，就慢慢往水井邊上走。井邊有薄薄的冰片，踩在上面格外濕滑，可雲舒偏往那有冰的地方踏，縱使再小心，腳下止不住地打滑。

「唉呀！」伴隨著一聲驚叫，雲舒的身子就往旁邊的井裡跌去，雲舒自己嚇得閉上了眼睛，可下一刻，她就被一個懷抱攬了回來。

雲舒鬆了一口氣，睜眼對上墨勤炯炯有神的雙眼，笑著說：「你又救了我一次，還剩十五次。」

墨勤一愣，轉瞬就明白了，原來雲舒是故意的！

她明知墨勤一直注意著她的安危，卻還故意以身犯險，假裝要跌到井裡，惹得墨勤來救她，以抵消那十七次救命之恩！

墨勤的臉上頓時有了怒意，生氣地說：「雲姑娘，妳自身的安危可不是兒戲！」

雲舒依然笑嘻嘻地說：「這不是有你保護我嘛！」

墨勤頓時覺得很無奈。他本意是要保護雲舒，卻沒想到因此讓雲舒自找麻煩。她這是在逼他走嗎？可是那份恩情他絕不能白受，這究竟該如何是好？

在墨勤矛盾不已時，一道冷如冰泉的聲音從他背後傳來。「雲舒，妳的傷還沒好，誰准妳出門的？」

雲舒轉過頭，看到大公子正在十步之外，眼神飽含怒意地看著她和墨勤。

因他們還在容易打滑的井邊，所以墨勤依然扶著雲舒，從大公子的方向看過去，雲舒幾乎是被墨勤攬在懷裡的。

雲舒並不知道大公子心裡的想法，只是笑著走過去說：「大公子，您看我都好了，再不出來走動兩下，就要睡出懶病來了。」

大公子冷冷盯著墨勤半天，這才把目光轉向雲舒。「郎中一日沒說好，妳一日不許下床，回房吧。」

雲舒猶豫著不願回去，還思考要怎樣耍賴皮，才能讓大公子允許，可是不等她再開口，就聽大公子冷冰冰地質問道：「妳現在當了總管，所以不聽我的話了？」

雲舒萬萬沒想到大公子會說出這樣的話，一時之間愣愣地說：「沒有……大公子，怎麼了？」

大公子看著雲舒倉皇的眼神，終是嘆了口氣說：「那就回去好好歇著。」

雲舒鬱悶地回到房間，納悶不已，實在不明白她只是出門走動幾步，怎麼就讓大公子如此生氣？

到了臘月二十五，顧清抱著一堆書簡過來說：「大公子說這些帳都做好了，但還是要妳核對一遍。」

雲舒點了點頭，讓顧清把帳簿放下，而後問道：「大公子最近幾天一直在忙這些？」

顧清點頭說：「足不出戶，都在弄這些。」

雲舒悵然若失地應了一聲，翻開書簡就看了起來。

大公子最近不常來看雲舒，即使過來，也只是問她財務上的一些問題，明顯的冷淡讓雲舒有些不知所措，也有點心不在焉。

到了臘月二十八，雲舒親自把帳簿都交到沈柯手中，入庫封存後，一年的工作正式結束，眾人開始準備過年。

其實在山裡沒什麼好做的，把屋子打掃乾淨之後，就是大夥兒聚在一起吃吃飯。一群人都在外地回不了家，因此聚在一起，氣氛倒也熱烈。

可偏在這歡樂的氣氛裡，大公子和雲舒都顯得興致缺缺。

沈柯看到他們坐在一塊兒卻不怎麼說話，不由得納悶。他原以為大公子之前是幫雲舒做帳太過忙碌，兩人才沒怎麼來往，沒想到兩人是在鬧脾氣？

觥籌交錯間，雲舒低頭吃著飯，只覺得食之無味。

她時不時瞟向坐在上首的大公子，他默默喝著酒，每一杯都喝得很慢，彷彿那酒多麼醇香綿長，需要仔細品味一般。

雲舒想挑起話頭跟大公子聊兩句，卻覺得萬般話不知從何說起，一時之間默然。

沈柯看他們兩人誰也不理誰，大過年鬧成這樣，實在太不像話，便推了大公子一把。「大表弟，你這次奉皇命來選馬，雲舒從中幫你引線，找到馬六家那批好馬，你當好好感謝她才是。」

說著，就把大公子杯中的酒添滿，要他向雲舒敬一杯酒。

雲舒內心挺不好意思的，沈柯不知道馬六的馬場其實是她開的，更不知道大公子選購那批馬，她才是最大的受益人，說來，應該是雲舒感謝大公子才對。

她忙端起酒盞說：「不敢讓大公子敬我，該我向大公子敬酒才對，一直以來多虧大公子照拂。」

雲舒的酒杯碰上大公子的酒杯，大公子看著她，動了動嘴角，卻是什麼也沒說，就仰頭把酒乾了。

喝了這杯酒，兩人又沒話說了，沈柯沒話找話，偏偏說起墨勤來。

「咦，怎麼不見墨大俠？他雖不是我們玉石場的人，但是過年一起吃飯怎麼能少人？」說著就轉頭喚人。「快去把他喊來！」

平日墨勤被大平纏著耍劍，大家看得多了，都對他的武藝讚不絕口，故而都叫他「墨大俠」。

傳話的人回來了，對沈柯說：「墨大俠不願意過來。」

墨者推崇「節用」，主張吃苦耐勞，要求做到「量腹而食，度身而衣」，哪怕是過年這種大節日，也不參加宴席，所以墨勤不肯來赴宴，在雲舒的意料之中。

「他不來就算了吧，一個人待著更自在。」雲舒說。

沈柯難以理解地搖了搖頭。

雲舒想到墨勤，總有那麼點在意。他以前的日子雖然一樣清苦，但好歹有諸多位師兄弟在一起，比現在一個人寂寥地過年要好得多。

想到這些，雲舒起身說：「你們先吃，我去看看他。」

出了主廳，雲舒走到墨勤房門口，見木屋中點著一盞小油燈，他正在擦拭他的寬劍，旁邊的桌子上有用完膳的碗筷。

「墨勤。」雲舒開口叫道。

墨勤放下劍，抬起頭睜著清亮的雙眼看著雲舒。

雲舒知他寡言少語，主動說：「明天就過年了，我來看看你。雖然你們墨家主張『節用』，不喜歡鋪張浪費，但是過年嘛，該喜慶的時候，也要開心一些。」

墨勤點了點頭，依舊什麼都沒說，只是起身走到一個木箱前，從中取出一樣東西。

「這是一個小抓鈎，若再遇到滾下山坡或落入井中這種事，按一下這個機關，就會有鈎子彈出來，可以應急。」

雲舒兩眼發光地接過墨勤手中的抓鈎，那是一個類似護腕的東西，但護腕裡卻有機關和結實的細線，線頭上繫著一個鈎子。

「哇，果然不愧是墨家的人，這種神奇的東西都能做出來！」雲舒收到這個禮物，十分高興，真心地誇獎起來。

墨勤看雲舒這麼開心，話也稍多了一點。「雲姑娘，妳對墨家好像很了解？」

雲舒時常提起墨家的一些思想和要義，對他們擅長的東西也滿清楚的，不禁讓墨勤覺得疑惑。墨家一脈到如今已走到分崩離析的地步，縱使是有學之士，對墨家的著作和思想也不太了解，何況一平民女子？

雲舒用那個百試不爽的藉口回答道：「那些啊，都是我爹生前跟我講的，他對墨家比較感興趣。」

墨勤聽到自己信仰的東西被人肯定，高興地點了點頭。

大公子背著雙手站在墨勤房間外面等雲舒，左等右等卻不見雲舒從裡面出來。雖然他以前經常跟雲舒孤男寡女共處一室，但是換作墨勤，他就無法忍耐，又等了兩刻，終於忍不住提步向墨勤的房間走去。

推開門，屋內燈光昏暗，雲舒撩起了袖子，墨勤正低頭握著她的手腕，看不清楚他們在做些什麼。

這幕情景刺激到大公子，他大步上前，用力把雲舒拽到自己身後，並喝道：「你們這是在做什麼？妳不是身負婚約嗎？怎麼跟他拉扯不清？」

「啪嗒」一聲，護腕掉到了地上。

雲舒滿臉驚愕地看向大公子，縱然她平時脾氣再好，也禁不住生氣。「大公子！你這話是何意？我跟墨勤怎麼了？」

墨勤冷著臉從地上撿起護腕，也不管大公子和雲舒之間的爭執，直接說：「雲姑娘，這個護腕妳回去讓身邊的丫頭幫妳戴吧，夜已深，我要休息了。」

雲舒接過護腕，憤憤地看了大公子一眼，二話不說轉身就走。

她心中委屈到不行，大公子無故不理她也就罷了，現在還突然衝進來，說些莫名其妙的話，教她面子往哪兒擺？她不過是一時好奇，想戴上護腕試一試那抓鉤的效果，卻被大公子說得像是「捉姦在床」一般。

雲舒愈想愈生氣，根本沒心思回大廳繼續吃飯，而是小跑著往自己房裡去。

大公子看到墨勤遞給雲舒護腕的時候，大概已經猜到他們在做什麼，臉色越發難堪，見雲舒奪門而出，心中更是焦急，三兩步追了出來。

好不容易在雲舒房門前追上她，大公子拉住她的胳膊喊道：「雲舒，妳身上有傷，別跑摔了！」

雲舒被他拉得猛然停下，她轉頭瞪著大公子，沒好氣地說：「大公子這是在做什麼？不要跟我拉扯不清！」

同樣的話語用在大公子身上，大公子果然覺得不好受，也後悔自己剛剛口不擇言，傷了雲舒。

他不安地鬆了手，雲舒甩了袖子背過身去不理他，好一會兒，她才聽到大公子說：「剛剛是我不對，我道歉。」

聽到他道歉，雲舒心中的委屈更甚，眼眶也忍不住紅了。

「大公子想不理人就不理人，連個理由也不給，如今倒好，連誣賴人也學會了！」雲舒氣得轉過身來，指責起大公子。

大公子見她眼中飽含淚水，一顆心越發揪緊。關心則亂，一向思路清晰的大公子，竟慌亂得口不擇言。「我是怕妳跟墨勤走得太近，傳出些不好聽的話，妳畢竟是有婚約在身的人……」

說完，大公子搖了搖頭。不對……這跟她有沒有婚約不要緊，他就是不樂意雲舒跟墨勤這樣親近！

雲舒聽了又生氣又茫然，難道大公子是因為她那所謂的婚約，所以刻意遠離她？她編出那個理由，是不希望有人插手她的婚事，可是也不想因此為自己加上一層限制。

想到這些，雲舒不由得反語激道：「依大公子所說，我有婚約在身，日後您也不用跟我說話了，沈大當家、徐大哥、顧清甚至大平，你們都離我遠遠的好了！」

「我不是這個意思！」大公子急得向雲舒走近了一步。

雲舒身子一側，滿臉不悅地看著大公子。「那大公子到底是什麼意思？說明白，也好讓我心裡有個數。」

大公子對自己最近的反常心態也不知從何說起，焦躁間，只見屋簷上一條冰凌柱一直在滴水，滴滴打在雲舒肩膀上，於是上前拉住她。「外面冷，我們到房裡好好聊聊。」

雲舒被大公子強拉進房，大公子親自動手撥了撥火盆裡的炭火，讓房間更暖和一些，又把水燒熱，這才和雲舒一左一右相對而坐。

雲舒冷眼看著大公子忙東忙西，也不上前去幫忙。她知道自己今晚的脾氣大了一點，可是她若不刺激一下大公子，依大公子的脾氣，他只怕會一直這麼不清不楚地跟她拗下去。

坐定後，大公子感覺到雲舒態度強硬，不願意搭理他，琢磨著該怎麼開口。思索了一下，他決定從雲舒被墨勤營救的事情說起。

「那日墨勤在山中救了妳，冰天雪地裡，他在樹洞中把妳抱在懷裡，為妳遮風擋雨，用身體幫妳取暖。妳雖然昏迷，但眾人都看在眼裡……過了幾日，他又出現了，妳把他留在身邊，他天天在妳房門外待著，眾人想起山中那一夜的情景，看待他的眼光自然有所不同……」

雲舒這是頭一次聽大公子說起那晚的細節，沒想到在外人看來，有這麼多意思。

大公子繼續說道：「後來妳的傷慢慢好了起來，頭一次出房門，就在院子裡跟墨勤摟摟抱抱……」

大公子頓了一下，很怕「摟摟抱抱」這個詞刺激到雲舒，小心打量起她的神情，見她皺著眉頭在思考，便繼續說：「那天在井邊的事，被大家看在眼裡，結合之前的事，已傳出一些風言風語。偏偏妳沒有察覺，我只好出面阻止。我知妳不拘小節，我卻不喜歡聽到妳被別人編派流言……」

大公子不會無事生非，他既然說私底下有傳言，肯定確有其事，只怕議論的人還不少。

聽了大公子的話，雲舒心中苦悶不已。她這一年來做帳房管事跟男人接觸多了，加上骨子裡的現代思想，導致她漸漸忘了古代女子的一些忌諱。

外人不知道她跟墨勤之間的恩情糾葛，只看到墨勤整天守候在她門前，和他們不合世俗的摟摟抱抱。

雲舒知道大公子因這些事情氣她，心中反而輕鬆了，因為這正表明大公子在緊張她……

雲舒想了想，有些失落地說：「是我的行為不妥，給大公子帶來困擾了。只是我不是小姐，既然出來做事，就沒辦法不跟男人接觸，哪怕有些風言風語，也無可避免。至於墨勤……我以後會多注意一些。」

話已說到這種地步，大公子也不好再說什麼，畢竟雲舒也有難處。

雲舒看大公子眉頭展開，補充說道：「大公子也真是的，這些話早該跟我說，我也好早點知道自己哪裡不妥，您突然對我不理不睬，讓我著急了一陣子，想來想去也不知哪裡惹您不高興。」

大公子促狹一笑，輕聲問道：「我不理妳，妳著急了？」

雲舒下意識地說：「是啊！」

才剛應聲，她忽然覺得不對，再看大公子臉上帶著幾分得意、高興的笑，趕緊改口說：「不對，我才沒有著急！」

大公子已忍不住笑出聲，笑著笑著，目光落在雲舒額頭上。

他站起來走到雲舒面前，伸手撥開她的劉海，查探起額頭上的傷勢。「看起來好像好了一些，還疼嗎？」

大公子很久沒關心過她了，真是久違啊……

雲舒聞到大公子身上淡淡的馨香，突然感到焦躁，趕緊站起身來說：「我的傷早不疼了！我們出來這麼久，再不回大廳，沈大當家就要派人來找了！」說著就推門而出。

當大公子跟著雲舒的後腳跟出去時，顧清原本要跟著大公子，卻被沈柯攔住了。「讓他們兩人單獨處一處，有些話不說開，心結怎麼解？」

顧清也知道大公子悶悶不樂好一陣子，他心中雖然猜測大公子是為了雲舒，卻不能確定。如今聽沈柯這麼講，便肯定了心中的想法，心中一時百感交集。

待雲舒和大公子一前一後回來時，兩人神色都歡愉了很多。雲舒面上有些羞怯，大公子神色則顯得很高興。

沈柯看他們如此，便寬心了。

雲舒坐回席位上之後，看到沈柯不斷打量她和大公子，十分不自在，忙說：「我已經去看過墨勤了，他一個人挺好的，沈大當家不用擔心他。」

「哦！」沈柯現在哪還有心思擔心墨勤？比起來，他更關心雲舒和大公子。

雲舒見沈柯還是饒富興味地看著她和大公子，又說：「我在外面碰到大公子，說了幾句話……」

沈柯笑意更濃。「我又沒問……」

雲舒臉上倏地發紅，她這完全是「此地無銀三百兩」啊！

大公子見雲舒一臉窘迫，也低聲笑了。

第四十九章　雪山虎妞

玉石場的眾人都離家在外，過年沒那麼講究，只想著怎麼一起熱鬧熱鬧。

初一玩鬧了一天，待到初二時，雲舒又提起她拜託沈柯做的雪橇，便說要帶大公子進山滑雪玩。

大公子一聽就皺眉頭。雲舒上回正是進山試用雪橇，才在下山的路上滑到山坡下。「山上到處都是積雪，妳若再跌一跤怎麼辦？等天氣暖了再進山玩吧。」

雲舒頓時無語，等天氣暖了，還怎麼滑雪坐雪橇？「這次我絕對穩穩當當走路，斷不會出事的！總不能因為摔了一次，就再也不爬山了呀。」

大公子沈默著不應她，雲舒想盡辦法誘惑道：「大公子，您不知道，雲頂山有一個山頂湖泊，現在結了厚冰，被白茫茫白雪圍繞著，跟仙境一樣！」

大公子依然不為所動。

「還有，在上山的路上，會路過一片野梅林，臘梅開了整個山頭，香飄十里，不去看看太可惜了！」

雲舒嘴唇都說得發乾了，大公子卻一點都不想改變主意，雲舒看著他面不改色端坐在那裡，有一下沒一下翻動著手中的書簡，頓時覺得無力再勸，只好失望離去。

到了晚上，沈柯找到大公子。「大過年的，你剛跟雲舒和好，何必掃興，大夥兒一起上山玩多好。」
大公子搖頭道：「什麼不玩，偏要進山玩雪橇。不僅上下山路上容易滑倒，到了湖面上，萬一冰層破洞，豈是好玩的？」
沈柯搖手道：「這你就多慮了。山裡的湖面冰凍三尺，拿斧頭鑿都鑿不開，哪會破洞？只要在路上當心一些就好了。而且……這個雪橇，可是雲舒花了心思的，你剛來的時候，她就說山裡沒有好玩的，要我弄個雪橇給你解悶。等做好了，她特地檢查了好幾遍，還親自去試用，偏偏在下山途中跌傷了，這才耽擱下來。等天氣稍暖你就要走，現在她的傷也好多了，正是抓緊時間玩的時候，你卻掃興……」
大公子有一絲動容，畢竟是雲舒特地為他花的心思。可是想到其中的危險，他又猶豫了。
沈柯抓住這一絲機會，補充道：「明日我們多帶一些人，把你的兩個護衛，還有墨勤都帶上，這山路是我們去玉石場常走的，路上再小心一點，能出什麼事？」
大公子終於點頭說：「好吧。」
沈柯勝利而歸，雲舒守在他的房前問道：「怎樣？」
沈柯笑了兩聲說：「我知道大表弟的軟處在哪兒，一戳就中！」
「也就是說，大公子同意了？」雲舒歡喜地問道。
沈柯點了點頭。
「謝謝沈大當家！」雲舒又問：「大公子的軟處在哪兒？沈大當家也告訴我吧！」

沈柯神秘一笑，說道：「這豈能隨意告訴妳？」

雲舒咕噥著說了一聲「小氣」，就回房準備明天的冬遊去了。

大年初三，沈柯和大公子一左一右把雲舒夾在路中間，後面跟著暗羽和墨勤，再命四個壯漢抬上做好的雪橇，牽了四條護院的人犬，一行人浩浩蕩蕩進山去。

雲頂山上的山頂湖已結了厚冰，跟鏡面一樣光滑，映著天上的白雲，襯得特別明亮。雲舒穿了很厚的衣服，披著大紅斗篷，成了蒼茫白色中的一抹紅影。

她知道大公子擔心上山的安全問題，所以老老實實跟在大公子身邊，絕不蹦躂亂跑。大公子見她如此老實，也放心不少，興致就來了。

看著各種樹木上的積雪和冰柱，以及遠處的臘梅林，大公子嘆道：「景色果然不錯，不虛此行！」

雲舒聽了一笑。「還有更不虛此行的呢！」

她手往後邊一指，只見幾個壯漢已經開始把雪橇放到湖邊，並把看護院子的大犬套上籠頭，拴到雪橇上。

雲舒抓住大公子的胳膊，歡喜地說：「走，我們坐雪橇去！」

大公子被雲舒拖上雪橇，並排坐到木椅座位上。

大公子看到這改良版的雪橇，覺得十分新奇，特別是雪橇上高至膝蓋的座位。這個高度坐起來十分舒適，駕馭前面的大犬也很順手。

坐好之後，雲舒探過身，從大公子背後拉出兩寬帶子，繫到大公子腰上。

「這是什麼？」大公子好奇地問道。

「安全帶！安全第一！」雲舒見大公子又好笑又好氣的模樣，自己也笑了起來。

拉雪橇的四頭大犬受過訓練，雲舒拿起韁繩，輕輕一抖，狗兒們一下子就衝了出去。寬闊而光潔的冰面上，雪橇如電般飛馳，耳邊風聲呼嘯而過，景色都被拉成了線條，從眼前飛速閃過。

自從到了古代，雲舒就沒感受過這種速度，禁不住興奮地呼喊出聲。

大公子被雲舒的興奮感染，也朗聲笑了起來。

沈柯環著雙手站在湖邊的樹下，聽著湖面上傳來的歡聲笑語，跟著笑了幾聲。他用手肘戳了戳身旁的墨勤，問道：「墨大俠，你看我大表弟跟雲舒姑娘兩人，和樂融融的，簡直像對小夫妻，是吧？」

墨勤雖寡言少語，但他心思很通透，他日日陪在雲舒左右，大公子的一舉一動，他自然也看到了，所謂旁觀者清，墨勤大概比雲舒還要了解大公子對雲舒的態度。

「桑公子用心良苦，必能心想事成。墨勤心中明瞭，請沈大當家放心，我只為報恩，別無所求。」

墨勤說得如此明白，沈柯反而有些不好意思，尷尬地笑了兩聲，就見雪橇停在附近。

大公子拉著雲舒下了雪橇，兩人還在說笑。

沈柯迎了上去，大公子對沈柯說：「她原來還有這麼瘋的時候，真是不能小瞧，叫喊聲只怕山的另一頭都聽到了。」

雲舒笑道：「興之所至，那麼拘謹做什麼？開心就好！」

沈柯也附和道：「開心就好！」

一眾人順順利利玩到午後，大夥兒見雲層變得低沈烏黑，只怕雨雪要來，便開始收拾東西準備下山。

在下山的路上，隊伍裡幾隻大犬突然不安分起來，對著一片林子狂吠，還不斷蹦跳起來，想要撲過去。

看到這種異狀，墨勤冷靜地說：「怕是有野獸出沒，大家小心。」

一層冷汗從雲舒背後冒出，大冬天的遇到野獸，她運氣是不是太「好」了一些……

護院犬的狂吠聲此起彼伏。墨勤和暗羽則呈三角形把大公子、雲舒、沈柯三人護在中間。

幽深的樹林中，一頭黃色斑點大虎踏著雪出現在眾人眼前。

雲舒倒吸了一口冷氣，那是活生生的老虎啊！

只不過，這隻老虎有點奇怪，看起來似乎很胖，但身上的皮肉十分鬆弛，給人一種疲憊病弱的感覺。可那虎目凌厲、齜牙咧嘴的模樣，實在讓人生畏。

「嗷嗚」一聲虎嘯從牠的血盆大口吼出，整個山林似乎都顫抖起來。冬天很難尋到獵物，這隻老虎肯定餓極了，不然見到這麼多人，哪還敢出現！

雲舒很沒出息地有點腿軟，不自覺往後退了一步。大公子捉住她的雙肩，支撐著她，安慰道：「別怕，沒事的。」

雲舒點點頭，不停安撫自己：他們有四頭約半人高的大犬、幾個大男人，還有武功高強的三個護衛，一隻老虎而已，沒什麼好怕的。

拉著大犬的幾人互望一眼，同時鬆開手中的繩子，四隻大犬頓時毫無畏懼地撲了上去。

沈柯看著四犬和一虎互相攀咬，對大公子和雲舒說：「你們別怕，這些狗在山裡長大，經常跟人進山狩獵，比狼崽子都狠。」

雲舒聽到沈柯說話的語氣不是那麼肯定，很是勉強地笑了兩下。

三十步外，那隻吊睛大虎一巴掌拍飛了一隻大犬，可是牠寡不敵眾，另兩隻大犬分別從背面和側面咬住牠的背和身子，第四隻則在正面齜牙咧嘴，作勢要撲上去。

又一隻大犬被老虎按在爪子下面，老虎張嘴叼住牠，就要撤退。

墨勤看這情景，二話不說拔出寬劍，衝上前去。雲舒嚇了一跳，只來得及喊出一聲「小心」，就看到樹林中劍光飛閃，致命的一劍從脖子後面插進了老虎的身體裡。

老虎吃痛而絕望地嗚咽了一聲，身子搖晃了兩下，轟然倒地。

見老虎死了，眾人原本懸著的心也放下了。

玉石場的壯漢已喜孜孜地跑上前去，拉起大犬對墨勤說：「墨大俠好本事，一劍就刺死了山中大王！兄弟們，來把老虎抬下山，這張虎皮值不少銀子啊！」

男人們歡喜地收拾起虎屍，雲舒站在一旁不忍觀看，背過身去。

樹林裡傳來沙沙聲響，像是風聲，卻又斷斷續續。雲舒好奇地往裡走了兩步，眼前的景象卻讓她愣在原地。

樹叢前，一個年約一歲的孩子光著身子，裹著一床小棉被，懷裡抱著一隻黃色的幼虎，一人一虎依偎在一起互相取暖。

他們看到雲舒，都露出警戒的神情，幼虎更是齜牙咧嘴地朝雲舒揮舞爪子。

「大、大公子，快來看！」雲舒的舌頭，一時之間竟有些不靈光。

大公子匆忙趕來，看到那孩子和幼虎後，也愣在當場。

「這……這可怎麼辦？」雲舒焦急地問道。他們剛剛獵殺的那隻大老虎，是這兩個孩子的「媽媽」，沒了成年大虎，孩子和幼虎在這大冬天，只有凍死和餓死的下場。

雲舒望著大公子說：「把他們帶回去吧，總不能就這麼放著不管。」

大公子點了點頭，伸手叫來兩名暗羽，要他們把幼虎和孩子抱起來。

那兩人剛開始也是愣了一下，最終還是把孩子與幼虎抱在懷裡。

孩子和幼虎開始反抗，不斷用拳頭和牙齒攻擊兩名暗羽，可他們力量小，根本徒勞無功。

眾人抬著虎屍，抱著兩隻幼崽匆忙下山，回到營地，雲舒叫來丹秋，要她把孩子清洗一番，並用乾淨的衣服包起來。

沒多久，丹秋抱著孩子衝進房來，抱怨道：「雲舒姊姊，這哪裡撿來的孩子？跟野獸似的，張嘴就咬！」

雲舒開心地接過孩子，因怕他咬人，丹秋就在旁邊抓著孩子。

「男孩還是女孩？」雲舒問道。

「女孩。」

雲舒看著頭髮及肩的女嬰，對丹秋說：「這是從虎窩裡撿回來的孩子，只怕是被父母扔了，讓老虎捉回去養活的。」

女嬰黑瘦的臉上，一雙大眼睛跟黑珍珠似的，格外明亮好看，可眼中顯露的怒意卻讓人發慌。

丹秋忐忑不安地說：「唉呀，雲舒姊姊，妳看這孩子的眼神，嚇死人了！」

雲舒對著女嬰笑道：「她是沒見過人，心中說不定很害怕，臉上裝得這麼凶，只是本能而已。走，我們抱著她去看看她的虎弟。」

那隻幼虎被放在柴房，一群男人圍著觀看，大平手上則拿著一根殘餘了些肉的骨頭在逗弄牠。

見雲舒來了，眾人紛紛讓開，大平興奮地說：「雲姊姊，這老虎真好玩，把牠給我好嗎？」

雲舒摸了一下大平的頭說：「老虎是猛獸，豈是好玩的？等牠大一點，要放回山裡。」

雲舒懷裡的女嬰看到幼虎後就不安分起來，雲舒知道她的意思，便把她放到幼虎旁邊。果然，這兩隻幼崽立刻緊緊抱在一起，互相依偎，幼虎甚至還把大平給牠的骨頭塞給女嬰。

看到這個情景，雲舒心頭不禁一暖。

雲舒轉頭對大平說：「大平，去找徐大哥，要他幫我找一個大點的籠子，再弄些小棉被和小孩的衣服來。」

大平忙不迭跑開了，雲舒則帶兩個幼崽回房。等找來籠子和棉被之後，雲舒做了一個簡單的窩，把兩個幼崽放了進去。

她看著他們緊緊抱在一起的樣子，對丹秋說：「暫且讓他們待在一起吧，等慢慢跟我們熟了，再將孩子和老虎分開。」

丹秋怯怯地問：「妳的意思是，這兩個東西就睡在我們房裡了？」

雲舒點頭道：「柴房太冷，他們還小，吃不消的。妳若害怕，晚上睡覺的時候，我就把籠子鎖起來。好了，去廚房弄點熱粥來，他們肯定餓了。」

雲舒不亦樂乎地照顧這兩個小東西，大公子和沈柯分別來看了一次，見一切還好，略微放心。

「大公子，您說這孩子叫什麼名字好呢？總得有個名字吧？」雲舒問道。

大公子見雲舒母愛迸發，低頭笑著說：「妳幫她取吧。」

雲舒有些為難。「這孩子全身上下也沒個信物或者標記，不知道姓啥名啥……」她低頭想了想，說：「既然是老虎收養的孩子，又是女孩，那就叫虎妞吧！」

大公子自然沒有意見，附和道：「好，就叫虎妞。」

雲舒探過身子，在籠子外伸手拉虎妞的小手。「虎妞、虎妞，以後妳的名字就叫虎妞了哦！」

手。

虎妞使勁想把手收回去，無奈抽不出來，正著急的時候，幼虎突然撲過來，要抓雲舒的手。

雲舒手腳很快，迅速縮了回來，才逃過那一爪。她頗為不滿地瞪了幼虎一眼，哼道：「小東西，你們還真是姊弟同心！」

這句「姊弟同心」觸動了大公子的情懷，他的思緒一下子飄到長安，擔心起遠在長安的桑招弟……

桑招弟年前和韓嫣訂了親，因大公子不在家，主要靠韓嫣操持，一時之間，整個人顯得老練了不少。

年後，劉徹招韓嫣進宮玩，談話間關心起他的婚事。

「婚期訂在什麼時候？」

韓嫣把腿蹺到案桌上，一副吊兒郎當的模樣。「我娘跟桑家二夫人商定的日期是三月二十二，只不過不知道桑弘羊那個時候趕不趕得回來。我跟招弟商量過，若桑弘羊到時趕不回來，我們就把婚期再往後延一延。」

劉徹聽到韓嫣親暱地稱呼桑大小姐為「招弟」，不禁挑了挑眉，戲謔地說：「看來你跟桑大小姐果真如傳言中所說，兩情相悅、情比金堅？」

韓嫣笑了笑說：「她是個聰明本分的女子，我會好好待她的。」

劉徹更覺得新奇，不禁問道：「你之前挑了一年，誰家的小姐你都不滿意，我還以為你要挑個世上獨一無二的奇女子才肯娶，沒想到最後挑中了桑弘羊的姊姊。你倒是說說，這位桑大小姐怎麼就合你心意了？」

韓嫣沒立即回答劉徹，想了想，淡淡地說：「她就是世上獨一無二的……」

劉徹看到韓嫣這樣子，嘖嘖稱奇。「桑家的人不得了，朕原以為一個少年老成的桑弘羊已屬難得，沒想到桑家的女子也如此神奇，讓你這個沒心沒肺的東西轉了性。」

見韓嫣默不作聲，似是不想議論桑招弟，劉徹就改了話題，問道：「說來，桑弘羊去了這麼久，也不知道什麼時候回來，怎偏偏挑過年的時候去北邊……」

韓嫣想起桑招弟求他的一些事，就替桑弘羊開解道：「上林苑開春就要正式動工了，他也只有這兩個月趁著凍土的時間去挑馬，忙得連家都不能回，皇上也不體恤一番。」

聽到韓嫣這番話，劉徹笑得拍起案桌，說：「不得了了，你小子還沒成為他的姊夫呢，就這麼袒護，以後你真的娶了妻，那還得了？」

韓嫣被笑得不好意思，也拍起桌子吼道：「一碼歸一碼，我說的可是正事，皇上別笑！」

兩人鬧了一會兒，劉徹這才冷靜下來，用手肘頂了頂韓嫣。「你老實告訴朕，桑弘羊這次走得這麼急，連進宮跟朕辭行的時間都沒有，他去太原郡，到底是做什麼？」

韓嫣抬眼看了看劉徹，清了清嗓子說：「不是說去幫上林苑挑馬嗎？其他的我哪知道。」

劉徹見韓嫣裝傻，冷笑道：「你別跟朕來這一套，他急匆匆走了，長姊的訂親禮不參加，連過年也不回來，朕就不信他姊姊沒跟你說緣由！」

韓嫣一時有些為難，他不能再瞞著皇上，若讓皇上覺得他和桑弘羊合謀欺瞞他，只怕兩人以後的日子都不好過。再者，桑弘羊身邊有暗羽，等他回來之後，皇上只要問暗羽，就知道桑弘羊究竟做了什麼、見了什麼人。

思忖間，韓嫣就說：「皇上，還記得桑弘羊身邊那個丫鬟嗎？」

劉徹皺眉想了想，記起那個之前在韓嫣生辰宴上穿七彩錦衣的女子，很長一段時間不見，倒忘了叫什麼名字，連面容也有些模糊。

「你是說那個叫雲什麼的丫鬟？」

韓嫣點頭道：「嗯，雲舒。她被桑家派去太原郡做帳房管事，聽說在馬邑遇上匈奴人，失蹤了幾天。桑弘羊急到不行，放心不下，趕過去看看。」

劉徹若有所思地微微頷首。桑弘羊離開的時間跟馬邑被匈奴人洗劫的時間差不多，看來的確是因為這件事。

劉徹思量道：「一個丫鬟竟然能夠當帳房管事，還能驚動桑弘羊親自跑去找她，有意思、有意思……」

韓嫣在一旁說道：「人活著才有意思，若被匈奴人殺了，再有意思，也變得沒意思了。」

說起匈奴，劉徹心中滿是恨意。「背信棄義的畜生！朕早就說過，即使二姊嫁過去，也無濟於事，偏偏犧牲了二姊的一生換取這幾年的安寧，叫我等男兒顏面何存！」

韓嫣一時語塞，劉徹的二姊南宮公主在劉徹登基前遠嫁匈奴，劉徹每每想起，總會發一頓脾氣。

劉徹緊握著雙拳，捶桌說道：「總有一天，朕要把二姊接回來，把匈奴人趕出大漠，教他們再不敢侵犯我大漢河山！」

第五十章 歲月匆匆

北方的春天來得格外晚，二月初，雲頂山中依然白雪茫茫，但大公子已不得不準備啟程返回長安。

雲舒擔心路上不好走，原本想勸大公子等冰融開河之後再回去，然而念及長安中的紛紛擾擾，挽留的話便說不出口，只得開始幫大公子收拾行李。

雲舒不能回長安，就讓大公子幫她捎帶兩件禮物給韓嫣和桑招弟，當作他們的新婚賀禮。

雲舒送給韓嫣的是一件從匈奴那邊弄來的狼皮大氅，皮草非常好，又找了工匠仔細製作。雖然沒花雲舒幾個錢，但要是拿到長安去賣的話，只怕相當昂貴。

送給桑招弟的是一套玉石首飾，樣式是她親手設計的蝴蝶。雲舒雖知道桑大小姐不缺這些，但不管珍貴不珍貴，都是她一番心意。

大公子看了雲舒準備的兩樣禮物，連聲稱讚。聽見他這樣說，雲舒也就放心了。

臨行前，大公子又派人去葛大爺那裡取了訂製的馬鞍、馬鐙，並去馬六的馬場複查訂下的馬匹後，終於決定正式起程。

冬末時節，天色一直陰陰沈沈，不見雨雪，但也不見太陽。

一大早天剛亮，沈柯備好了馬車和馬夫在營地門口等著，過了一會兒才見到大公子和雲舒等人從房中出來。

顧清、丹秋開始把大公子的行李物品往馬車上裝，雲舒則跟在大公子身後半步，叮囑他路上注意保暖、不要急著趕路而誤了投店歇息的時間等事。

沈柯走過去對雲舒說：「好了，該叮囑的話妳已經反覆說了兩天，大表弟又不是小孩子，哪裡還要妳擔心這些。」

雲舒聽了只好閉嘴，但心中卻覺得十四、五歲的大公子在她眼裡，就是個孩子嘛！

大公子認真地看了雲舒兩眼，說道：「我這就走了，妳不要擔心我，等我回到長安，就會報平安，妳小心照顧好自己。」

雲舒點了點頭，又幫忙清點物品，見沒什麼遺漏的，才送大公子上馬車，依依不捨地跟他揮別。

因汾水上游冰封，大公子先是乘馬車而行，待到了太原才換船走水路。但有的河段或淺水、或冰封，不時需要上岸換行，導致他們用了很長一段時間才回到長安。

緊趕慢趕，大公子總算趕上桑招弟和韓嫣訂於三月的婚禮。

待雲舒收到大公子報平安的書信時，已是五月時節。

雲舒穿著杏黃的春衫在窗前的榻上看信，腳上忽然傳來一陣癢，回頭一看，是虎妞和小虎兩個正在玩她的腳丫子。

她縮回腳，抱起虎妞往外走，小虎跟在她腳邊，一起來到墨勤和大平住的房間。

雲舒探頭進去，看到大平正在墨勤指點下，在房裡拿著木棍比劃招式。她衝他們招招手，說道：「大平，來幫我照顧一下虎妞和小虎，我要出去一會兒。」

大平眨著眼睛看看虎妞，再瞧瞧地上的小虎，勉為其難地點了點頭。

自從雲舒收養虎妞之後，虎妞犯下的罪行數不勝數，不是把衣服撕爛，就是咬了誰的手，或是抓花誰的臉。

丹秋如今見到虎妞，會直接繞行避開，雲舒知道丹秋不喜歡虎妞，只好拜託大平來照顧她。大平很喜歡小虎，看在小虎的面子上，他尚能勉強接受虎妞。

雲舒見他把一歲多卻只會爬行的虎妞放到床上，而後抱起小虎一起在床上玩後，這才去馬棚牽馬。

墨勤從房裡出來，跟著雲舒來到馬棚備馬。「雲姑娘要下山嗎？我隨妳一起去吧。」

雲舒知道墨勤也怕孩子吵鬧，便笑著應了。

他們兩人騎馬來到婁煩的馬場之後，正好見到馬六和馬場的幫工在河邊放馬。

馬六見雲舒來了，就迎上前去，說：「雲姑娘來啦！」

雲舒見馬兒們在河邊喝水、吃草，一切都很好的樣子，滿意地對馬六說道：「長安取馬的人這兩天就要到了，要人把馬棚好好收拾一下，並準備好待客的東西，別出什麼紕漏。」

這是馬場第一筆大生意，馬六很重視，聽說取馬的人就快來了，自然有些激動。

「雲姑娘，第二批馬這兩天也要到了，也是匈奴的良馬，長安的貴客來了之後，不如讓他們把新貨一併看了吧！」

雲舒只管投資和銷售管道，其他的她不太懂，全權交給馬六打理，便說：「新貨到了之後，你要先驗一驗，若馬匹沒什麼問題，給他們一併挑選也可以。」

墨勤這是第一次來雲舒的馬場，他看著遠處的馬，問道：「妳跟匈奴人做生意？」

雲舒聽出墨勤語氣中的難以置信，她淡然一笑道：「嗯，這些馬都是從匈奴人手中弄來的，我給他們糧食，他們給我馬。」

墨勤瞪大了眼睛，飽含憤怒和吃驚地看向雲舒。

雲舒瞧見他的神情，緩緩說道：「匈奴人沒了糧草，會直接入關來搶，不如和他們做生意，各取所需。得了良馬，配出良種，我們的馬才能跟匈奴的馬一樣肥壯，這樣就能追上他們，狠狠地打，不是嗎？」

墨勤被雲舒說得語塞，雖然隱約覺得她說得有道理，但他心中的民族大義又讓他覺得不能接受。

雲舒對這種情形早有預料。往小處說，她是邊關走私，往大處說，她這是趁戰亂發戰爭財。之前大公子沒跟她細究，已屬難得，像墨勤這般覺得不能理解，更是情理之中。

不過她沒打算強行扭轉墨勤的想法，只是笑著對他說：「放心，我是不會讓匈奴人從我這裡撈到好處的！」

墨勤雖然覺得不舒坦，但這畢竟是雲舒生意上的事，他在保護雲舒之前就保證過不干涉、不洩漏她的事情，又聽雲舒把話說到這個分兒上，只好把內心的想法壓了下來。

此時他忽而想到一件放在心底很久的事，於是難得主動開口對雲舒說：「雲姑娘，大平想跟著我習武，這件事情妳拿個主意吧。」

大平的爹娘不在身邊，他跟著雲舒學管帳，雲舒算他半個師父，他的事情，墨勤自然要來問她。

「哦？大平喜歡習武？」雲舒詫異地問道，再想到大平平時總是拿著樹枝亂比劃，心中已有了打算。

大平除了學習管帳，其他時間一直跟著墨勤，多多少少受了些薰陶，雲舒覺得男孩子學些功夫，強身健體也好，便欣然同意了。

從長安來領馬匹的人次日來了，是一小隊官兵。許是大公子提前安排好了，那些人看了馬之後，並未多說什麼，爽快地結清了餘下的款項。

跟官方的人做生意沒風險，馬六看他們給錢給得這麼乾脆，歡喜得嘴都合不攏，硬是伺候他們多等了兩日，另外看了一批新到的馬匹。

婁煩的一切都很順利，玉石場開採量節節高升，馬場生意也蒸蒸日上，雲舒一門心思都放在賺錢上，日子過得康泰而平順。

可惜，長安城中的諸人卻沒這般清福可享……

建元三年春，上林苑動土開工，同年，桑招弟嫁入韓家，帝后親臨婚宴，堪稱長安一大盛事。

上林苑擴建完畢後，劉徹建期門軍，領軍入上林練兵。

建元五年，桑家的玉石金店在長安開張。

建元六年，竇太皇太后病逝，劉徹正式執政，朝廷風雲突變，各諸侯王也蠢蠢欲動……

次年，劉徹改年號元光。

第五十一章　重返長安

元光元年的春天，已經長成大男孩的大平，踏著木椿跳進雲頂山的小營地，對帳房中的雲舒喊道：「雲姊姊，長安來信了！」

這幾年雲舒生意做得順暢，人也養得很好，以前枯黃的頭髮如今漆黑如墨，皮膚也變得白淨如脂。她坐在帳房的書案前，長長的頭髮散落，襯在紅色的春衫上，格外醒目。

「咦？這個月的信這麼早就到了？」雲舒微微有些訝異。

大公子每個月都會寫一封信給她，收信的日子幾乎是固定的，沒料到這個月信來得這麼早。

大平將裝著竹簡的密封竹筒遞給雲舒。「不是大公子的人送來的，是洛陽桑老爺送來的信！」

「哦？」雲舒抬起白淨的臉驚詫道：「老爺怎麼會寫信給我？」

婁煩跟洛陽的書信往來，一般都是商務來往，即使有信，也應該是送給沈大當家。

雲舒用小刀劃開蠟封的竹筒，取出裡面的書簡仔細看起來。

大平跟著墨勤學了幾年武藝，各方面都有很大的長進，雲舒幾不可聞的嘆息聲也逃不過他的耳朵。

「雲姊姊，出什麼事了？」

雲舒笑著望向他說：「你離家好幾年，想爹娘了嗎？」

大平驚訝地看向雲舒，卻聽雲舒帶著笑意說：「出門在外好幾年，我們是時候回長安了……」

「真的？」

雲舒晃著手中的竹簡說：「老爺派來的調遣令，哪能有假？」

大平歡喜地原地翻了一個跟斗，隨即跑出去找丹秋等人說這個消息去了。

雲舒靠到身後的錦枕上，忽然覺得有些不真切。

她在婁煩這個偏遠的地方，一待就是五年，她熟悉了這裡的人和事，甚至習慣了這邊的寒冷天氣。這裡有她獨霸一方的販馬生意，還有她用慣了的人，突然之間要走，她還真得好好籌劃一番……

長安桑府的竹松園中，春筍在春雨過後破土而出，大公子看著小丫鬟們在院內挖竹筍，忽然說道：「已經到春天了，河運應該開通了吧？」

正在向他回稟事情的兩名管事一愣，停下正在報告的事情，說道：「回大公子，河運已開，太原郡林場中的木料已沿河運送過來了。」

大公子點點頭，收下他們稟事的竹簡後，揮手要他們下去。

這幾年來，大公子在長安各種事務中，歷練得越發沈穩。只不過，他的臉上除了掛著客氣、疏離、習慣性的淡笑外，極少浮現出真正的笑容，可就是今天，在一旁伺候的顧清竟然看到大公子對著窗外的春意，莫名其妙地笑了起來！

顧清好歹是跟了大公子多年的心腹，大公子的心事，他仔細一想就能猜到，便湊上前去說：「老爺的調派令只怕已經送到了婁煩，雲舒快回來了吧？」

大公子臉上喜色更甚，對顧清點頭道：「應該就是這兩個月的事情了。上次見面，竟然已經是四年前的事情了，也不知她如今怎樣……」

他每月都固定向婁煩發一次信函；但凡有太原郡的人進長安稟事，不管跟婁煩有沒有關係，他總會把人叫到面前親自過問；朝廷每次要購馬，第一個就是派人去雲舒在婁煩的馬場挑選。

這一切的一切，顧清都看在眼裡，想到讓大公子如此牽腸掛肚的人，他問道：「大公子，雲舒回來之後，是住在府裡還是府外？」

雲舒如今是帳房管事，不是丫鬟，她這次回長安也是到金店做事，而不是貼身服侍大公子，按理說來，沒有住在府內的道理，不過大公子卻有他的思量。

自從卓成逃獄後，五年來再也沒有他半點消息。雖然大公子多方派人打探，但他就這樣消失在茫茫人海中。

五年的時間足以讓人事皆非，雲舒回到長安，幾乎不可能再遇到卓成，然而即使如此，大公子也不敢掉以輕心，只想把雲舒放在自己的眼皮子底下。

「住在外面不安全，還是府內妥當一些，把春榮樓收拾出來給她住吧。」大公子吩咐道。

顧清微微有些吃驚。

春榮樓是大小姐出閣前住的園子，即使大小姐已經嫁人，也一直為她留著，沒想到大公子想讓雲舒住在那裡。

「她回來之前應該會提前派人送信，這兩天著人去城門候著，一有消息就告訴我。」大公子又說道。他真是迫不及待想見到雲舒了！

「是！」顧清領命而去。

四月春光正好，長安城門下熙熙攘攘，不斷有人出外踏青，也有人進城做生意。守城的衛兵象徵性地執戟站成兩列，看著進出城的人群。

當一輛風塵僕僕的馬車鑽進城門時，一名衛兵突然聽到馬車中傳出一聲不尋常的低吼，見有異常，士兵放下長戟攔住馬車吼道：「停車，盤查！」

車夫一愣，與身邊的少年對視一眼，只好無奈地停下馬車。

見有衛兵要查，坐在車夫旁邊的少年機靈地跳下車，往跟在他們後面不遠處的另一輛馬車跑去。

少年對後面的馬車低聲喊道：「雲姊姊，不好了，小虎還是露餡兒了！」

雲舒暗嘆一聲「不好」，果不其然，下一刻就聽到城門口傳來士兵聲嘶力竭的喊聲：「老虎……有老虎！」

有人尖叫著跑開，也有好事者圍上去想一探究竟，這股騷動頓時讓城門堵得水泄不通。

城樓上的衛兵匆匆下樓，撥開人群，一個個拔出刀劍，把馬車團團圍住。

雲舒從後面擠上來，對著士兵喊道：「刀下留情、刀下留情，這老虎不吃人的！」

一個年輕官兵滿臉難以置信地從城樓上走下，看看雲舒，再瞧瞧馬車裡的老虎，問道：「這老虎是妳的？」

雲舒走上前站到馬車旁說：「是呀，這是我的……寵物……」

年輕官兵更覺得不可思議，高聲問道：「妳養老虎當寵物？」

雲舒理解眾人的感受，老虎是山林猛獸，怎麼能當作家畜豢養呢？可她實在沒辦法，這才把小虎帶到長安，這一路上的艱辛，她真是不想再提……

在她收整東西準備離開婁煩時，為小虎這隻黃斑大虎傷了不少腦筋。她想把小虎放回山林，虎妞卻哭著不同意，而且即使小虎偷偷被雲舒放走了，到晚上也會自己回來。

無計可施之下，雲舒就把小虎一併帶上，自從離開婁煩，就把小虎關在木箱裡偷偷裝上船。不幸的是，小虎不可能不吃不喝、不拉不撒，牠在船上被人發現過兩次，船夫直接把他們趕下船，雲舒只好再做掩飾找其他船。

辛辛苦苦到了長安，雲舒看著有人把守的城門，對小虎說了好久的話，拜託牠安安靜靜坐馬車進城，千萬不要發出聲響，沒想到牠還是沒聽懂……

「這位軍爺，這隻老虎從出生就是人養的，一點也不凶，更不吃人，您看……」

說著，雲舒就彎過身，伸手在小虎頭上揉了兩下，小虎舒服地張開嘴，伸出舌頭舔了舔嘴巴，卻把周圍一干人等都嚇得倒退了幾步。

年輕官兵不斷地打量雲舒，心中嘖嘖稱奇，這女子竟有這般的膽子，敢把老虎養在身邊！不過稱讚歸稱讚，他怎麼可能會放一隻活的老虎進城？這可是帝都長安，猛獸絕不可入內！

不管雲舒再怎麼解釋，年輕官兵手一揮，幾十名官兵便用鐵鏈等物拴住小虎，並將雲舒眾人押走。

大公子得到消息時，正從宮中辦事出來，等他趕到長安府衙，天色已暗。

收押室中，雲舒坐在草蓆上，無聊地編稻草玩，虎妞時不時伸手過來搶雲舒的稻草，把她剛剛編好的東西破壞掉，反反覆覆，樂此不疲。

丹秋抱著手臂在一旁看著虎妞，氣呼呼地說：「我當初就說不可能把小虎帶進京城，妳偏狠不下心，這下可好，到長安來坐牢！」

已經五歲的虎妞嘟著嘴說道：「不許把小虎丟掉！把妳丟掉！」

丹秋氣到不行，叫道：「妳這壞東西，是誰每天餵妳吃喝，妳還說要把我丟掉！」

雲舒已經習慣她們這種相處模式，只笑著說：「之前不是見到顧清了嗎？他說他去找大公子了，大公子一定會帶我們出去的。」

對於這一點，丹秋很相信，大公子肯定會來救她們的！

兩人正說著話，一行官兵舉著油燈推開收押室大門，一個穿著郎衛輕甲、腰繫長劍的挺拔青年疾步走了進來。

雲舒看著眼前之人，目瞪口呆了半晌，才喃喃喊道：「大公子？」

大公子燦然一笑。「怎麼，不認識了？看妳們這狼狽樣，還不快跟我回去？」

雲舒從地上站起身來，一臉不敢置信地打量著軍官打扮的大公子。

她忽然記起來了，大公子今年已十九歲，自十五歲開始，他就被編入劉徹後宮的郎衛之列，也是一名軍官。

大公子當初給她寫信說起這些事的時候，她看看也就罷了，並未仔細思量，如今時隔四年再見大公子，竟是不敢相認。

以前跟她差不多高矮的大公子了，已比她高出一個半頭，她偷偷仰望著大公子，再也不敢說他是小孩子了！

大公子看著雲舒，也有些恍惚。雲舒的五官分明沒變，可是看起來卻跟以前大為不同。她微微有些侷促地站在他面前，女兒家的身態一覽無遺，哪裡還是之前那個黃毛丫頭？

之前關押雲舒的軍官走上前來，對大公子抱拳道：「桑大人，事情已經辦妥，你們可以走了！」

大公子回身抱拳謝道：「有勞！」而後望著雲舒笑道：「發什麼呆？難道還想在這裡用晚膳不成？」

雲舒不太好意思地笑了笑，說：「一回來就給大公子添麻煩，怪不好意思的。」

大公子拍拍她的頭說：「跟我如此客氣做什麼？走，回家！」

雲舒被他這麼一拍，更是愣在原地，直到虎妞抱著她的腿喊道「姊姊，這個大哥哥是誰」時，她才回過神來。

雲舒牽著虎妞走出門，上了馬車，才跟虎妞說：「這是姊姊以前服侍過的公子，也是妳的恩人，當初把妳和小虎撿回來的時候，他也在呢！」

「虎妞不記得了！」虎妞天真地說道。

雲舒失笑，虎妞當時不過是個一歲左右的孩子，當然不記得了。

虎妞又補充道：「大哥哥真好看，比平哥哥和墨叔叔都好看！」

其實雲舒也這麼覺得。以前大公子還小的時候，她就覺得大公子五官長得很俊逸，如今長大了，越發帥氣，剛剛穿著軍甲的模樣，著實讓雲舒感到震撼。

待他們回到桑府，顧清就帶著雲舒在春榮樓安置好。這園子當初是雲舒佈置的，樣子跟當年差不多，就是園裡的樹木茂密了不少。

大平思家心切，雲舒便讓他回去看父母弟妹去了。

顧清看到他們行李不少，就說：「雲舒，我叫幾個丫鬟過來幫妳收拾東西吧。」

雲舒忙說：「不用，我在這裡歇一夜，明天就搬出去了。」

「搬？搬去哪裡？」大公子換了居家常服來到春榮樓，比剛才穿軍甲的樣子要親和斯文不少，不過他此刻卻是凝目看著雲舒，追問住處的事情。

雲舒答道：「我既然是來長安做管事，就沒有一直打擾大公子的道理，我已讓墨勤在長安的師弟們提前幫我找了院子，等明天聯繫到他們，就知道院子租在哪裡。」

大公子皺眉道：「妳的住處我已安排好了，就是春榮樓，這麼大的府邸，哪還需要妳出去住？」

雲舒知道大公子是一片好意，可又覺得住在內院不方便她進出辦事，還是自己在外面租個小院子比較方便。

正考慮著該如何跟大公子解釋，雲舒就聽見大公子不高興地說：「四年不見，妳一回來就要跟我這樣見外嗎？」

看著大公子傷心失望的神情，雲舒什麼話也說不出口，只好說：「那……只好叨擾公子了……」

墨勤被顧清安置在外院和男丁們一起居住，虎妞、丹秋依然跟著雲舒，雲舒謝絕了大公子要給她撥幾個丫鬟的事情，只說這幾年習慣了這麼過，有外人反而會覺得彆扭。

待安置妥當，虎妞突然開始叫了起來。「小虎呢，小虎怎麼不見了？」

他們是被大公子從長安府衙領出來的，於是雲舒用詢問的眼光看向大公子。

大公子答道：「老虎在外院，我找人看著，準備明天再跟妳商量怎麼處置。」

雲舒瞧瞧虎妞，再看向大公子，說道：「大公子，要不讓人把小虎送到春榮樓來吧，虎妞跟小虎一刻都沒分開過，見不到牠，這孩子只怕不會安生。」

大公子略微擔憂地問道：「妳確定？我看那老虎已經成年，感覺很危險。」

雲舒忙說：「不要緊，牠是被我餵大的，跟貓一樣溫順，一點也不危險。」

跟貓一樣溫順？大公子不敢置信地看向雲舒，幾乎懷疑她說的真的是一隻老虎嗎？

因雲舒等人回到長安，桑府一下子熱鬧了起來。

桑招弟出嫁後，二夫人就帶著一票人回到洛陽，只剩下大公子、陸笠父女居住在這裡，如今又多了一批人，人氣立即旺了不少。

大公子每天早出晚歸在宮中忙碌，但想到家裡有熟悉的人，他倒也不擔心雲舒。

陸笠、吳嬸娘見到雲舒之後很高興，都問她這幾年過得好不好，而一旁，阿楚、三福、小順幾個孩子，一臉高興而好奇地望著雲舒。

幾個孩子都長大了，雲舒問他們記不記得自己。小順和三福年齡稍大，還記得，連忙點了頭，阿楚則有些懵懂，記不太清楚，只覺得對雲舒很熟悉。

虎妞身邊一直沒有玩伴，只有一隻小虎陪著，雲舒看到這裡有這麼多孩子，就讓大平帶著虎妞跟阿楚他們一起玩，希望她多跟人接觸，祛一祛身上的「虎氣」。

虎妞膽子大，倒也不怕生，很主動地上前拉著阿楚，要帶他們去看小虎，嚇得大平急忙攔住，不讓小虎見生人，生怕出什麼意外，只帶他們去屋外跳繩。

等孩子們出去了，吳嬸娘一臉感激地拉著雲舒的手說：「妳把大平教得這麼好，讓我不知怎麼感謝姑娘妳才好……」

大平這幾年的確很有長進，時常幫雲舒做帳，做事有分寸、有條理，讓雲舒很滿意。而且他還跟著墨勤練武，身體和氣質都比街上亂混的小子要好很多。

雲舒笑著說：「大平本身就懂事，又肯學，我並沒有操什麼心。何況嬸嬸肯讓大平去那偏遠的地方找我，就是信任我，我又怎能辜負嬸嬸的信任？」

吳嬸娘一直念著雲舒的恩情，當下也不多說，只想著以後要和孩子們一起全心為雲舒做事，慢慢報答這恩情。

陸笠在一旁問道：「妳這幾年身體還好吧？」

雲舒笑著謝道：「多虧了先生的配方，真是我的救命藥。」

這話聽在吳嬸娘耳中，嚇了一大跳，臉色都白了。「姑娘身體哪裡不好了？」

雲舒只怕她想岔了，低聲解釋道：「每月總有那麼幾天不舒坦。」

吳嬸娘是過來人，當即明白了雲舒的意思，但因陸笠在場，吳嬸娘反倒有些不好意思。

也不過是閒話，雲舒沒怎麼留心，但沒想到，吳嬸娘過了幾天就扛了一袋子黑豆到春榮樓。

雲舒忙上前幫吳嬸娘接下袋子，並要丹秋倒水給吳嬸娘喝。

吳嬸娘順了順氣，說道：「姑娘把這黑豆用酒煮了，然後曬乾，每天吃一小碟，吃一個月，保管再也不用吃藥了！」

雲舒有些愣住了，想了一想，便猜出吳嬸娘送黑豆來是為了哪樁。

她忙謝道：「自從吃了陸先生的藥之後，我每個月就不那麼痛了，只是偶爾受寒，才會痛。」

吳嬸娘心想雲舒也是個沒娘的孩子，怕她不懂這些，就說：「女人家可不能小看這種病，只管聽我的法子煮來吃，這個土方特別靈！」

雲舒點點頭，領了她的好意，若是能根治痛經，她還真是要好好謝吳嬸娘一番。

第五十二章　第一把火

在桑府跟大家熱絡了幾天，雲舒就準備到金店報到上任了。

桑家在長安的金店叫「弘金閣」，雖然才開沒幾年，卻是長安最大的金店，裡面不僅出售黃金飾品，還有珍珠、玉石等各種珠寶。

弘金閣有兩位當家，大當家是一位德高望重的老管事，姓羅，下面的人都尊稱他羅三爺，二當家是稍年輕的一個人，聽說是一位老管事的兒子，名叫李興。

金店中另有各種手藝師傅二十餘人，幫工的夥計、護衛幾十人，總共近百來人。

雲舒從大公子那裡了解店裡的概況之後，這才派大平向弘金閣的羅三爺遞了信，約好了上任時間。

大公子怕雲舒因年紀輕又是女子，而被人欺負，專程向劉徹告了一天的假，陪雲舒等人去弘金閣報到。

弘金閣座落在長安最繁華的正隆大街上，寬敞的三間鋪面十分氣派。門前的石板路一早就有人灑水打掃過，十分乾淨，大公子與雲舒踏著青石板一同走進弘金閣，丹秋、大平、墨勤則跟在他們身後。

二當家李興見到桑弘羊，當即笑著迎上來。「大公子今日怎麼有空過來看看？哦，定然是聽說今天有帳房總管上任的事情吧。呵呵，也難怪大公子不放心過來看看，我們聽說新總管是個只做了五年帳的後生，也是擔心得很吶！」

大概是推銷成了習慣，李興一個人對著大公子說了好多話，中途都不停歇，把雲舒看得嘖嘖稱奇。

大公子看了看李興，說道：「嗯，我就是為你們新總管而來的，羅三爺人呢？」

李興忙不迭說：「三爺在裡面休息，我這就去請他出來！」

不一會兒，李興便虛扶著一位花白鬍子的微胖老者走了出來，老者對大公子行了禮，大公子客氣地還了禮。

不待大公子介紹雲舒，羅三爺的一雙眼睛就放在雲舒身上。

雲舒因今天第一天上任，特地挑了一件沈穩的紅棕色、邊上繡有卷雲暗紋的曲裾，頭髮俐落地束成一束垂在後背，末端簪了珍珠做裝飾，其餘首飾，一件沒戴。

羅三爺打量了雲舒一番，見這姑娘大方而有禮地頷首對他微笑，便問：「大公子，這位姑娘難道就是老爺所說的那位新總管？」

大公子點頭道：「對，她就是雲舒。」他轉頭看向雲舒，說道：「快來見過羅三爺。」

羅三爺是長者、前輩，又是弘金閣的大當家，大公子對他都客客氣氣的，更別說雲舒這個新人了。

雲舒上前見了禮之後，又向二當家李興見禮。

李興十分尷尬，他萬萬沒料到跟著大公子一起來的女子就是新的帳房總管。之前只聽說新總管是個新人，沒想到還是個女子！

一向口舌靈活的李興，一時之間竟不知道說什麼才好，只對雲舒尷尬地笑了笑。

雲舒並未將之前的事情放在心上，而是在羅三爺帶領下，一一見過店裡各個夥計，專心聽羅三爺介紹弘金閣的事情。

待雲舒在後院單獨寬敞的帳房裡坐定了，大公子才離開弘金閣，雲舒也準備開始熟悉新工作。

大公子一離去，弘金閣的店鋪就炸開了鍋，夥計們全都議論了起來，對這個女總管十分好奇。

「是女人，還這麼年輕，靠得住嗎？」

「大公子送她來的，有大公子這個靠山，靠不住也靠得住了！」

「不會少算我們的工錢吧……」

李興聽著夥計們議論，並沒有阻止，因為他內心也是驚訝不已。

竟是個年輕丫頭！

他搖頭想了想，便尖著腦袋鑽進羅三爺的房間。

「三爺，這女子真的是我們的新總管？帳房總管？」李興不大相信地問道。

羅三爺微有些鬆弛的臉部皮膚抖了抖，沈聲說：「嗯，是這個人沒錯，怎麼？你有想法？」

李興滿臉鄙夷地說：「大家都覺得靠不住呢，也不知大公子怎麼說服了老爺，把自己的女人弄到這裡來，這不是壞事嗎？」

羅三爺嚴厲地喝斥道：「大膽！大公子是這樣的人嗎？老爺是這樣的人嗎？既是老爺親自做的安排，就有他的道理，你莫小看了這姑娘，反倒誤了自己的事！」

李興撇了撇嘴，沒把羅三爺的話放在心上。他根本不覺得雲舒有什麼本事，再看她身邊跟來的幾個人，也沒一個像是靠得住的。丹秋在李興眼裡是個丫鬟，大平看著像小廝，一直沈默跟在雲舒身後的墨勤，一看就是護衛，這樣的四個人，能管理帳房？

李興邊想邊搖頭，為弘金閣擔憂起來……

雲舒雖沒聽到外面的議論，但她早已料想到會有這種情況，她不在意，只專心翻看以前的帳目。

丹秋和大平都是雲舒悉心調教出來的，兩人都會看帳，而墨勤看著粗獷，但是放下刀劍後卻能寫一手好字，經常幫雲舒謄抄東西，正好彌補雲舒、丹秋、大平寫不好毛筆字的缺憾。

他們四個人在帳房裡忙了一天，中途卻沒見到夥計進來報帳，難不成弘金閣今天一整天都沒生意？

雲舒狐疑地來到前堂，見李興正在櫃檯前監督夥計做事，就上前問道：「二當家，我今日一天不見夥計到我這裡來報帳，是生意不好嗎？可我看以往的帳簿，每天都能做幾十筆生意，今天怎會如此？」

李興看著雲舒一臉認真，笑著說：「生意挺好的，我是怕妳看不懂帳，就要夥計們都先報到我這裡，我已經一筆筆記下了。」

雲舒驚詫地抬了抬眉頭，問道：「賣掉首飾得的銀子也是二當家收的？」

李興點頭說：「自然，我這裡都管著呢。」

雲舒一聲冷笑，但看周圍的夥計都悄悄打量他們，她不想當面給李興難堪，便說：「我有些事情不明白，請二當家跟我到羅三爺面前請教一番。」

李興心道：妳個小丫頭，不明白的事可多了！

他臉上掩不住鄙夷，就跟著雲舒來到羅三爺面前。

羅三爺見他們一起走進來，眼光微閃，知道出事了。

雲舒看李興的態度，就知道他看不起自己。這是她第一天做事，若她不糾正李興對她的態度，只怕以後的工作不好做，於是開門見山對羅三爺說：「羅三爺，不知是我規矩學得不對，還是二當家壞了規矩，我竟從不知桑家的管事能夠替帳房收銀子？」

桑家之所以能成為洛陽第一富商，除了桑家本身經營有道，還跟他們相對先進的用人管理體系有關。

桑家上自各地的大當家，下至跑腿的夥計，每一個職位都有明確的分工。

在雲舒這個現代人看來，分工是再正常不過的做事方式，但在古人看來，卻是難能可貴的一種先進思想。

在生產力落後的古代，各手工行業內部根本沒有實行分工，行業之間的分工也很少，但桑家卻能做到知人善用、各盡所能。手工技藝師傅因業專而技術日進，管事和夥計也細分出許多工種，避免由一個工種轉到另一個工種帶來的損失。

正因如此，桑家訂下了許多規矩，帳房之事由帳房總管統領操作，哪怕是管理具體業務的當家人，也不得直接插手，最多只能查看帳簿。

雲舒能理直氣壯站在羅三爺面前質問，也正是因為這一項鐵規。

李興看著突然變了臉色的雲舒，心中一下子燃起了怒火。

他能做到桑家長安金店的二當家，自有他自己的本事和管道，他萬萬沒想到，這個第一天報到的小姑娘，竟然敢拿規矩來壓他！

李興皮笑肉不笑地說：「妳這是發什麼脾氣？帳房缺人也不是一天兩天的事，我們總不能因為缺帳房就不開張做生意吧？妳沒來之前的半個月，一直都是由我管銀子，妳是覺得吩咐我管銀子的羅三爺做錯了，還是覺得帳目在我手上出了問題？」

雲舒平靜地對李興笑道：「之前我沒來，二當家一人做兩人的事，勞苦功高，我怎麼會說您和羅三爺做錯了？只是上午羅三爺領著我進帳房的時候，我分明記得您對羅三爺說，所有帳目皆已算清，放在帳房等我接手，怎麼現在又出現了一筆還沒結算轉交的款項？若我今天不多嘴問一句，二當家準備何時再把這筆帳轉給我呢？」

羅三爺臉上無怒無喜，靜靜聽著李興和雲舒爭辯。

他看著面相親和卻句句直指李興要害的雲舒，心想這個姑娘不是個善主，李興不服她，想給她下馬威，只怕得不到好處。

再看臉上已有了怒色的李興，他昨晚分明交代他要把帳房的事情交割清楚，怎麼現在還是拖泥帶水？莫不是經他手的銀子真的出了什麼差錯？

「咳、咳！」羅三爺咳了兩聲，打斷了爭論不休的兩人，房間裡頓時安靜了下來。「雲總管稍安勿躁，李二當家定然是擔心雲總管不熟悉這裡的情況，一時無法上手，耽誤了生意，這才沒有跟妳說清楚。雲總管這幾日先熟悉一下以前的帳簿吧，再等三日，我就讓李興把這幾日的帳目轉交給妳。」

雲舒對著羅三爺施了一禮，說道：「多謝羅三爺關愛，但雲舒不敢拖累大家，我今日已把所有帳目理清，若再耽誤店裡的生意，就是雲舒無能。至於帳目，不在其位不謀其職，李二當家還是現在就把帳簿理清楚交給我吧。」

好個厲害的丫頭，不僅一天不到就弄清楚帳目和店鋪各項運作，還咄咄逼人地要李興交出帳簿。

李興有點慌了，內心嘀咕道：事情莫不是被她看出了破綻？

羅三爺看李興神色有異，料想到帳目肯定出了問題，便不高興地沈聲說道：「既然雲總管已能勝任，李興你就快把帳簿和銀子轉交給雲總管，核查清楚，別出了婁子。」

李興不得已，只好點頭。

雲舒和李興退出去之後，李興甩手而去，雲舒在他背後笑道：「我在帳房等著二當家，帳簿今日務必要交給我。」

丹秋見雲舒從大當家房裡出來，有些擔憂地對雲舒說：「雲舒姊姊，第一天就得罪二當家，會不會不太好？」

雲舒看著李興匆匆離去的背影，頗為不屑地說：「中飽私囊、膽大妄為之徒，若不讓他吃點苦頭，日後只怕會鑄成大錯。」

丹秋想起昨天和雲舒一起去市場上的事，也不由得點了點頭……

雲舒之前從婁煩回長安，為了行走方便，把隨身的錢幣全部換成銀子，但銀錠用起來不方便，所以又上街去兌換一些錢幣。

西漢初期，鑄錢、冶鐵、煮鹽這類涉及國家經濟命脈的經濟活動，依然由民間進行，國家尚未收回這些權利，所以導致不同種類的銅錢混用、兌換銀子的匯率不等諸多問題。

西漢雖然沒有錢莊，但有很多兌換錢幣的錢鋪，只是雲舒在兌換錢幣的過程中，因帶的銀子有點多，使錢鋪的掌櫃十分為難。

錢鋪掌櫃對她說：「姑娘，妳要兌換的銀子太多，小店一時湊不出這麼多錢幣，不過後街的通寶錢鋪一定兌得出來，聽說弘金閣上個月在他們店兌了五百多兩錢幣呢！」

雲舒當時心中就起疑。弘金閣是桑家的產業，桑家內部的錢從不在外面兌換，何以這次有例外？

因是她馬上要上任的金店，雲舒便去通寶錢鋪多打聽了一些消息，果然是弘金閣的人拿著錢幣兌換走五百兩白銀。

雲舒原本以為有人偷了店裡的錢，所以今天在對帳時格外仔細。但她核對了半天後，發現帳面非常清楚，過往的帳沒有錯誤，若有問題，就只有可能出在老帳房離開之後的這段時間了……

在知道李興接手金店的帳房業務後，雲舒立即就明白問題所在。

並不是有人偷店裡的錢，而是李興利用店裡這些天賺的錢，去錢鋪兌換成白銀，等市場匯率提高時，再兌換成錢幣，賺取中間的差額。

這種事情，若睜一隻眼閉一隻眼也就過去了，但雲舒沒想到李興膽子特別大，在知道帳房總管今天要上任的情況下，也未及時把這個漏洞補上，甚至壓著錢不入帳，這是欺負新人，還是自視過高？

不過不管是哪一種，她都必須回擊，讓他吃點苦頭！

回到帳房，雲舒對墨勤說：「墨大哥，跟著李興，他肯定要去錢鋪，幫我查一下他兌換銀子的比例是多少。」

墨勤沈默地應聲離去，待過了半個多時辰，他搶在李興之前回來了。他對雲舒說：「李興讓兩個夥計抬著木箱去了通寶錢鋪，用白銀換了錢幣，五百兩白銀只換了四十五萬銅錢。」

雲舒聽完噗哧一笑。

一般情況下，一兩銀子可以兌換一千文銅錢，高的時候甚至能兌到一千五百文。

雲舒昨天兌換的時候，因錢幣多白銀少，所以一兩能兌一千一百文。雲舒當即把身上的白銀都兌了錢幣，沒想到今天匯率就跌了，一兩只能兌九百文，也就是說……李興虧了五萬！

雲舒正笑著，李興就拿著帳簿，抬著裝錢的箱子敲門進來。

雲舒收起笑容，一本正經地跟李興對帳，錢數對上了——看來李興用自己的私房錢，把這個空缺補上了，雲舒想了都替他肉疼。

李興不像雲舒自己偷偷做生意，這五萬錢，他只怕很是吃不消。但是吃不消他也得吃，這種虧吃了沒處訴苦，只得啞巴吃黃連。

多花了些時間，總算把帳簿都交接完成，雲舒也鬆了一口氣。接下來金店若有買賣，都是夥計拿著貨物和客人付的錢到她這裡記帳，錢付清楚了再發貨，工作也走上了正軌。

第五十三章　落魄翁主

弘金閣裡的夥計們都發現二當家李興最近情緒很低落，脾氣也不好，只要他們稍有錯誤，就會被劈頭蓋臉地罵一頓，眾人少不得戰戰兢兢。

這天，兩個夥計見門口走進一位少女，正要熱情地迎上去，其中一人忽然拉了另外一人，說道：「別去，是那個窮丫頭，她買不起，就喜歡看來看去！」

被拉住的夥計覺得奇怪，那少女的穿著打扮，分明像世家小姐，怎麼會是「窮丫頭」？

另一夥計見同伴不信，就說：「她前天就來過，在店裡選了一套金首飾，還有一支玉釵，可是待問了價錢，她卻放下東西，說改日再買。我覺得奇怪，跟著她出了店門，怎知在她上車後，聽到她家跟車的僕婦偷偷議論，說那位小姐空有一副尊貴的殼子，其實過得比誰都艱難。」

聽完這段話，夥計們都同情地看向那名少女，只見她舉手投足間，有一身尊貴嫻雅的氣質，但一想到她阮囊羞澀，又紛紛搖起頭來。

那少女還記得之前幫她挑選首飾的夥計，就走過來說道：「我是來買前天挑選的那副金首飾和玉釵的，你還記得嗎？」

夥計詫異地問道：「當然記得，小姐要買？」

那少女微笑著點了點頭。

夥計半信半疑地取出東西，那少女又看了一遍，歡喜地說：「就是這兩件了，很漂亮，姑姑一定會喜歡，我要買。」

有人要買，夥計自然是陪笑說著好聽話，待要收錢時，只見那少女拿出一個通體潔白、半透明的玉指環說：「我要用這個抵錢。」

夥計臉上的笑頓時僵住，他客氣地說：「小姐，我們店不能賒帳、不給抵押，實在對不住。」

那少女的臉頓時垮了下來。「為什麼？這個羊脂玉扳指很值錢，是祖奶奶賞給我的！」

規矩就是規矩，那夥計只得一遍又一遍跟那位少女解釋，店裡不接受用物品抵債購物。

誰料那位少女非常執著，不停強調這羊脂玉扳指如何值錢，並苦苦哀求。

心情本來就不好的李興聽到爭執聲，沒好氣地走過來問是怎麼回事。夥計把事情解釋了一遍，李興卻突然面放異彩，看著那個羊脂玉扳指笑了笑。

「去，帶這位小姐去見雲總管，能不能抵帳，由她說了算！」

李興既然這樣吩咐，夥計縱使再狐疑，也只得帶那女子去帳房見雲舒。

看著那女子的背影，李興突然賊笑了兩下。心想：羊脂玉扳指的確不是凡品，雲舒最好答應用扳指來抵債，那樣的話……看她明天晚上封箱的時候怎麼辦！

桑家做生意的規矩，是每十天封一次箱，再讓專門的人來把店裡賺來的錢運走。

封箱時比對帳簿上的營業額，該是多少錢就是多少，所以店裡做生意，從不用物抵債，就是怕封箱時錢數對不上。

雲舒看到夥計帶著客官直接到帳房來了，心中十分驚訝，再聽夥計說了前因後果，雲舒也無奈地搖頭道：「店裡規矩，不可以物抵債。」

那少女聽雲舒這樣說，著急地上前說：「這位姊姊，妳就幫幫我吧，這些首飾對我真的很重要，而且這個扳指價值連城，抵給你們，真的不虧！」

女子把羊脂玉扳指塞到雲舒手中，雲舒的目光立刻就被這上品扳指吸引住了。

她在婁煩接觸了不少玉石，玉的品質她懂得一些，所以扳指一入手，她就知道這位少女說得沒錯，這扳指價值連城！

只是，東西再值錢，規矩就是規矩……

正當雲舒思考怎麼拒絕時，眼神突然一滯，死死盯著扳指內側看去，那裡刻著兩個小小的字——「宮製」！

雲舒挑了挑眉，抬眼再次看向眼前的少女。

竟然拿著宮中的東西來抵押，她到底是什麼身分？她難道不知道為了防止宮女偷東西出宮變賣，宮製的物品都是不能交易的嗎？

雲舒手上有幾件劉徹以前賞的首飾，一直換不了錢，除非把金簪之類的東西重新融了重鑄，但卻會可惜那好手藝。

雲舒揮手要夥計先出去，這才對那少女說：「小姐，妳這件東西的確很值錢，來歷肯定也不一般，妳真的要用它抵帳？不能後悔哦！」

那少女沒有察覺到雲舒臉上的異色，只著急地點頭道：「我不後悔，雖然它是祖奶奶賞給我的，但是我現在更需要買這些首飾。」

祖奶奶?!

雲舒垂眼一想，看這少女的舉止不像宮女，倒有一分天真小姐的嬌憨，莫非她是什麼公主或翁主？

想及此，雲舒再抬眼看向這位女子，也許是有心理暗示的作用，她竟覺得這個小姐愈看愈像劉徹，莫非真的跟劉徹有什麼關係？

可是……皇家女子又怎麼會手頭拮据至此，連首飾都買不起，要拿賞賜的物品抵押？

思索了一會兒，雲舒抬頭笑道：「好吧，既然妳不後悔，這個扳指我就收下，當作妳抵的帳。」

少女高興極了，忙抱起兩盒首飾跑了出去，像是怕雲舒反悔一般。

雲舒向大平使了個眼色，大平立即了然地跟了出去。

李興隨後慌張地走進帳房來，一進門就問：「雲總管，妳難道不知道店裡的規矩，不能抵物！何況那還是宮中的東西，賣都賣不出去，萬一被宮裡追查，是要出事的！」

雲舒看著李興，不驚不慌地說：「哦！二當家知道那是宮中物品，所以才讓夥計帶那位客官來找我？」

李興的小心思被雲舒一語戳中，尷尬地站在那裡，嘴硬道：「我跟妳說的是抵物之事！」

雲舒緩緩說道：「那位小姐給的是現銀，誰說她抵物了？」

李興沒想到雲舒竟然睜眼說瞎話，可偏偏他沒證據說雲舒說謊！錢是從雲舒手裡過的，只要封箱、查帳的時候沒問題，誰也奈何不了她。

見雲舒一副安泰的模樣，李興只得咬牙切齒地轉身離開。

大平回來時，一臉興奮地說：「雲姊姊，妳絕對想不到剛剛那位小姐是誰！」

雲舒大致猜到了一些，就嗔道：「就你大驚小怪，是哪位公主還是什麼翁主啊？」

大平驚訝地說：「雲姊姊妳怎麼知道？那位小姐坐馬車回了平陽公主府，前後都有人伺候，看來是位翁主。」

翁主是西漢時對郡主的稱呼，是諸侯王之女。

雲舒歪頭想了想，平陽公主府？不對呀，平陽公主劉婞不可能突然生了個這麼大的女兒，那小姐看著少說也有十四、五歲了吧！

不過那位小姐說扳指是「祖奶奶」賞的，看來極有可能是竇太皇太后的曾孫女，然而不管具體是誰，肯定為宗室之女。

雲舒無意追究其他事情，只要知道這個扳指來歷正常，不會給她惹麻煩，她也就安心了。

待到晚上金店關門時，大公子準時出現在門口接雲舒回家。

雲舒收拾了東西對他笑道：「不是說了不用刻意接我嗎？長安我又不是不熟。」

大公子身上還穿著郎衛的輕鎧，手中牽著馬，看樣子像是直接從宮裡出來的。

「我每天也是這個時間從宮裡回來，又順路，一起回去不好嗎？」

既然大公子這麼說，雲舒也不好爭辯，只得作罷。

大公子將馬交給顧清，跟雲舒並排在前面走，顧清、丹秋、墨勤、大平等人在後面一段距離不遠不近地跟著。

雲舒將白天收到的那個羊脂玉扳指拿出來給大公子看。「給你瞧個好東西！」

大公子接過扳指，突然笑道：「這東西怎麼到妳手裡了？」

「咦，大公子認識這個扳指？」雲舒驚訝地問道。

大公子點頭說：「這是建元五年太皇太后生辰時，皇上送給太皇太后的賀禮，一套十個扳指，還是我尋來的。」

雲舒也笑了，嘆道：「竟有這樣巧的事！」

大公子便接著問：「妳怎麼弄到手的？」

雲舒就將白天那位少女的事情說了出來，大公子聽後了然說道：「原來是她，難怪會有這個扳指。」

雲舒本就對那女子的身分好奇，按照大公子的語氣，似是十分了解，就問了起來。

大公子說：「若真是住在平陽公主府的少女，如今只有一位，是臨江王的遺孤，臨江翁主。太皇太后生前因為憐惜臨江王早亡，所以把臨江王唯一的女兒臨江翁主養在身邊，格外疼惜。但是太皇太后殯天後，臨江翁主就被託付給平陽公主。」

西漢的諸侯王很多，但雲舒對臨江王卻知道得不少。

臨江王劉榮是劉徹的大哥，漢景帝的長子。劉榮當過太子，後來因館陶長公主跟劉徹的母親聯手，才把劉榮擠下太子之位，另立劉徹為太子，劉榮則為臨江王。

劉榮之後因罪被審含冤而死，竇太皇太后心中肯定憐惜這個長孫，把臨江翁主養在身邊，也是情理之中。

只是竇太皇太后死後，這位臨江翁主在平陽公主府的日子，過得似乎不太好，連首飾都買不起呀……

雲舒正想得出神，又聽見大公子說：「再過幾日就是平陽公主的生辰，臨江翁主應該是為了幫她買賀禮，才不得已抵押扳指吧。」

聽他這樣說，雲舒就把扳指往大公子手中一塞。「您把扳指還給臨江翁主吧，就說是你在市場上看到，贖回來的。」

大公子笑著把扳指遞回給雲舒。「我一不認識臨江翁主，二又見不到她，妳為何叫我還給她？再說，她既拿扳指抵了首飾，為何還要還她？」

雲舒疑惑道：「大公子不認識她？我聽您說了那麼多關於她的事，還以為你們很熟呢。」

大公子搖頭道：「她的身世，舉朝皆知。」

也是……廢太子劉榮唯一的女兒，身分比較尷尬，涉政之人肯定都知道。

既然大公子不方便把東西還給臨江翁主，雲舒便決定自己收著，或許將來有機會能再見到她也說不定。

第五十四章　求醫問診

兩人走回桑府，雲舒回到春棠樓，一進園子，就看到一個巨大的黃色影子從旁邊竄了出來。

雲舒這麼多年仍然有點不習慣小虎的「虎抱」，她把小虎的爪子從自己身上拿下來，對屋裡喊道：「虎妞，妳又把小虎放出籠子！」

虎妞歡騰地從屋裡跑出來，見到雲舒就說：「太好了，小虎見到姊姊就從假山上下來了，之前我要牠下來，牠都不理我！」

雲舒白天要忙，就把虎妞丟在吳嬸娘那邊，讓虎妞跟阿楚、三福她們一起待著，可虎妞明顯不受管教，不然怎麼還沒等雲舒去接她，她就跑回來跟小虎玩了！

對於虎妞，雲舒總是管教無力，但這種事情急不來，只好拉起虎妞說：「走，別跟小虎玩了，我們洗乾淨吃飯去！」

拉著虎妞來到飯廳時，府上眾人都在裡面，很是熱鬧。

雲舒到的時候，正聽到陸笠難得開懷大笑，便問道：「有什麼好事這樣開心？」

宴廳裡的氣氛很融洽，大家有說有笑，雲舒雖不知道他們說了什麼，卻也覺得很開心。

「可惜我來晚了，沒聽到你們說什麼。」雲舒帶著虎妞入座，頗為遺憾地說道。

陸笠收了聲，臉上喜色很濃，卻不太好開口。

坐在主位的大公子替他說道：「剛剛陸先生考阿楚的功課，阿楚回答得很好，有一代名醫的風範了。」

阿楚已經八歲，一直跟著陸笠學醫術，看來以後注定要女承父業了。

陸笠見女兒學得好，領悟得快，也很開心，但仍謙虛地說：「大公子太誇獎阿楚了，她不過是個女兒家，學得再好，以後也難以行醫，不過是學來玩玩罷了。」

阿楚聽到父親這麼說，一張臉立刻垮了下來。

雲舒也不認同陸先生的看法。「女兒家又怎樣，學得好一樣能做事。」

阿楚頗為感激地看向雲舒，想到之前聽父親說雲舒是個大總管，心中更覺得欽佩。

因這話是雲舒說的，陸笠不好反駁，便笑著換了話題。

一群人開開心心用著晚膳，顧清忽然跑進來，稟報道：「大公子，外面有人找陸先生……是館陶長公主家的管事。」

平常找陸笠出急診的人很多，但館陶長公主是皇帝的姑姑、皇后的母親，她家的事情，自然與別家不同。

陸笠起身說：「既是有事求見，我出去看看吧，恐怕有急診，大公子你們繼續用膳，不用等我。」

大公子頗為擔憂地看向陸笠，點頭道：「你帶顧清一起去吧，若有事情，也方便行事。」

大公子要顧清跟著，是怕出什麼意外，好回來通風報信。

陸笠理解大公子的好意，給皇親國戚看病可不是什麼好事，看得好，會得到很多獎賞，看得不好，有可能惹禍上身。

陸笠出門後，雲舒不安地問大公子：「回春堂這幾年生意好嗎？」

大公子點頭道：「陸先生醫術精湛，為人親善，在長安名聲很好，常有達官貴人請他去問診，只是……館陶長公主府還是第一次，他們一向只用宮中的太醫。」

雲舒低頭思忖：皇后多年不孕，館陶長公主突然在民間找名醫，莫非是為了皇后的病？這個病可不好治，等陸先生回來，還得跟他說一聲，萬不可隨意應承。

待他們吃完飯，吳嬸娘、丹秋等人帶著孩子們去休息，大公子則把雲舒叫到房中，說道：「皇上幾年前得一美姬，是平陽公主獻上的歌女，姓衛，如今因懷有身孕，已被封為衛夫人。以前後宮無人懷孕，太醫常去幫皇上看診，自從衛夫人有身孕之後，皇后的椒房殿中便常有太醫出入，館陶長公主找陸先生，恐怕正是因為此事……」

大公子說得比較隱晦，但雲舒聽明白了他的意思。

過去後宮的女人們都沒懷孕，太醫便懷疑是皇上的身體出了問題，如今有人懷孕，但是跟皇上成親多年的皇后卻一點動靜都沒有，因此可能是皇后的問題，所以一向淡定的陳家，如今也開始四處求醫。

大公子跟雲舒說這件事情，顯然是想問她的意見，雲舒也不隱瞞，直接說：「皇嗣之事，事關重大，非我們能夠插手，若太醫也無能為力，陸先生還是不要參與為妙。」

雲舒明確知道皇后陳嬌無法生育，所以清楚表明對此事的看法。

大公子聽她這樣說，也鬆了一口氣。「我也是這麼想，只是怕陸先生會應承下此事，並全力以赴。」

「為什麼？」雲舒不太理解，這種吃力不討好的事情，陸先生應該明白呀。

大公子嘆了口氣說：「阿楚日益長大，醫術學得又好，可是女子行醫若想得到世人肯定，除了進宮做醫女，再無第二條路了。陸先生如此，是希望阿楚以後能進宮得到皇后照顧吧。」

既然情況如此，雲舒心中一時也沒了主意，只好寬慰道：「等陸先生回來後，我們問問是什麼情況吧，也許不是為了皇后，只是我們亂猜呢。」

雲舒回到春榮樓，見大平還在園子門口等她，很是訝異地問道：「這麼晚了，你怎麼還不回家？」

大平湊到她身邊，神神秘秘地說：「雲姊姊，有人想見妳，就在後門，隨我出來一趟吧！」

雲舒笑道：「這麼神秘？是誰？」

大平說道：「妳見了就知道了！」

雲舒十分信任大平，毫無顧忌地隨他往後門走去。

後門的小巷一片黑漆漆，只有門角上掛著一盞燈，雲舒看著空無一人的門口，問道：「大平，誰要見我呢？怎麼不見人影？」

大平對小巷子打了個呼哨，只見黑暗裡突然傳來一陣腳步聲，還不止一個人！轉瞬間，小巷子裡多出一群青少年，雲舒瞪大眼睛看著他們，再回頭看看身邊的大平，滿頭霧水地問道：「這是……？」

大平咧嘴一笑。「雲姊姊不記得他們了？」

雲舒回過頭，看向這群青少年，領頭那個青年的確有點眼熟，再仔細看看，雲舒驚呼道：「啊，是你們，胡壯！」

當初被她用金錢收買的小混混們，如今都長大了，身上的痞氣已消失殆盡，看起來敦厚老實，全然沒有當年的樣子了。

胡壯身體跟小時候一樣高高壯壯，只是顯得有點胖，他盯著雲舒，眼睛一眨也不眨，卻不開口說話。

雲舒望著他們笑。「你們長大了，都過得還好嗎？」

青少年們忙應道，說過得很好。

雲舒看著胡壯說：「一眨眼都成大小子，我差點認不出來了。」

胡壯這才吶吶地說：「大夥兒聽說雲姊回來了，都想來看看妳，但又不敢去弘金閣，這才要大平幫忙。」

雲舒便說：「你們若有事，直接來弘金閣找我，沒關係的。」

胡壯忙擺手說：「我們也沒什麼事，就是想探望雲姊。這些年大家家裡或有難處，多虧雲姊要人送錢救濟，我們都記著您的恩情，若有什麼事，您只需要吩咐一聲，我們如果辦得到，一定去做！」

雲舒心中很訝異，她在婁煩這幾年，因通訊不便，根本管不到這群孩子。他們家有什麼事，她更是不知情，怎麼可能救濟他們？

她再一細想，記起自己曾在信中提起胡壯他們，只怕是大公子以她的名義照顧他們。

雲舒與他們在後巷說了一會兒話，知道大家都本本分分做活，靠自己本事營生，也就放心了。

與他們告別後，大平陪著雲舒往回走，大平頗為感慨地說：「雲姊姊，妳別看胡壯他們現在老老實實做工，人脈可廣了，京城家家戶戶的消息，他們都打聽得到。」

雲舒點點頭，群眾的力量是巨大的，他們這群不起眼但不可或缺的小工，的確能順利滲入各個角落。沒想到以前不過是吩咐他們打探了幾次消息，胡壯竟然能把這個思想貫徹得如此透澈。

回到春榮樓沒多久，大公子身邊的丫鬟便來找雲舒，說大公子告訴她，陸先生已經回來了，沒什麼要緊的事，要雲舒不要擔心。雲舒聽了，也就放下心來。

第五十五章　及笄之託

弘金閣的帳房裡，雲舒靜心做事，卻突然聽夥計說，有貴客要見她。她跟著夥計來到後院的茶室，只見一個身穿綢衣梳著婦人頭的女子，帶著一位年輕小姐在屋裡等她。

雲舒走進去小心打量起那兩人，待看清楚容貌時，她又驚又喜地喊道：「鍾小姐！」想不到竇華的夫人鍾薔竟來這裡找她了！

鍾薔看到雲舒，眼神一亮，稱讚道：「幾年沒見雲妹妹，竟變得我快不認識了，出落得真漂亮，快讓我看看！」

鍾薔攏起雲舒的手，好生打量了一番，說道：「看來太原郡的水土養人，我也想去那邊住幾年了。」

雲舒被人這樣稱讚，怪不好意思的，忙說：「夫人快別取笑我了，今日見到夫人，我實在很驚訝，您怎麼知道我回來了？」

鍾薔假裝不高興地說：「我昨天跟大君說要來弘金閣看首飾，他這才記起桑大人說妳在這裡當了總管，若不是如此，我還不知道妳回來了。妳當初一聲不響地離開，如今回來了也不來看我，看來是真的沒把我當朋友！」

雲舒為難道：「當初離開實在是有些不得已的苦衷，回來之後事情忙得不得了，一時未能脫身，還請夫人見諒……」

鍾薔爽朗地笑道：「看我把妳嚇得，跟妳鬧著玩的，妳身不由己，我哪會真的怪罪。」

鍾薔又說：「我們光顧著說話，倒把我家十三小姐給疏忽了。雲舒，這是我的小姑，竇家十三小姐，閨名一個嬗字，我今日是帶她看首飾來的。」

在鍾薔與雲舒說話時，竇嬗便一直打量著雲舒，聽到鍾薔開口介紹，便淡笑著對雲舒點了點頭。

雲舒熱情地招呼道：「夫人和竇小姐喜歡什麼首飾，我讓人拿到這裡來，免得外面人來人往，吵了妳們。」

鍾薔也不跟她生分，就說：「嬗兒馬上就要及笄，我是來幫她選盤髮的簪子，不管是金是玉，別緻好看為要，妳覺得哪種好，介紹幾樣給我們看看吧。」

雲舒聽了，便張羅夥計取簪子過來，一面要人幫竇嬗介紹簪子，一面低聲跟鍾薔說起話來。

在這五年中，鍾薔連生兩個兒子，加上長子，總共給竇華生了三個兒子。靠著三個兒子，鍾薔從側室夫人被抬為正妻，竇、鍾兩家也終於正常走動起來。

竇嬗是竇家的十三小姐，跟竇華是同胞兄妹，因生母去得早，鍾薔這個嫂嫂少不得要多為這位小姑操一些心。

雲舒對竇嬗沒什麼好奇心，她更關心竇華夫妻的現狀。「你們如今還是住在魏其侯府嗎？之前不是說打算去南陽？」

過去雲舒曾經跟鍾薔提過，建議他們搬離魏其侯府，分家去南陽的莊戶過日子。她這樣勸他們，也是為了避免他們日後被捲入狂風巨浪中。

聽到雲舒這麼問，鍾薔臉上微紅，低聲說：「夫君說等在長安為嬗兒說了人家，我們再搬去南陽，到時候我們母子也能過得舒坦一些。」

鍾薔雖然因為連生三子被抬為正妻，但她畢竟是商戶出身，在魏其侯府的各房媳婦中，難免會被踩低。如果分家去了南陽，他們自立門戶，鍾薔是正房夫人，到時家裡什麼事自然由她作主，既不用服侍公婆，也不用看姑嫂臉色，真的是逍遙又自在。竇華決定搬去南陽，正是因為疼惜他們母子。

聽到這些，雲舒打心底裡為鍾薔感到高興。有個不問出身、真心愛她的丈夫，比什麼都好！「那真是太好了，只是到時走動不方便，恐怕不好見面了。」

鍾薔笑著說：「那倒不怕，侯府在長安，我們自然要常回來看看。」

另一邊，竇嬗挑了三支中意的簪子，雲舒要人包好，想當作自己一片心意送給她，誰料鍾薔說什麼也不收，一定要自己付錢。兩人拉扯了一陣，雲舒只好收了錢，再送她們離開。

鍾薔上車前，拉著雲舒的手說：「我回頭讓人送帖子來，嬗兒及笄禮，妳也來府裡玩。」

雲舒笑著應下。

這一日，雲舒拿著鍾薔送來的請帖，帶著丹秋前往竇府為竇嬗慶賀。

竇府門前車水馬龍，雲舒遞上帖子之後，便由婦人帶著往後院去見鍾薔，丹秋則留在門外等候。

雲舒以前來過竇府好幾次，這次再來，還是老樣子，只不過因為多了許多客人，府邸裡看起來人氣很旺，比過去多了些喜慶氣氛和喧囂。

到了鍾薔的院子，左右的丫頭都好奇地打量著雲舒，不知她是哪家小姐。待引路的婦人向屋裡的丫鬟稟明，就見一個穿著鵝黃春衫的丫鬟迎了出來。

「原來是雲姑娘來了，我家夫人問過好幾遍了，您快請進！」

雲舒對那丫鬟笑一笑，一起走進了鍾薔的房間。

正妻的待遇果然不同，鍾薔正房前廳裡，裝飾豪華大氣，跟以前住的偏院截然不同。

剛進屋，雲舒就聽到鍾薔的聲音，她循聲望去，鍾薔正撩開側面的珍珠簾子從裡屋走出來，後面還跟著一個圓嘟嘟的男孩。

「可是來了，我一直差人問，就怕妳這個大忙人不肯來！」鍾薔笑道。

雲舒打量著鍾薔，暗紅繡金菊的曲裾，頭上插著幾朵珍珠簪花，還有一支黃金步搖，說不出的貴氣襲人。

雲舒見禮說道：「夫人請我來，我哪裡敢不來，只是早上要去店裡交代一些事情，我緊趕慢趕，還是晚了些。」

鍾薔熱情地拉著雲舒，高興地說：「不晚不晚，來，看看這孩子，妳以前沒見過。」說著，鍾薔就回身對小男孩說：「意兒，叫雲姨。」

鍾薔的長子竇意睜著烏黑的大眼睛，規規矩矩彎腰叫了一聲雲姨。

雲舒慶幸自己早有準備，身上帶了些玩意兒。於是拿出一枚玉墜，往孩子腰帶上一繫。

「我這裡沒什麼好東西，這個玉墜就當雲姨給你的見面禮。」

鍾薔在一旁笑道：「誰不知道弘金閣的金玉是最好的？意兒，快謝謝雲姨。」

見了禮之後，鍾薔要奶娘帶竇意下去，而後拉著雲舒的手到屋內小坐。

「意兒去年拜了先生，那位先生是中培公的學生，能拜得如此良師，多虧桑大人從中幫忙。」

雲舒暗道一聲「難怪」，原來是有這樣的緣故！

她再次見到鍾薔時，就感覺到鍾薔對自己不是一般的客氣，雖然他們以前有些交情，但鍾薔畢竟是侯府少爺的夫人，自己不過是個丫鬟出身的生意人，如何擔得起她如此禮遇？

雲舒心中雖有疑惑，但一直沒想通，現在聽到鍾薔這麼一說，頓時明白了。

中培公是有名的大儒，曾被劉徹禮聘為太中大夫，門下學生近千餘人，顯達者不少。官宦人家多半希望讓自己的子弟拜入中培公門下，卻不是那麼容易。

鍾薔母憑子貴，對長子的教育因而更是重視。她娘家沒有什麼背景可以當靠山，五年前她幫大公子牽線以入貲時，就是打著日後借大公子的勢，為兒子謀條出路的打算。

現在大公子在竇意拜先生的事情上如此盡力，鍾薔既高興又感激，覺得當初的決定並沒錯，大公子如今不僅成了皇上身邊的紅人，還是個知恩圖報的人。

因鍾薔是一介女流，不能跟大公子多有交際，現在雲舒回來了，她便希望透過雲舒這條線，鞏固他們一家跟大公子的關係。

兩人閒話家常，鍾薔就訴起苦來。「別看竇家現在外表光鮮，但是早不如前了，自太皇太后殯天，老侯爺致仕，日子就不好過。長安最不缺的就是踩低捧高之人，像桑大人這種患難知己，真是少有。說來，最初我們家老侯爺還為難過桑大人，虧得他不計前嫌。」

竇太皇太后去世、魏其侯竇嬰下野，竇家的確沒什麼好日子過，只是現在還算好，等劉徹開始收拾竇家時，日子只怕越發艱難。

好在鍾薔是個明白人。「我跟夫君都想好了，等到去了南陽，就不用管其他閒事，過自己的日子就行了。」

她這樣急於表態，大概是看出來朝中有人要收拾竇家，只希望大公子能念舊情，放過他們這一房。

雲舒理解她的意思，笑著說：「鍾家跟桑家是世交，大公子跟三少爺的關係又好，再說，夫人對大公子有恩情在先，大公子是個是非分明的人，夫人只管放心。」

聽到雲舒這些話，鍾薔臉上的笑意就更濃了。

說了一會兒話，有管事之人前來通報，說有客人到了。鍾薔作為竇嬗的同胞兄嫂，忙著主持各項事情，自然要去安排接待。

雲舒識相地說：「夫人快去忙吧，不用管我。」

於是鍾薔就笑著要自己的大丫鬟帶雲舒去後面的園子玩。「妳們替我陪著雲姑娘，好生招待著。」

鍾薔離開後，之前那位身穿鵝黃色春衫的丫鬟便過來請雲舒。「雲姑娘請隨采芝來。」

雲舒隨采芝往後面的園子走，采芝在前面輕聲說道：「雲姑娘是去十三小姐那裡坐坐呢，還是想在花園裡走走？」

雲舒為竇嫿帶了賀禮，再說今天的主角是竇嫿，她還是去看看比較好，便說：「去十三小姐那邊吧。」

繞過一片小池和假山，她們來到一個種滿杏樹的庭院，院內傳出許多年輕女孩的嬉笑聲，雲舒站在門前往裡看了看，只見屋裡人影幢幢，都是些小姑娘在跟竇嫿打鬧。

雲舒猶豫了一下，她跟竇嫿不熟，又不是閨中密友，進去恐怕不太合適，於是取出裝著五顆南珠的匣子給采芝說：「妳們小姐有客人在，我就不進去叨擾了。妳幫我把禮物送進去，我在外面等妳。」

采芝領命進去，沒多久就出了房門，替竇嫿謝過雲舒。

雲舒覺得有些無趣，便要采芝帶她去花園走走。

待到花園裡，時不時有她不認識的婦人、女子結伴走過，雲舒誰也不認得，走了一會兒就在池邊石頭上坐下，看著池子裡的紅鯉發呆。

一個粉裝少女在不遠處打量雲舒，想要靠近卻又不敢靠近的樣子。

春天的太陽暖融融的，雲舒抬起頭來伸了個懶腰，正好看到假山旁的粉裝少女，兩人對視一眼，都笑了起來。

說起來真巧，那個粉裝少女竟是那個用扳指換首飾的臨江翁主。

見雲舒望著她笑，臨江翁主膽子大了一點，走過來說：「我遠遠看著，覺得像是妳，但又怕認錯人，等妳抬頭我才確定。」

雲舒從石頭上站起來說：「民女拜見臨江翁主。」

臨江翁主嚇了一跳，問道：「妳認識我？」

雲舒笑著取出羊脂玉扳指說：「這個扳指不是凡品，稍問一下就知道了。翁主拿這個扳指來換首飾，實在太不值得了。」

說著，就把扳指放到臨江翁主手中。

臨江翁主看著手上的羊脂玉扳指，眼中閃過一絲不捨，但她果斷地將扳指塞回雲舒手中。「我說過不後悔，現在怎麼能再收回！」

雲舒見她臉上泛紅，許是有些不好意思，就說：「這個扳指是御造宮品，尋常人家收不得這種東西，翁主還是留著吧。」

臨江翁主咬著紅潤的下唇，低聲說：「可……可是我沒錢……那首飾，我已經送人了，退不回來的！」

雲舒笑說：「等翁主手頭有現錢了，再給我就是，我還怕翁主跑了不成？」

臨江翁主沒想到雲舒這麼好，那首飾雖然不是什麼天價寶物，但也要一百多兩銀子，她們不過是見過一面，她竟然肯幫她墊付！

她抬起眼睛歡喜地看著雲舒說：「妳真是個好人，我以後一定會把錢還給妳的！」

兩人說著話，一起在花園子裡漫步。

臨江翁主好奇地問雲舒：「妳今天怎麼到魏其侯府來了？是為十三小姐送首飾嗎？」

雲舒淡淡一笑說：「竇三少夫人邀我過來玩。」

臨江翁主訝異地看向雲舒，沒想到她這個商戶的帳房總管，竟能來參加侯門小姐的宴席。雖說竇嬙只是已失勢的魏其侯的女兒，但官就是官，民就是民，巨大的階級落差，無法抹滅。

雲舒不想多作解釋，任由臨江翁主自個兒猜去。

「翁主怎麼沒有去十三小姐院子裡玩？我看很多小姐都在那邊。」雲舒問道。

臨江翁主苦笑了一下說：「我看她屋裡客人多，不習慣那麼吵，就一個人出來走走。」

雲舒見她表情不自在，再想到她的身分，只怕她不太受那些小姐歡迎，便牽起她的手說：「我也怕吵，我們在那邊的亭子裡坐下來說說話吧。」

不遠處臨水的地方，有一座六角小亭，旁邊幾株柳樹搖曳生姿，景色很不錯。

臨江翁主跟雲舒一起靠著欄杆坐下時，心中有絲忐忑。自從她出生這十幾年來，身邊的人除了祖奶奶，大家都對她避之唯恐不及，深怕她為他們帶來災禍。

她從小就知道自己的父親是廢太子，是罪臣，皇帝叔叔不喜歡她，其他宗室姊妹也不理她。祖奶奶還在世的時候，眾人對她尚留著幾分顏面，但祖奶奶去世後，周圍的人便再也沒給過她好臉色。

她沒想到有人在得知了她的身分後，還會主動接近她……

兩人在亭中坐下之後，雲舒問道：「翁主上次選的首飾，公主可喜歡？」

「妳怎麼知道我是要送給姑姑的？」臨江翁主看著雲舒，覺得她真是不可思議，似乎自己的一舉一動，她都能洞悉。

雲舒便說：「公主的生辰宴請了許多人，我有所耳聞，加上翁主之前來買首飾，款式都專屬於婦人，自然是送給公主的了。」

臨江翁主想想也是，平陽公主的生辰不是什麼秘密，稍一推敲就知道。

「姑姑很喜歡，說沒想到外面的金店能做出這樣別緻的首飾，不比御造的差，還問我是在哪裡買的呢。」

雲舒心裡偷樂，喜歡就好，到時候引一些大戶貴婦來光臨，就更好了。

「若公主喜歡，待我回去挑了店裡最好的，專程送上門給長公主挑選，免得車馬勞頓，出門受這些喧囂。」

長公主的事，臨江翁主拿不了主意，但她想到上次平陽公主看到首飾時，是真心喜歡，便難得主動地說：「那我回去問問姑姑，得了回音就告訴妳。」

雲舒笑嘻嘻地謝過臨江翁主。

兩人坐了一會兒，采芝便來請她們兩位去花廳赴宴。

雲舒和臨江翁主隨著采芝走到花廳，鍾薔便攜了雲舒的手，親切地安排她入席。

臨江翁主沒有朋友，順勢和雲舒坐在一起，豈料她才剛坐下，就有一個僕婦來說：「翁主，公主請您過去安坐。」

臨江翁主聽了，臉色略有些倉皇，朝雲舒抱歉地笑了笑，便乖順地隨那僕婦往另一片席位走過去。

她剛走，雲舒就聽見身後兩位小姐竊笑起來。

一人指著臨江的背影說：「看到沒有，那個就是臨江翁主，混得比普通小姐還不如，虧她還有封號。」

另一人跟著說：「我極少見她出席宴會，怎麼今天出來露臉了？」

「她先前有太皇太后護著，竇家跟她的關係還算好，平陽公主把她帶出來，怕是為了她的親事吧？她已經十五了，還沒說上人家！」

另一人笑得更厲害了。「這樣的身世，誰敢娶她？」

旁人附和道：「可不是嘛，太皇太后把這樣一個包袱丟給公主，公主不知有多頭疼呢！」

雲舒正聽得入神，忽然見到竇嬗行完及笄禮從前廳來到花廳，跟各位夫人和姊妹打招呼，眾人的注意力被她吸引，便沒人再提起臨江翁主。

雲舒的目光穿過人群，看著遠處的臨江翁主低著頭跟在平陽公主身邊，小心翼翼地跟鄰座幾位夫人說話，心中頓生苦澀。

真是苦命啊！

一餐飯吃完，赴宴的人漸漸開始散席，跟竇家交好的一些夫人、小姐，則在鍾薔安排下坐船遊湖。

雲舒跟這些人不是同一個圈子，她來赴宴，不過是顧著與鍾薔的情誼，如今吃完飯，她就想走，然而鍾薔見她要走，卻攔了上來。

「雲舒，別急著走，我上午沒得空，等一會兒我安置好客人，我們坐下來喝杯茶說說體己話吧！」

雲舒不解地看向鍾薔。體己話？上午說得不夠嗎？難道還有其他事？

不等她回答，鍾薔就把采芝喊過來。「帶雲姑娘去我房裡歇息，我馬上就過去。」

雲舒被采芝請去鍾薔房中，鍾薔安排客人去遊湖後立刻就回來，笑著給雲舒上點心跟熱茶。

既然鍾薔找她有事，雲舒也不急著開口，接過茶盞就喝起茶來。

鍾薔見雲舒沈靜似潭水，不驚不乍，甚至也不好奇地詢問，心中暗暗道難，只怕從她這裡問不出什麼話。

但鍾薔也沒有其他法子，只得說道：「我今日特地留妳下來，是想向妳打聽一件事。桑大人的年紀不小了，但一直沒聽到他訂親的消息，不知是桑家在洛陽已經替他說了親事，還是有其他什麼原因？」

雲舒手中的茶盞晃了晃，穩住心神之後，她微笑道：「我如今也不在桑家內院做事，不是很清楚。這些事情，恐怕還是要親自問大公子比較好。」

鍾薔一臉不信。「妳是桑大人身邊最親近的人了，多少會知道一些吧！我也曾要夫君親自去問桑大人，可是他們男人之間不興說這些事，桑大人每次都是笑著不說話，讓我們拿捏不準呢！妳也知道，如今的桑夫人不是桑大人的生母，若越過桑大人的意思去跟桑夫人議親，恐怕會惹桑大人不高興，因此我們才想問問他自己的意思。」

雲舒見她如此急切，便問：「不知夫人想幫我家大公子介紹哪位小姐？」

鍾薔見雲舒鬆了口，高興地說：「就是我家十三小姐，竇嬗！妳覺得怎樣？我看嬗兒跟桑大人很登對呢！」

雲舒附和地笑了笑，說：「那我回去就把夫人的意思告訴我家大公子，等得了他的回覆，我再告訴妳？」

「好，好！」鍾薔高興得不得了，只是雲舒覺得再說下去也沒意思，就推託說不放心弘金閣的生意，提前走了。

第五十六章　芳心浮動

自雲舒離開魏其侯府，一直到在弘金閣帳房坐下，自始至終一語不發。

丹秋跟在她身邊，只覺得心驚膽顫，她極少看到雲舒這樣不高興。

守在店裡的大平見雲舒這樣不開心地回來，偷偷拉了丹秋出來問話。「發生什麼事了？雲姊姊怎麼這麼生氣？」

丹秋也是一頭霧水。「我也不知道。我沒能進去後院，雲舒姊姊出來的時候，就是這樣了！」

大平憤憤地說：「難道在魏其侯府受欺負了？那些官家小姐最可惡了！」

丹秋也不清楚，只能皺著眉頭沈默。

待晚上掌燈時分，大公子從宮中出來，順道到弘金閣接雲舒回家。

他剛進店，還未走到帳房，就被大平攔下來說：「大公子，雲姊姊今天從魏其侯府回來後，心情就很不好，一天都沒說話，我們沒敢問出了什麼事，您開導開導她吧。」

大公子吃了一驚，雲舒平時和和氣氣的，很少把不高興的事情寫在臉上，現在一聽到大平這樣說，神情頓時凝重。

待他來到帳房時，雲舒抬頭看他，一臉無事地說：「大公子來啦，再等我一下，我馬上收拾好！」

在等雲舒收拾東西的空檔，大公子似是無意地問道：「今天去魏其侯府赴宴，一切都好嗎？」

雲舒笑嘻嘻地說：「長見識了！見到了好多夫人和小姐，我特地觀察她們戴的首飾，正在琢磨她們的喜好呢。」

大公子應了一聲，又問：「沒其他事？」

雲舒歪頭想想，又說：「是有一事。你猜我遇到誰了？就是臨江翁主，很可憐的一個女孩子，唉，生錯人家了。」

說完，雲舒趕緊捂住自己的口。「呀，這種事情不可亂說，大公子就當沒聽到吧！」

大公子皺眉望著雲舒，一副輕鬆的樣子，跟平時沒有兩樣，為何大平會說她心情不好？

收好東西，兩人走在回家的路上，雲舒稍落後大公子半步，她回頭見大平、丹秋都離得遠遠的，這才問道：「大公子今年……十九了吧？」

大公子腳步微微亂了一下，並不回頭，只是應了一聲。他等著雲舒繼續說話，可卻再也沒下文。

回家吃飯、餵小虎、跟虎妞玩耍，雲舒一切都表現得很正常，大公子跟在她身後轉了轉，沒看出什麼端倪，終究還是回房休息去了。

等大公子離開後，雲舒蹲在小虎的籠子外面，摸著牠的頭，喃喃道：「十九了呢……別人都當爹了……」

小虎吃了很多肉，心滿意足地張嘴嚎了一聲，甩著肥肥的腦袋在雲舒手上蹭來蹭去。

雲舒又自言自語道：「該怎麼說才好呢？開不了口呀……」

雲舒也不知自己怎麼了，她今晚幾次三番想說鍾蕾託付的事情，但是都未能開得了口，她也不知自己鬱悶個什麼勁。

輾轉反側一晚，第二天起床時，雲舒的眼眶下浮現出青色的陰影。

她如同平常一樣，高高興興用了早膳，帶著身邊的人去弘金閣做事，只是在她坐了一會兒之後，就從店裡挑了一個瑪瑙屏風，讓人抬著去桑大小姐的婆家——韓府。

桑招弟在家伺候公婆，極少出門，也沒什麼客人，今天突然聽到有人拜訪，讓她吃了一驚。她婆婆聽說是弘金閣的人，便以為她娘家有什麼事情，就趕緊要她去見一見。

雲舒見到桑招弟，看她氣色紅潤，比在家當姑娘的時候略微豐潤了一些，便知道她在韓家過得很好，看來她選韓嫣選對了！

桑招弟瞧見雲舒，也少不得打量一番，她驚訝地說：「幾年不見，險些認不出來了！」

雲舒笑著向桑招弟請安。「早該來拜見大小姐的，只是聽說大小姐不怎麼見客，所以不敢隨意打擾。」

桑招弟對雲舒一直都很客氣，在雲舒還是丫鬟時，她就沒對雲舒擺過架子，如今雲舒做了總管，桑招弟對她更是有番思量，忙要人給她鋪了錦席，兩人一起坐了下來。

互相問候了一陣，雲舒也不跟桑招弟繞什麼彎子，就把昨天去魏其侯府赴宴的事情說了出來。

桑招弟聽著，臉上的表情愈來愈吃驚，等雲舒講完，她也不急著表態，反倒問雲舒：「正如鍾小姐所說，妳跟弘弟最親近，這件事情妳直接問他的想法，回了鍾小姐就好了，為什麼來找我？」

雲舒抿嘴笑道：「我以前雖在大公子身前服侍，但現在終究是外人，又是下人，大公子的婚事，我哪能插嘴？還是大小姐跟大公子說比較妥當。」

桑招弟掩嘴笑了。「妳這樣自謙，就算是我去跟弘弟說，他肯定還是會問妳的意思。」

雲舒忙說：「不敢。」

桑招弟收起玩笑的神情，直截了當地說：「這門親事，絕對不行。」

「如今竇家朝不保夕，弘弟卻深得皇上信任，他如初昇的朝陽，怎能找這樣人家的小姐自毀前程？竇家的人縱使是為了自保，也該多所思量。」

桑招弟一語中的指明了其中的要害。

雲舒心中也有如此考量，不過她總覺得這種事情，不該由她插手。她略顯猶豫地說：「大小姐說得極是，這其中的利害關係，大公子肯定也清楚，只是要煩勞大小姐過府一趟，向大公子提一提此事。」

桑招弟點頭道：「二娘不在長安，這件事自然要我去跟弘弟說一說。」

她略算一下日子，說道：「弘弟十天一休，後天他會在家休息，我到時過去跟他聊一聊竇家的事。若竇家的人再跟妳提起此事，妳大可明白回絕，斷了他們的念想。」

雲舒不由得覺得桑招弟真是個外柔內剛的人，她外表看起來柔順，內心卻有自己的決斷，果斷明確得讓人吃驚。

桑招弟看向雲舒，似是欲言又止，最終仍嘆了口氣說：「說來弘弟今年已經十九了，他的親事這麼一直拖下去，也不是個辦法。」

雲舒自妻煩回到長安，見大公子身邊一個女人都沒有，也覺得奇怪。像他這般年齡，早該有妻室了，就算沒有妻室，也該有通房。

雲舒不知該怎麼接桑招弟的話，思索了一下，才說：「許是大公子一心為皇上辦事，忙得忘了……」

桑招弟苦笑道：「就算他忘了，爹和二娘怎麼會忘？也不知弘弟怎麼想的，父親、二娘為此事說過他很多次，可他堅決不接受家裡的安排，只說有自己的考量。父親怕影響他的仕途，不敢強行說親，可這樣一年年耽誤下來，眾人都發愁。」

深深看了雲舒一眼後，桑招弟拉起她的手說：「我記得弘弟以前最把妳放在心上，有什麼事都跟妳商量。之前他身邊沒有一個知心的人，現在妳回長安了，妳應多關心關心他，斷不能讓他再這麼任性地拖下去了。」

這一席話，聽得雲舒心驚肉跳。桑招弟這話到底是什麼意思，單純要她去勸大公子娶妻？還是對她另有定位？

只略想了一下，雲舒就不敢繼續深思，彷彿再往前走一步，就會破壞現狀，讓她的生活天翻地覆。

雲舒趕緊說要回弘金閣，匆匆「逃竄」，回到店裡坐下好半天，心情才漸漸平復下來。

雲舒剛要開始做事，二當家李興就陰陽怪氣地走進帳房說：「雲總管，外面有人找妳。妳出來看看，是不是什麼人招搖撞騙，想進店裡偷東西呢！」

雲舒皺著眉隨李興出來，到門口一看，蹲在門邊幾個滿身塵土的男人，可不是婁煩馬場的馬六和他幾個妻弟嗎？

雲舒高興地招呼他們去後院的小廳休息，李興見馬六等幾人穿得很寒酸，在背後嗤笑道：「哪裡來的土包子，瞧那窮酸樣！」

雲舒聽到李興的話，回頭瞪了他一眼，他才稍作收斂。

來到待客的小廳，丹秋幫眾人上了茶。

畢竟是一起在婁煩相處過五年的同伴，大家都不講什麼虛禮，雲舒要丹秋守在門外，便跟馬六他們說起話來。

「原以為你們六月才能來，竟提前了一個月！」雲舒說道。

馬六喝了口茶，潤了潤嗓子說：「事情順利，所以就來得早了。姑娘離開婁煩後，我就按照姑娘的吩咐，到河曲一帶去看地方，準備建新馬場的事。那裡真不錯，草多水足，很適合養馬。我收了當地三家相鄰的小馬場，用他們的人手直接併成一個大馬場，等這次來長安送完馬，我們就能直接搬過去了。」

雲舒離開婁煩的時候算了算時間，再過一年，大漢就會跟匈奴開打了，馬邑會是第一個開戰的地方，婁煩離馬邑那麼近，她的馬場自然要早點轉移為妙。現在聽馬六說遷徙馬場的事情很順利，頓時放心不少。

雲舒又問馬六的媳婦和孩子過得好不好，馬六連聲說：「自跟了姑娘，就沒有苦日子，怎會不好？」

馬六幫雲舒做了五年事，知道雲舒在朝廷裡有人照拂，不然他們的馬匹不會這麼容易就能賣給軍隊做軍馬。

縱然什麼事情都是他親自奔波，雲舒不用費力就能分得巨大的利潤，然而馬六對此不敢有任何想法，他只知道他們一家人都是託雲舒的福，才過上好日子。

馬六對雲舒說：「牧師苑的大人要我後日去領銀子，待銀子到手，我便親自替姑娘送過來。」

雲舒住在桑府，白天在弘金閣做事，處處都有人看著，她覺得不方便，就說：「你到時就要人通知墨勤，讓他過去取吧。」

馬六從走進弘金閣時，就知道這裡不是雲舒作主，現在聽她這樣說，他心裡就更雪亮了。

馬六及幾個兄弟風塵僕僕的，雲舒慰勞道：「你們長年在外奔波，辛苦了，今天我作東，咱們吃頓好的去。」

他們每做成一筆買賣，雲舒總會請眾人吃一次。馬六等人並不推辭，習以為常的起身道謝，隨雲舒向外走去。

雲舒去羅三爺那裡告了假，就去外面找馬六。路過前廳櫃檯時，看到店裡的首飾，便把馬六喊進來，說道：「我不能回去探望馬嫂子，你幫我選些首飾給馬嫂子，就當是我送她的禮物。」

馬六忙搖手說：「她不用這些東西，如果她想要，我買給她就是了，哪要姑娘破費。」

李興在旁邊聽到這些話，又諷刺地笑了起來。窮人就是窮人，見到好東西，要都不敢要，真是沒見過世面！

雲舒覺得過意不去。「你難得來長安一趟，總不好讓你們空手回去。」

馬六忽然想起一事，拍掌說：「差點忘了一件事，是我媳婦叮囑我的，姑娘如果不提她，我還真要忘了。」

他從身後的青年手上接過一個包袱，那個包袱圓滾滾的，看起來很沈。

馬六將包袱放在離他最近的櫃檯上，幫包袱層層剝開，就在揭開最後一層裹布時，店內所有人都發出了一聲驚嘆。

包袱裡裝的，竟然是約莫初生嬰兒般大小的整塊玉石！那玉石的綠色深邃無比，似會發出誘惑的光芒，讓人挪不開眼。

質地這麼好的玉很難見，何況是這麼大一整塊！

雲舒驚訝地問道：「這玉真不錯，哪裡來的？」

馬六憨笑道：「沈大當家的玉石場裡採出來的，我買了下來，我媳婦想請人雕個『麒麟送子』的玉像，但婁煩和太原的琢玉師傅都不敢動手，我這才一路帶到長安，想求姑娘想個法子。」

雲舒看著那玉石，不禁又讚嘆了一番。這麼大這麼好的玉石，一般的師傅肯定怕壞了璞玉，不敢動手。

要找技藝高超的師傅，弘金閣有幾位，縱使那幾位不行，她還可以請大公子介紹一些御用工匠，他們看到這麼好的玉，說不定會動心。

「好，麒麟送子，我一定找人幫你雕好！」雲舒喊來墨勤，把玉石重新包好，放到墨勤手中，要他幫忙保管。

所謂懷璧其罪，這麼值錢的東西，被馬六隨意放在大庭廣眾之下，也許會有人起了歪心思。墨勤武功高強，由他暫時保管，再妥當不過了。

李興看著雲舒、馬六一行人出門吃飯去，驚得嘴巴到現在都沒有合攏。

他算是見過不少好東西的人了，一眼就認出剛剛那塊玉是上等的翡翠。然而讓他驚訝的不僅是這塊玉，還有擁有玉的人，那竟是他上一刻還看不起的窮鬼！

李興恨恨地捶著櫃檯，他這些日子為了之前賺匯差時虧的五萬錢心疼後悔，可一個看起來寒酸不已的鄉下人，竟能拿出價值千金的翡翠玉石！

這巨大的落差讓他難以接受，當他再次抬頭看向雲舒等人遠去的背影時，禁不住紅了眼。

第五十七章 君知我心

當大公子接到上林苑又購入一批新馬的消息時，翻了翻文書，查看了一下馬的來歷，發現果然還是從雲舒在婁煩的馬場買的。

他想到雲舒談到賺錢時，兩眼幾乎放出金光的模樣，會心地笑了笑。這次又是筆大買賣，她賺得開心了吧！

劉徹見桑弘羊突然笑了，放下手中的狼毫筆問道：「人們都說朕身邊有兩名冷面侍中，一是衛青，一是你桑弘羊，從不見你們笑，怎麼你現在一人卻癡癡地笑了？」

大公子收起臉上的笑容，恭敬地說：「皇上，微臣得知上林苑三十二宮七十二園俱已建設完畢，所以開心地笑了。」

「哦？是嗎？都好了？」

上林苑的擴建工程從建元二年開始籌劃，建元三年破土動工，雖說只用了一年建設宮殿，然而各個園裡的奇珍異草、山禽野獸，卻花了桑弘羊更多時間去蒐羅。

聽到桑弘羊這麼說，劉徹便未作他想，拍拍他的肩膀說：「好，朕今年夏天就在上林苑避暑，期門軍的鎧甲、坐騎也要趕緊準備好，到時候朕要盡情地『打獵』，誰也別想管朕！」

劉徹說夏天要去上林苑練兵，那就是真的要去。他說話一是一、二是二，毫不含糊，大公子在他身邊待久了，十分清楚他的個性。

於是大公子轉身便去找人安排去上林苑的事，劉徹只是說了一句話，但做起來卻有很多事情要準備。

要提前送信給上林苑，好讓他們準備宮殿；要從宮裡撥一批人提前去整理；要向九卿提前通個信，好安排朝政工作；還要傳訊給準備受訓的期門軍，要他們整裝待發。

林林總總各項事情安排下去時，已是華燈初上。

大公子見時間不早，趕緊離宮去接雲舒，擔心她餓著肚子等太晚。

出宮時，顧清依然在宮門口牽著馬等大公子。

大公子接過韁繩翻身上馬時，聽到顧清說：「大公子，咱們今日直接回家吧，雲舒要大平來通知我們，她去見婁煩來的老朋友，要用完膳才回來，要大公子別等她。」

聞言，大公子點點頭。他也是忙糊塗了，明知道雲舒肯定會去見婁煩馬場的人，他還怕雲舒在等他。他搖了搖頭，忽然覺得不用趕時間，便從馬上下來，牽著馬兒踱步回家。

顧清跟在大公子身後，跟他稟報家裡一些事情。

「……大小姐今天派人來說，後天會回府一趟。」

大公子原本有些出神，聽見顧清說這件事，便凝神問道：「姊姊可說了為什麼回來嗎？」

顧清回道：「大小姐派來的人並沒有說得很清楚，只不過我聽弘金閣的人說，今天雲舒送了一座瑪瑙屏風給大小姐。」

大公子覺得這事挺有意思，他今天在宮裡見到韓嫣時，韓嫣壓根兒沒提後天要過府作客之事，看來他並不曉得。而姊姊在雲舒去拜訪她之後，突然派人來說要回府，是雲舒有什麼不好開口的話要姊姊轉達嗎？

大公子頓時覺得很開心，腳步也輕快了許多。

今天是大公子在家休息的日子，但他依然起了個大早，開始讓人準備迎接桑招弟回府之事。

待廚房備好了早膳，他在宴廳見到雲舒，就問道：「今天姊姊回府，妳要不也在家歇一天陪陪她？」

雲舒知道桑招弟回來所為何事，她想躲都來不及，哪會留在家裡？

「今天是封箱做小帳的日子，不去不行，大公子代我向大小姐陪個不是，下次我再去韓府向她問安。」

既是有事，大公子也不強求，只叮囑雲舒早點回來，晚上一起用膳。

雲舒簡單吃了兩口早飯，便匆匆趕去弘金閣，韓府的馬車恰好與她擦身而過。

陪桑招弟回府的，有兩個丫鬟、兩個僕婦。姊弟兩人關係親厚，桑招弟直接讓身邊的人下去歇著，就跟大公子進園子裡邊散步邊說話。

大公子愉悅地問道：「姊姊今天專程回來，所為何事？」

桑招弟看他心情很好的樣子，倒有些猶豫，不知怎麼開口。「自然是有要事，怎麼弘弟今天如此高興？」

大公子抿了下嘴說：「見到姊姊，所以很高興。」

桑招弟搖了搖頭。以往她回來時，他也高興，但不像今天這樣，臉上燦爛得幾乎要放出光彩了。

大公子迫不及待地說：「姊姊既是有要事找我，就直接說吧！」

桑招弟醞釀了一下，果真直截了當地說：「有人來給你說親了。」

大公子聽了心中一喜，想到雲舒之前送屏風到韓府的事情。「哦？給我說親？是哪個女子？」

桑招弟有些吃驚，以往大公子只要聽到有人提起向他說親的事，總是冷著臉嚴辭拒絕，斷不會像今天這樣含笑地問是哪家姑娘。

他這番態度讓桑招弟拿不準，莫非弟弟提前知道了風聲，他看中了竇家十三小姐？她頗為猶豫地說：「是魏其侯府十三小姐。」

大公子一張臉頓時僵住，他愣了一下，笑容迅速隱去，不解並帶著些許隱怒問道：「竇府十三小姐？誰保的媒？」

桑招弟看弟弟的表情突然變了，更是拿不定他的想法，只說：「還沒有到保媒那一步，只是竇三少夫人想打聽一下你的意思，我原本想著竇家……」

「不可能，妳回絕她，這事斷不可能！」不等桑招弟分析一下兩家的形勢，大公子已斬釘截鐵地拒絕了。

桑招弟看著神情變幻莫測的弟弟說：「嗯，我也是覺得不合適……」

對於自己之前想錯了方向，大公子覺得十分可笑，他竟然會以為是雲舒為她自己的事去找桑招弟，現在知道原來是竇家的小姐後，大公子頓時什麼都明白了。

雲舒之前去竇府赴宴，回來第二天就去拜見桑招弟，卻把這些事情都瞞著他……

「姊姊，竇三少夫人怎麼找到了妳？我記得妳之前不太樂意跟竇家的人接觸。」

桑招弟只笑道：「她託一個熟人來找我……」

大公子卻非得弄清楚這件事，追問道：「是雲舒吧？」

桑招弟苦笑著點了點頭。她這個弟弟太聰明，什麼事情都瞞不了他，騙也沒有意義。

她見弟弟的臉色變得十分不好看，便說：「這門親事太不合適了，不過不能怪雲舒，她也是受人所託。雖說她現在是咱們桑家的管事，但到底是桑家的下人，她拿不了主意，又不知如何跟你開口，所以才拜託我。」

大公子很想問為什麼雲舒不知如何跟他開口，不過他忍住了，這種事還是親自問雲舒比較好。

既然聊到談婚論嫁的事，桑招弟少不得要勸一勸弟弟，要他早點娶妻生子。

大公子用「朝廷形勢不明朗，不能隨便聯姻」的藉口推託，桑招弟見他一副油鹽不進的樣子，只好說：「就算不娶妻，妳妾也該納幾個，你這樣身邊一直沒人，像什麼話？」

大公子默不作聲。

桑招弟又說：「我看雲舒不錯，以前服侍過你，人又聰明，你也喜歡她。雖然只是個下人，但是收在身邊服侍你還是可以的。要不你就跟爹說一聲，他雖然要損失一個帳房總管，但是看到你願意納妾，肯定也高興。」

大公子心中有些說不清道不明的情緒，聽到姊姊說雲舒是下人，要他納妾收了她，他既激動，卻也有些不開心。他想要的，似乎不是這樣……

桑招弟見弟弟有些動搖的樣子，進一步勸道：「你若有這個心思，我就去跟雲舒說，她知道被你看中，肯定極高興、極願意。」

大公子卻搖頭，低聲說：「雲舒不是普通女子，她跟其他女人不一樣，姊姊千萬不要跟她提起此事，我自有分寸。」

桑招弟性子再柔再冷靜，也被大公子弄得很焦躁。「你一直說自有分寸，都四、五年了，還是如今這樣子。弘弟，不孝有三無後為大，你難道真想讓爹操心擔憂，讓娘在九泉之下不能瞑目嗎？」

大公子聽了，表情瞬間變得很苦澀。桑招弟等了半天，也沒等到一個合她心意的回答，只好嘆了口氣，改變話題。

雲舒在弘金閣帳房裡忐忑了一天，當她還在猶豫是早點回去陪大公子姊弟倆吃飯呢，還是找藉口晚點回去的時候，丹秋卻進來告訴她：「雲舒姊姊，大公子來了！」

雲舒嚇得把手上的毛筆掉在桌上，她一面要丹秋請大公子進來，一面手忙腳亂地收拾桌上的污跡。

雲舒有些心慌，大公子不在家休息陪桑招弟，突然找到這裡來，到底出了什麼事？

胡思亂想中，雲舒剛整理好桌子，大公子就走了進來。

雲舒有點不太好意思地說：「帳房有點亂，大公子別笑話。」

她抬頭看向案桌對面的大公子，只見他神情陰沈，眉宇間似乎很苦悶，使雲舒心中更慌。

大公子鬱悶地盯著雲舒，又轉頭看向一邊的丹秋，對她說道：「妳出去，我要跟雲舒談談。」

丹秋忙不迭關上門離開了，留下雲舒和大公子兩個人在帳房。

大公子坐到雲舒對面說：「雲舒，我們坐下談談吧。」

雲舒應了一聲，內心卻忐忑不安。

兩人都在思索要怎麼展開談話，為尋找話題切入點而絞盡腦汁，大公子卻突然說到一件雲舒怎麼也沒想到的事。

「雲舒，妳五年前隨我回洛陽時簽的契約，已經到期了吧？」

雲舒險些忘了這事，桑家沒人提，她也不記得，只是這麼日復一日做著自己的事。

「是呀，已經到期了，只是，怎麼沒人找我續約呢……」

大公子笑說：「是我跟我爹說，等妳回了長安，看看情況，再決定續簽怎樣的約。」

雲舒有些不理解大公子的意思，大公子便詳細說道：「妳之前說妳有婚約，與人約定在長安重逢。如今妳回長安，若找到那人嫁做人婦，能否為桑家做事還不確定，再者……」

大公子沈吟了半天，卻沒有繼續說下去，雲舒便問：「再者什麼？」

大公子苦笑說：「沒什麼。先說說妳的婚約吧，已過了這麼些年，妳一直沒有對方的音訊，難道要這麼一直等下去？妳已等了這麼久，縱然現在毀約，也沒有人會說妳的不是，這個約定早已過了期限。」

婚約不過是雲舒為了自己找的一個藉口，沒想到大公子如此耿耿於懷。

大公子見雲舒不語，重複問道：「他若不出現，妳就一直這麼等下去？十年、二十年？還是一輩子？」

雲舒眼神閃爍，面對大公子的追問，她有些無措。

思索了一下，雲舒含糊其辭地說：「等與不等也沒有什麼差別，我一直都是這麼過……」

大公子聽雲舒這麼一說，有點急了，終於把自己憋在心裡很想問的話給問了出來。

「怎麼會沒差別？妳若不管那婚約，早就該嫁人了！妳難道沒想過嫁人？」

雲舒苦笑了一下，她的身體年齡在二十歲左右，放到二十一世紀，只是個大學生，斷不會這麼早嫁人。

大公子對她百般好，雲舒不是不明白他的心意，只不過她太明白他們之間的差距。

古代沒有自由婚約，最講究門當戶對。依大公子的地位，必定要找一位家世好、德容佳的小姐。

雲舒只是個平民，縱使以後獨立出去做生意，也只是個商人，沒權沒勢，社會地位又低，桑家不可能要一個這樣的媳婦。

她對大公子有好感，但那種力量還不至於讓她瘋狂，不能支持她去面對他們之間的種種困難，她更願意以朋友、智囊的身分，長長久久留在大公子身邊。

想明白了這一些，雲舒便笑著對大公子說：「嫁人……我想過呀，我想找個老實體貼的本分人，他待我好，眼裡只有我，我們一起努力賺錢養家，這樣就夠了。」

「只有這樣？」大公子有些不解，雲舒這樣不尋常的女子，在嫁人的事情上，竟然只有這點要求？

雲舒低聲道：「嗯，只有這樣。大公子別以為這樣很簡單，不能有妾，不能有姬，這世間有幾個男子能做到一心一意只愛一個女子呢？我……願求一心人，白首不相離。」

大公子喃喃唸道：「願求一心人，白首不相離……」

出了一會兒神，大公子再次看向雲舒，心中有些了然。之前衝動之下跑到嘴邊的話，再次被他嚥回肚子裡。

在沒有做好完全的準備之前，他不想讓他跟雲舒之間的關係變得尷尬，他必須等到機會成熟時，一擊必中！

下定了決心後，大公子對雲舒說：「既是這樣，我也不催妳，我知道妳的想法了。」

雲舒問道：「那我和桑家的協議……」

大公子既是為了她的勞務契約而來，最後卻說到婚約的事情上，讓雲舒實在覺得有些莫名。

她。

如果可以，大公子倒想簽雲舒一輩子，只是雲舒不是奴婢，也不是長工，他不能這麼對

思量了一下，大公子說：「相信妳以後願意嫁的那個『一心人』，肯定不會干涉妳在桑家做事。新的契約，妳願意簽幾年就簽幾年，我會讓韓管事擬一份新契約送來，如何？」

年限由她自己決定？

雲舒眼睛發亮，趕緊提議道：「大公子，能否不簽具體的年限？可以靈活一點，自簽完協議之後，我就一直為桑家做事，除非你們辭掉我，或者我提出辭呈。」

大公子皺眉道：「無期限的契約？倒也可以，只是……若妳提出辭呈，必須我們同意，妳才能走。」

這麼說來，決定權就全在桑家了。不過雲舒倒不介意，她的命本來就是大公子救的，再說她不擔心大公子會故意為難她，便爽快地答應了。

解決完這件事，雲舒送大公子離開，回到帳房時突然拍了拍腦門，自言自語道：「呀，忘了問一個關鍵問題！大小姐今天向大公子說親，到底怎麼樣了？」

她原本想問的，誰知大公子同時說起契約和婚約的事，把她給弄糊塗了。

不過也不用她著急，過沒多久，桑招弟就派人來告訴她音訊，要她回絕竇家。

雲舒正準備出門去竇家見鍾薔，正好弘金閣的作坊那邊傳來訊息，說有一個琢玉師傅願意接下馬六「麒麟送子」的活兒，雲舒便帶著墨勤和那塊巨大的玉石出門。

到了街道分岔口，墨勤要去作坊那邊送玉，雲舒要去竇家，兩人就在此分開。

墨勤有些猶豫地看著雲舒轉身離去的背影。他擔心她一個人不安全，但又想到她去的是魏其侯府，應該不會有什麼危險，而且只要自己手腳快一點，應該趕得及去接她，便帶著玉石匆匆消失在街上。

雲舒熟門熟路地找到鍾薔，婉轉地告知了她結果。

鍾薔有些失望，不過這種結果也在她預料之中，所以並未覺得生氣或不高興，依然客客氣氣謝了雲舒一番，還留她下來用晚膳。

雲舒自然不願逗留，笑著告辭。

離開魏其侯府時，雲舒看天色已經不早，索性直接回桑府。

第五十八章　意外遭綁

暮靄沈沈，春末夏初的傍晚，天氣十分宜人。解決了鍾薔囑託的事，雲舒覺得無事一身輕，踏在路上的步伐也格外輕快。

此時，背後傳來一陣馬蹄聲，雲舒聽到有馬車駛來，就向路邊避讓，誰知那馬車在駛過她身邊時，車簾裡突然探出一個蒙面大漢，一手勒住雲舒的脖子，把她強行拖上了車！

雲舒口鼻都遭人按住，並被人在頭上套了麻袋，驚恐之下，她只能四肢並用，不停踢打，然而車廂裡不止一個人，幾個大漢三兩下就把雲舒按得服服貼貼。

雲舒急促地喘息，凝神努力聽周圍的聲音。

只聽見一個漢子粗鄙地罵道：「娘的！踢到老子的褲襠了，小娘兒們，一會兒下車等著瞧！」

雲舒嚇得眼淚都要飆出來了，這是劫財還是劫色？

應該是劫財吧？弘金閣帳房的身分，在平民中算是比較顯眼的，若有人貪財，為了搶桑家的錢，也有可能綁架她。

雲舒正極力分析緣由和形勢，卻忽然聽到一聲馬兒的嘶鳴，緊接著整個車廂都被側掀過去。

經過一陣翻天覆地的旋轉，馬車好不容易才落地穩住，雲舒在車廂裡撞來撞去，接著掉到側面著地的車窗上，身子骨都快撞散了。

之前按著她的幾個大漢也好不到哪裡去，他們咒罵著爬出車廂後，一陣兵器相撞的聲音就傳進了雲舒耳中。

雲舒手腳並用，扯掉自己頭上的麻袋後，迅速爬出馬車。馬車外的空地上有七、八個男人扭打在一塊兒，雲舒分不清楚敵友，便趕緊往旁邊的樹叢裡躲去。

不過片刻，五個稍年輕的男子把三個大漢打得趴在地上，其中一個英挺的少年用手中的長劍指著地上的人說：「好大的膽子，光天化日下竟敢強搶民女！見了我李小爺，還敢動手？瞎了你的狗眼！」

雲舒按住自己的胸口，緊張得快要不能呼吸了。這片刻間發生的事，讓她有點跟不上節奏。

她聽著那幾個青年一邊罵一邊教訓地上那三個大漢，雲舒慶幸地暗道：看來是被人救了！

那個自稱李小爺的青年讓身後的人把那三個人綁去廷尉報案，自己挎著劍就朝雲舒這邊走來。廷尉即掌管刑獄的部門，原本被景帝改稱為大理寺，但建元四年被劉徹改回舊稱。

雲舒不確定此人的身分，驚慌地頻頻後退，那少年隔著樹叢，瞪著眼睛看雲舒倉皇失措的樣子，說道：「是我救了妳，妳不謝我，跑什麼跑？」

雲舒聽他說話，似乎是個十分直爽的人，於是穩下心神，走出去說：「謝謝公子的救命之恩，小女先在此謝過。敢問公子大名，改日必備厚禮登門拜謝！」

那青年也不報上名號，只說：「厚禮就不必了，今天碰上我，算妳好運！過來，我送妳回去，妳家在哪兒？」

雲舒有些猶豫，但環顧四周，驚訝地發現他們在片刻間竟然已經到長安城外了！

李小爺催促道：「快點，城門要關了！」

雲舒應了一聲，轉瞬間就被李小爺推上馬背，而後他自己也騎了上來。

雲舒被李小爺抱在胸前，有些緊張地說：「這位公子你……」

李小爺似是不在乎什麼男女之防，說道：「小爺又不是占妳便宜，我的馬只有一匹，妳難道想走進城？」

既是如此，雲舒也不好再說什麼，只好硬著頭皮跟他共騎一馬，往城中趕去。

桑府中，一名暗羽正在大公子面前，描述雲舒剛剛被綁架的事情。

「屬下原本準備上前營救，誰知看到李敢李軍侯帶著四名兄弟從後面追了上去，為了避免暴露身分，所以我遠遠跟著他們。綁匪出了城之後，李軍侯立即動手，攔下車救了雲姑娘，現在應該馬上就會回來了。」

大公子板著臉問：「綁匪是什麼人？」

暗羽低下頭說：「還不知道，綁匪被李軍侯的人送去廷尉報案了，屬下馬上去調查！」

「去吧。」

遣走暗羽，大公子立即向桑家門口走去。等了沒多久，就看到李敢和雲舒共乘一騎從街頭奔了過來。

李敢看到立在門前的大公子，跳下馬上前嬉笑道：「桑弘羊，這回你得好好謝謝我，沒想到我救了你的人！」

大公子佯裝不知，驚訝地問道：「咦？你們怎麼在一起？」

雲舒從馬上下來，把剛剛的事情說了一遍。

大公子聽完，趕緊謝道：「幸而今天遇到了李軍侯，不然可就危險了！」

雲舒也再次謝過。

大公子說要感謝李敢，請他吃飯，李敢擺擺手說：「我還有事得先回去，下回你記得請我喝酒就是！」

大公子笑著答應了，轉而帶著雲舒回府。

雲舒很好奇「李軍侯」的名字，便問：「大公子，剛剛救我的人是誰？」

大公子說：「他叫李敢，在期門軍中擔任軍侯，我們時常打交道。」

雲舒感到震驚不已，竟然是李敢，飛將軍李廣的三子！

原來他是名將之子，難怪有一種軍人特有的爽快、磊落與強勢。

壓住心頭的震撼，雲舒說：「怪不得我跟他說我住在桑府時，他大笑不已，原來是大公子的熟人。」

雲舒一心想多了解李敢這個人，但大公子的心思卻放在綁匪身上，問道：「墨勤人呢？他怎麼不在妳身邊？那些綁架妳的人，可能是什麼人？」

雲舒回過神來答道：「我讓他去作坊送東西了，誰知道就離開這麼一會兒，偏出了事。綁架我的人我不認識，不知道是什麼來歷。」

「妳這些天不要單獨進出，要跟墨勤一起，關於綁匪，我會派人去廷尉查問清楚。」說完，他在雲舒面前站定，安慰道：「妳今天受驚了，快下去歇著吧，一會兒我讓人把晚膳送到妳房裡去。」

雲舒在馬車翻車時，摔來摔去，身上的確疼得很，便不跟大公子客氣，乖順地回春榮樓休息去。

雲舒第二日帶病來到弘金閣，身上依然有些疼痛，便在帳房休息，待到午後，大公子來到弘金閣找她。

雲舒起身布了席位，請大公子一起坐下，只聽見大公子說：「綁匪的事，廷尉審出些眉目了。」

雲舒等著大公子說下文，豈料他沈吟半天不語，最終沈重地說：「是我們桑家人幹的。」

雲舒不禁又驚又氣。

「是一個叫包同的夥計……但是他潛逃了，我正在派人抓他。」

這邊正說著，桑宅裡突然跑來一個小廝，急匆匆地對雲舒說：「雲總管，快回家看看吧，春榮樓出事了！」

雲舒詢問到底出了什麼事，小廝嚇得有點口齒不清，只說養的老虎傷了人。

雲舒聽了也嚇到不行，趕緊跟大公子兩人一起匆匆趕回桑宅。

還沒走到春榮樓，就聽到裡面傳出陣陣驚叫和哄鬧聲，隱約還有虎妞那不合時宜的笑聲。

見雲舒和大公子回來，圍觀的眾人忙散開讓他們走了進去。

園中的場面很滑稽——小虎趴在草地上，兩隻前爪按著一個人，那人抱著頭，臉朝地，不停發抖尖叫，而虎妞則騎在小虎背上，只要下面的人一動，虎妞就笑著大喊道：「小虎，咬他！」

地上那人的肩膀和背上已血跡斑斑，衣服也被小虎抓破了。

小虎畢竟是家養的，雖然有獸性，但是每天都被餵得飽飽的，斷不會咬人，看來是虎妞指使的。

雲舒看虎妞做得過分，冷顏喝道：「虎妞，下來！小虎，不許咬人，放開！」

虎妞見雲舒生氣，也不怕，只是笑嘻嘻地從虎背上跳下來，指著虎爪下的人說：「姊姊，妞妞和小虎捉到小偷了，妳快看！」

「小偷？」雲舒不解地問道。

墨勤走到小虎身邊，把那人從虎爪下拎出來。那人面若死灰，整個人都嚇軟了，站不起來，褲子還濕了，傳出一陣惡臭。

雲舒打量著那人，的確不是桑府的下人，但是看著卻有些眼熟。「你是什麼人？為什麼擅闖春榮樓？」

「我、我、我……」那人牙齒一直在打顫，話都說不出來。

倒是丹秋在旁思索了一陣後，說道：「呀，這個人不是弘金閣的包同嗎？大公子正找的那個人！」

大公子、雲舒的眼神齊刷刷盯著包同，包同已被小虎嚇得肝膽俱裂，再被他們一瞪，一下子嚎哭出來。「雲總管饒命啊，雲總管饒命！不是小的要害您，不是小的啊！」

大公子喝散了在春榮樓圍觀的眾人，讓墨勤把包同帶進房裡，他要詳細盤問。

包同的心裡已無任何防線，雲舒只問道「你到春榮樓來幹什麼」，他便一股腦兒把所有事都說了出來。

「是二當家要害雲總管，他雇了蔣家兄弟綁架雲總管，豈料那幾個人把事情辦砸了，他想消滅罪證時，卻發現蔣家兄弟的妻兒不見了，於是讓小的趁雲總管出門時，偷偷溜進來找他們，看看是不是雲總管帶走了那些人的妻兒用來逼供。可是……可是小的剛翻牆進來，就撞見了老虎……小的再也不敢對雲總管不敬，請雲總管饒了小的吧！」

原來是李興要害她！雲舒又看了大公子一眼，那些地痞的妻兒，應該是被大公子帶走的吧，不然怎麼會這麼快就查出結果了？

大公子卻不解，問道：「二當家為什麼要害雲舒？」

包同打著哆嗦說：「二當家說雲總管斷了他的財路，之前老總管在的時候，對他的事向來都是睜一隻眼閉一隻眼，但雲總管卻害得他不僅沒賺到錢，還折本，他眼紅雲總管，說要讓她吃點苦頭……」
雲舒冷笑一聲，問道：「讓我吃點苦頭？他要地痞捉我，準備怎樣？敲詐勒索？他覺得我值多少錢？」
「不……不是的……」包同吞了幾口口水，在兩人的威逼下，終究說道：「二當家說敲詐勒索雖然能得一筆錢，但是容易被人查出來，所以他要蔣家兄弟把雲總管捉到郊外……破了您的身子、壞您的清白……那樣、那樣雲總管就沒臉再在弘金閣做下去……等換了新總管，二當家自有辦法再生財路……」
「砰咚」一聲，大公子已抬腳踢翻了身前的案桌，站起來在窗前背著身子，氣得急喘不已。
雲舒則是一臉苦笑……人心還真是險惡。
包同對著大公子不停磕頭，大喊著：「饒命啊！大公子饒命啊！」
大公子大喝一聲：「可惡！可惡至極！」而後揚聲喊道：「來人，去弘金閣捉拿李興，一併押到廷尉去！」
包同被人拖去廷尉，蔣家兄弟也紛紛招供，但是李興卻察覺到不對勁，先一步逃走了。
大公子氣得吃不下東西，但雲舒倒沒他那麼生氣。
可能是後世資訊發達，她什麼惡事都聽說過，連卓成那樣對她的事情都經歷過，也沒什麼惡事能嚇到她了。
雲舒親自端著晚飯送到大公子房中，大公子撐著額頭坐在榻上，一臉嚴肅。

「大公子，事情已經水落石出，只待把李興捉拿歸案，這件事情就過去了，您別氣壞了身子。」

大公子覺得心中一口惡氣難以抒發，恨得捶桌說道：「桑家竟然養了這樣一個狼心狗肺的東西！縱使將他捉拿歸案，也難消我心頭之恨！」

是啊，縱使廷尉捉到了人，也不過是打一頓，而後判個幾年刑。

雲舒勸慰道：「為了這樣的人傷了身體，怎麼值得？大公子雖然氣他、惱他、恨他，也不該為了他傷害自己的身體。」

大公子嘆了一聲，說道：「我是氣我自己！」

雲舒不解地看著大公子，只聽他鬱悶地說：「我早說過要保護妳，有我在，必不讓妳受到傷害。可是在長安之中、在我的眼皮之下，竟然讓妳險受如此危難！」

雲舒心中動容，原來大公子是為了這個在生氣。

「大公子真是的，我又沒有怎麼樣，這不是好好的嗎？說得像是我已經遇險似的。」

大公子將雲舒拉進懷裡，捂住她的嘴說：「這種事可不能胡言亂語，妳怎麼如此百無禁忌！」

雲舒倒在他的臂彎裡，聞到熟悉的淡淡馨香，一時之間面紅耳赤。

大公子感覺到雲舒臉上發燙，也察覺到他們的姿勢太過曖昧，可是他卻沒有放開雲舒，反而把她扣在懷裡抱緊。「這件事情光想就害怕，幸好妳沒事，幸好……」

雲舒的下巴擱在大公子的肩頭，感覺到他用手一下下撫摸著自己的背，像是安慰害怕的小孩子一般，覺得十分安心。

「有大公子在，我什麼也不怕，所以大公子要好好保重，您一切安好，才能保護我，對不對？」

大公子重重應了一聲。

雲舒便笑著說：「那大公子還不趕緊吃晚飯？」

大公子微笑著放開雲舒，將她端來的晚膳全都吃了下去。

又三日，廷尉傳喚雲舒過去，告知她最後的結果。

周大人神情複雜地說：「犯人李興已經找到了，但是只在河灘找到了他的腦袋，身體則不翼而飛，可能是被人碎屍投入河中，隨河漂走了。」

雲舒心裡打了個突，李興竟然被碎屍了，真狠……

她定了定心神，又問：「那其他人呢？」

「其餘四人算是從犯，杖責五十，然後送去礦場勞作三年，以期悔改。」

雲舒聽完審判結果，從廷尉出來，還處在李興被碎屍的震驚中。走到半途，突然被人攔下，她定睛一看，是李敢。

李敢大笑兩聲，說道：「看不出來，妳真狠！」

雲舒佯裝不知，問道：「李軍侯是在說什麼？」

李敢說：「我剛剛聽說了，那個要害妳的人，廷尉沒捉到，而且死得好慘吶！妳敢說不是妳幹的？」

雲舒努嘴說：「李軍侯說話真是嚇死人了，這種事情豈好隨便亂說？他雖是犯人，但被人殺了，也是條命案呢！至於誰是凶手，周大人自會查清楚。」

「好好好，不是妳幹的，是我說錯了！」

李敢的目的，並不是為了跟雲舒計較這個，死個人而已，在他們上過戰場的軍人眼裡，算不了什麼，何況還是個犯人。

雲舒心中也疑惑不已，誰跟李興有這麼大的仇？思來想去，若不是自己，就只可能是大公子了……

她內心五味雜陳，不知是喜是怒。一路恍惚地走回弘金閣，才發現李敢跟在她身後。

「你跟著我做什麼？」

李敢人刺刺地說：「吃飯啊！上次送妳回去的時候，桑弘羊說過要請我喝酒，現在結了案，該請我了！快去把他叫來，今晚我們一起吃一頓。」

雲舒實在拿李敢沒辦法，但的確差他一頓飯，只好要人去知會大公子，今晚在家裡備宴請李敢。

李敢像是無所事事一樣，一整個下午都在雲舒面前晃來晃去。

這段期間作坊那邊完成了馬六要的玉雕「麒麟送子」，雲舒差大平帶幾個夥計送到客棧去給馬六，另外取了雲舒那份買馬錢，直接攜回春榮樓。

馬六過來向雲舒辭行，因晚上要招待李敢，雲舒不能送馬六，只跟他說了幾句話，叮囑一番便罷。

待馬六走後，李敢在一旁探頭探腦地說：「剛剛那個人有點眼熟，好像在牧師苑見過。我們期門軍很多馬都是從他手上買的，妳跟他什麼關係？」

「一個朋友而已，到長安做生意，順道來看看我。」雲舒避重就輕道。

「哦，朋友啊！」

雲舒真的被李敢煩到不行。這人好像很聰明，又很糊塗，什麼事情都看得穿，卻又不戳穿，讓雲舒真是無可奈何。

好不容易挨到大公子從宮裡出來，過來接李敢回家吃飯。李敢酒量大到不行，雲舒和大公子兩人也頂不住他一個人。

喝到最後，雲舒有些暈暈乎乎地趴在案桌上，李敢也喝多了，跑過來摟住雲舒說：「妳這個女人有意思，不像其他女人沒見識、沒本事，妳有意思，有意思！」

大公子忍住頭痛，過來把李敢從雲舒身上撥開，拉著他繼續喝，李敢卻一心想跟雲舒喝酒，一直在她耳邊吵鬧不已。

雲舒從沒喝過這麼多，頭暈得不得了，在案桌上趴著一動也不動。

「喂，這樣就不行了？起來繼續喝啊，我救了妳，妳該多敬我幾杯！」

李敢喊了一陣子，見雲舒真的沒動靜了，低聲笑了一下，把自己的外套解下來蓋在雲舒身上，嘮叨道：「我剛說妳這人不錯，這就不行了，禁不起誇啊，沒勁！」

大公子看了李敢這一番動作，醉酒迷離的眼神恢復了一絲清明，再看向李敢時，眼神裡就多了些意味。

大公子放下酒杯，喊來墨勤，要他把雲舒抱回春榮樓睡覺，又應付了李敢一陣，才把他送走。

揉著發痛的太陽穴，大公子醉醺醺地走到春榮樓，招手喊來丹秋問道：「雲舒睡了嗎？」

丹秋忙說：「剛剛餵了一碗醒酒湯，這才睡下。」

大公子點點頭，進去看了雲舒一眼，就著雲舒的碗喝了一碗醒酒湯，這才搖搖晃晃回房去。

丹秋看著兩人共用的那個碗，心中岨時豁然開朗，跑到雲舒床邊興奮地搖晃著雲舒說：「雲舒姊姊！我沒看出來，妳怎麼也沒看出來？唉呀，真是的！」

雲舒睏得厲害，翻了個身嘟囔道：「什麼啊……我要睡覺……」

丹秋繼續搖晃著雲舒說：「大公子喜歡妳呀，他到現在都沒娶妻，肯定是因為妳，雲舒姊姊！」

此時床上已經傳來均勻的呼吸聲，看雲舒睡死了，丹秋忽然覺得好無趣，就像發現了天大的秘密，卻無人分享一般。

她嘀咕道：「真是的，一個不娶，一個不嫁，這到底是折騰什麼呢！」

第五十九章　攀附權貴

宿醉的感覺無比痛苦，特別是在第二天還有事情要做的情況下。

弘金閣二當家慘死，大公子有意封鎖這件事的始末，雖然外面沒什麼負面傳聞，但店內的夥計之間還是有些流言。

有些在說李興跟雲舒之間的過節，有些在說雲舒被綁架的案子，但因他們知道得不夠全面，所以會得到一些奇奇怪怪的結論。

這個當口，雲舒不能缺席，反而要以最佳的狀態出現在大家面前。

一早上到店裡的時候，羅三爺正在找幾個平時能力不錯的夥計說話，要他們把二當家平時的任務分攤下去，並下了嚴令，不許眾人私底下胡亂議論。

雲舒察覺到眾人看她的眼光有些怪怪的，不過她並不放在心上，只有顯得從容，一些亂七八糟的謠言才會不攻自破。

堅持了一天，雲舒的身子終究還是覺得有些不舒服，便讓丹秋去回春堂幫她找陸笠抓些酒後調理的藥。

丹秋把藥抓回來了，同時也帶回一條消息——陸笠又被請去館陶長公主府了。

雲舒回憶了一下，說：「已經去第三次了吧？」

丹秋掐指算了算。除去第一次在桑府把人叫走之外，陸笠中途還被請去了一次，被胡壯的人看到了，曾經轉告過雲舒，加上這次，的確是第三次了。

「是呢，仔細算算的話，確實去了三次呢！」

雲舒點點頭，想到了一些事，便把大平喊進來說：「小順現在還在回春堂做事吧？要他注意一下陸先生給館陶長公主府開的藥，最好能把藥方給我。」

小順一直在回春堂當學徒，如今學了幾年，也開始站櫃檯抓藥了，這件事對他來說，相當容易。

當晚，大平就把小順謄抄的藥方送了過來，雲舒雖然不太懂藥，但是找來藥書對照著查了一下，也能查出那個藥方是給女子調理身體，使其更容易受孕的。

「果然是在幫皇后治病。」

雲舒感到一陣頭疼。陸笠希望阿楚能走上醫術之路，所以為了送她進宮在做打算，可雲舒並不覺得那是個好去處。

陸笠若能讓皇后懷上孩子，那也就罷了，可問題在於，雲舒明知道皇后陳嬌終身未生育，陸笠即使是神醫，也不可能改變什麼，若被館陶長公主倒打一耙，可怎麼是好？

雲舒思索了半天，覺得只能把希望寄託在館陶長公主身上，要麼讓她放棄，要麼確保她最後不會怪罪陸笠。

想定之後，雲舒忽然想到一人，許久沒聯繫，也不知她過得好不好……

翌日，雲舒去弘金閣之後的第一件事，便是畫了一個圖樣，要手工師傅按照圖樣做出項鍊和手鐲來。

待五月底，雲舒訂製的東西做出來之後，雲舒便向平陽公主府的臨江翁主遞上了拜帖。

臨江翁主收到雲舒的拜帖時，十分驚訝。然而因為雲舒幫過她，她顧著情分也要見她一面，於是約在第二日下午，在她的小院裡接待雲舒。

雲舒捧著新製的首飾來到平陽公主府拜見臨江翁主，把首飾獻上之後，雲舒說道：「這跟翁主上次買的首飾是一套，新製出來後我就在想，翁主若能把這個送給公主，公主看到了必定會很高興。」

「是嗎？」臨江翁主開心地打開首飾盒，紅色絲帛上面放置的項鍊和手鐲果然跟她上次選的首飾是同一個花樣。

「姑姑上次就說那套首飾好看，這次得了這兩件，必定更開心。」

兩人正說著話，忽然有人稟報，說平陽公主駕到。

臨江翁主恭敬地站起來迎接平陽公主，雲舒也低頭站在一邊。

只聽見一個略帶威嚴的聲音說道：「蔚兒，聽說妳在接待客人，是什麼客人，怎麼不介紹給姑姑認識認識？」

臨江翁主上前虛扶著平陽公主，將她扶到主位坐下之後，才引薦雲舒。「這是弘金閣的雲總管，她正拿新首飾給我看，因是小事一件，蔚兒不敢打擾姑姑休息。」

平陽公主掃了低著頭的雲舒一眼，而後將目光放在桌上的首飾盒上。

「咦，這似乎跟蔚兒上次送我的首飾是一套的？」

臨江翁主面含笑意地說：「正是！正因如此，雲總管才特地送來給我看。」
平陽公主伸手拿出首飾，一面欣賞一面問道：「這是按照之前的花樣，特地趕做出來的吧？」
不愧是武帝最器重的長姊，一眼就看穿了雲舒的心思。
雲舒也不瞞她，笑著說：「小民因聽翁主說公主十分喜愛那套首飾，既然喜歡，不如成人之美，將這一套全部做來獻給公主。」
臨江翁主聽到這段話，拘謹地謝道：「還讓你們特地做出來，這多麻煩……」
「蔚兒，」平陽公主提聲打斷臨江翁主的話，對她說：「妳去找盈佳，要她把我前幾天從宮裡得的貢茶取出來泡給雲總管喝，她有這份心，我們也不能委屈了人家。」
臨江翁主眼光閃爍地看了看兩人，領命而去。
待臨江翁主走開之後，平陽公主「啪」的一聲闔上首飾盒，問道：「妳三番兩次接近臨江，所圖為何？」
雲舒低頭回答道：「不過是跟臨江翁主投契，想跟她交個朋友。雖說翁主身分尊貴，我只是普通百姓，但是翁主處處受人排擠，心底也希望交個朋友。」
平陽公主冷笑一聲問道：「投契？既是投契，妳與她好好相處即是，又何必討我歡心？」
雲舒坦然道：「我沒有討公主歡心，只是在教翁主如何討公主歡心，您只要多喜愛翁主一點，翁主的日子就會好過一些。」

平陽公主氣得拍桌吼道：「好大的膽子，妳的意思難道是說我苛待她了？」

雲舒抬頭一笑，說道：「我並沒有這個意思，只是翁主她身分特殊、地位尷尬，心中的顧慮難免會比別人多一些。公主從出生到如今，一直都是最尊貴的人，大概無法了解臨江翁主這種無父無母、在夾縫中求生存之人的心情。」

雲舒一席話說得平陽公主十分惱火，可是她細想一下，自從臨江住到平陽公主府，雖說吃喝都沒有虧待她，但是她的確很少顧及她的感受，對她的生活也沒怎麼在意。

想到這些，平陽公主的火氣就消了一些，不僅認真考慮起雲舒說的話，還打量起這個說話大膽的女子。

仔細看了兩眼之後，平陽公主疑惑地問道：「我……以前是不是見過妳？」

雲舒對她燦爛一笑。「見過不止一面呢，是好幾年前的事了，公主不記得也是正常。」

平陽公主好奇地問道：「妳叫什麼？我們在哪兒見過？」

「民女雲舒，五年前，還是桑弘羊大人身邊的小丫鬟。」雲舒答道。

平陽公主低頭思索了一番，待想起來後恍然大悟道：「雲舒！是那個丫鬟，我記起來了！」

想起以前那些事，她看雲舒的眼光更是多了些意味，於是問道：「剛剛聽蔚兒說，妳是弘金閣的總管？」

雲舒回道：「民女不才，跟著大公子學了些記帳的本事，現在在弘金閣做帳房總管。」

平陽公主欣賞地點了點頭。她本身算得上是女強人，不管在貴婦小姐之間，還是在朝廷官員當中，說話、做事都有相當大的影響力。

許是物以類聚，平陽公主對有本事的女子很有好感，她之前不怎麼把臨江翁主放在心上，也是因為覺得她沒有皇家女兒該有的聰慧和氣度。如今看雲舒，做丫鬟時不單單是個丫鬟，已頗受桑弘羊和皇上另眼相待，沒想到現在還能做上總管，不由覺得滿意。

「不錯，妳既然跟臨江投契，平時也要多教教她。她膽子太小，做起事說起話難免有些畏畏縮縮。」

雲舒想到臨江翁主從小被人欺負和恐嚇，底子再好，心理上也會養成畏縮的習慣。雖是這麼覺得，不過雲舒口頭上還是高興地答應了。

臨江翁主帶著丫鬟泡茶回來了，三人都端了茶之後，坐下來說了很多話。平陽公主問起雲舒這幾年去哪兒了，雲舒照實回答，幾人又說起長安的趣事，以及首飾方面的問題，氣氛十分融洽。

臨江翁主不斷用崇拜的眼神看向雲舒，她從未想過她能跟自己那個威嚴的姑姑一起坐下來說這些話，沒想到雲舒卻做到了！

歡喜地聊了一下午，臨江翁主送雲舒離開時，在角門前拉著雲舒的手說：「妳以後要常來玩！」

雲舒點頭道：「我有空就來，您也可以跟公主一起到弘金閣來玩，再買首飾，我幫妳們算便宜些。」

臨江翁主的膽子稍微大了一些，便點了點頭，說一定會去。

丹秋在公主府前院的偏房等了雲舒很久，見她出來，忙跟了上去，低聲說：「雲舒姊姊怎麼去了這麼久，讓我好一陣著急，以為出了什麼事呢！」

雲舒笑道：「跟平陽公主多說了一會兒話，沒出什麼事。」

丹秋看雲舒的表情很是愉悅，不由得問道：「什麼事這麼開心？」

雲舒湊到丹秋耳邊說：「我也算是攀附上權貴了。」

雖是笑著說，但雲舒心中卻覺得無奈。她認識的皇女，也就只有臨江翁主和平陽公主，然而若想跟館陶長公主和皇后搭上關係，也只有靠她們了！

——未完，待續，請看文創風141《丫鬟我最大》3

慧心巧思、獨樹一幟／凌嘉

穿越時空／靈魂重生／政商鬥爭／婚姻經營之傑出作品！

丫鬟我最大

全套五冊

知悉歷史，讓她洞燭先機、如魚得水；
運用智慧，計謀信手拈來、無往不利。
是個丫鬟又怎樣？她可不會那麼輕易就低頭認輸！

文創風 139 1

雲舒作夢也想不到，她不過是去相親，卻穿越時空來到漢朝！
原本身旁還有個看似可靠的相親對象陪伴，
結果他竟狠下心殺了她，只為了在沙漠生存下去！
痛苦絕望之中，她覺得自己的意識正一點點抽離肉體……
再次醒來，一雙小小的手與未發育的身材告訴雲舒，
她重生成一個十來歲的小女孩了！

文創風 140 2

收拾完幾個不識相的傢伙，雲舒在桑家的地位已不可同日而語，
然而大公子在仕途上的平步青雲，卻引來各方人士覬覦，
拉攏的人不怕死，説親的人厚臉皮，
就連雲舒本人的詢問度都大增，著實讓她嚇出一身冷汗。
只是幾年過去，兩個人都還抱持單身主義，
一個不嫁、一個不娶，看起來，似乎有點意思……

文創風 141 3

就在雲舒為這段戀情努力打拚的時候，
死亡的陰霾卻如影隨形地籠罩在她身邊……
當初殺害她的仇人，就像打不死的小強，一次次捲土重來，
教人防不勝防，時時刻刻提心弔膽！
老天啊，既然重新賜給她這條生命，還讓她找到真愛，
為什麼就不能善待她一些呢？!

文創風 142 4

眼看大公子無可避免地被捲入其中，
雲舒冒著生命危險趕到戰地，只為見他一面，
卻沒料想到他身邊竟有個才貌兼備的女子……
真是太讓人失望了！不給個合理解釋，她就跟他沒完！
什麼？兩年之約不算數？這玩笑也開得太大了吧？
在雲舒默默接受事實，聽從桑弘羊安排時，宮中傳來消息——
皇上召見她？這到底是怎麼一回事……？

文創風 143 5 完

她重生的這個身體，竟是漢朝皇室流落在外的公主！
雲舒除了震驚，再也找不到別的形容詞。
原來上天還是待她不薄，只是多花了點時間而已！
這下她不但被迎回宮中居住，還能風風光光嫁給桑弘羊，
看到老夫人面如土色，卻不得不恭恭敬敬接受她這個孫媳時，
長久以來的怨氣真是一吐而盡！

華麗的宅門／攻心的教養／名門淑女的必殺絕技／粉筆琴

溫馨樸實、生動活潑／農家妞妞

穿越時空／經商致富／婚姻經營之動人小品！

旺家俏娘子

全套五冊

聰慧靈巧，是脫穎而出的基本條件；
找對方向，致富強國並非遙不可及。
她要讓這些人瞧瞧，一個農村小婦也能有大作為！

文創風 116 **1**

原本躺在手術檯上，默默忍受失去孩子的椎心之痛，
誰知一醒來卻穿越時空，靈魂附在一個剛懷有身孕的農婦身上！
這個與自己同名同姓的女子，丈夫為了救人被洪水沖走，
頓時從新嫁娘變成寡婦，空有副漂亮皮囊，日子卻過得苦哈哈。
看著滿臉悲苦的婆婆與小姑，還有窮得什麼都不剩的家，
喬春下了決心，定要發揮所長，讓這家人徹底翻身！

文創風 117 **2**

先是合夥對象的弟弟上門鬧事，害她早產；
接著還有他那仗勢欺人的母親，不甘被黃口小兒作弄，
竟將歹毒的惡心思動到孩子身上……
面對這群不知罷休的陰險賊人，喬春在心底默默發誓，
就算得化成厲鬼，也要他們付出代價！
只是她完全沒料到，那應該已經成為天邊一顆星的丈夫，
不但好好活著，還大大方方上門認親，親暱地叫著她的小名！

文創風 118 **3**

俗話說樹大招風，這句話真是一點也沒錯！
不過就是她的茶藝了得，連頭腦都比一般人清晰、敏捷，
再加上長得漂亮一些罷了，怎麼不但大齊國皇上對她念念不忘，
貴妃嫉妒得兩眼發紅，甚至連敵國王爺都別有心思，
害得她不僅差點在村子裡混不下去，身邊的人也無辜遭殃……

文創風 119 **4**

原以為從此能平靜度日，卻萬萬沒想到，女兒豆豆生了場大病，
還被人藉機擄走，連個影兒都找不到！
這下不得了，不僅全家上下人仰馬翻，婆婆也對她不諒解，
不但白眼相待，甚至來個相應不理，當她是隱形人，
讓喬春有苦說不出，瞬間從商場女強人降格為悲情小媳婦……

文創風 120 **5** 完

色迷迷的皇帝終於伸出魔爪，更有詭異至極的國師給他撐腰，
讓他們如同砧板上的魚兒，只能任人宰割！
不，她想要一家人快快樂樂、四處雲遊啊，怎能讓惡人得逞呢？
說什麼都得化解所有困難，保全這個小小的心願，
才不枉她穿越時空走這一遭！

文創風
140

丫鬟我最大 2

國家圖書館出版品預行編目資料

丫鬟我最大 / 凌嘉著. --
初版. -- 臺北市 : 狗屋, 民102.12
冊 ; 公分. --（文創風）
ISBN 978-986-328-198-6（第2冊 : 平裝）. --

857.7　　102023098

著作者	凌嘉
編輯	連宓均
校對	黃薇霓　周貝桂
發行所	狗屋出版社有限公司
地址	台北市104中山區龍江路71巷15號1樓
電話	02-2776-5889～0
發行字號	局版台業字845號
法律顧問	蕭雄淋律師
總經銷	知遠文化事業有限公司
電話	02-2664-8800
初版	102年12月
國際書碼	ISBN-13　978-986-328-198-6
原著書名	《大丫鬟》，由起点中文网〈www.qdmm.com〉授權出版

定價250元
狗屋劃撥帳號：19001626
網址：love.doghouse.com.tw　E-mail：love@doghouse.com.tw